偵探冰室

陳浩基・譚劍・文善・黑貓C・望日・冒業——著

偵探冰室

目錄

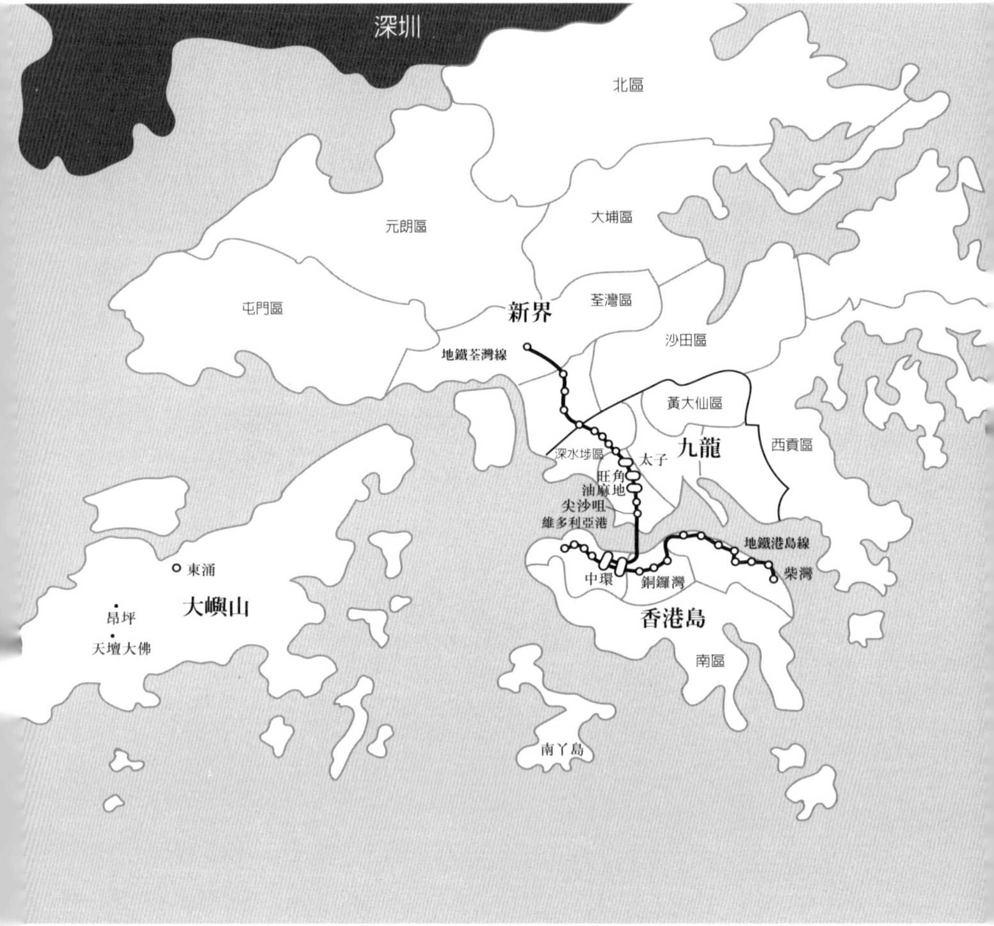

深圳
北區
元朗區
大埔區
屯門區
新界
荃灣區
沙田區
地鐵荃灣線
黃大仙區
西貢區
深水埗區
太子
九龍
旺角
油麻地
尖沙咀
維多利亞港
地鐵港島線
東涌
中環
銅鑼灣
柴灣
大嶼山
昂坪
天壇大佛
香港島
南區
南丫島

香港地圖

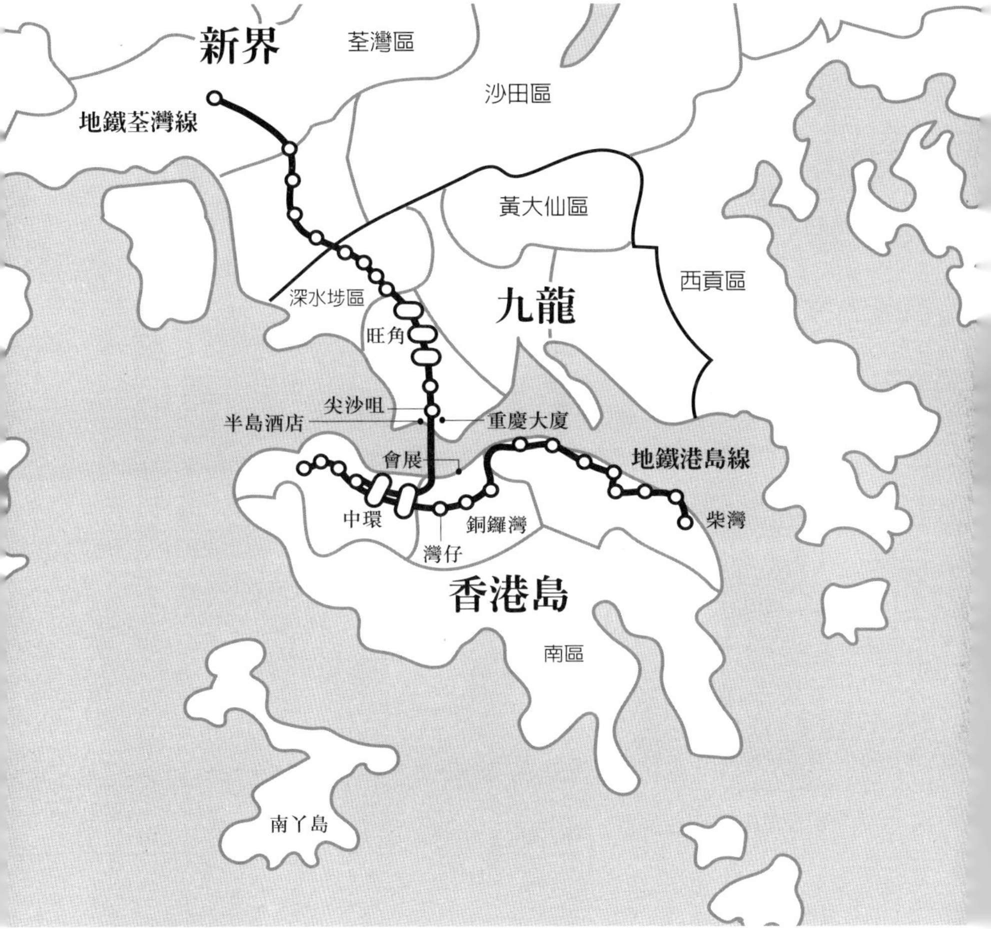
新界
荃灣區
地鐵荃灣線
沙田區
黃大仙區
西貢區
深水埗區
九龍
旺角
尖沙咀
半島酒店
重慶大廈
會展
地鐵港島線
中環
銅鑼灣
灣仔
柴灣
香港島
南區
南丫島

香港地圖局部

台灣版序
《13·67》之後

二〇一四年是香港推理小說相當重要的一年。陳浩基的代表作《13·67》不但迅速賣出國外版權、翌年獲得台北國際書展大獎，後來日文版更登上日本推理小說排行榜榜首。久而久之，連香港本土都開始關注推理小說。

香港以前並非沒有「推理小說」，但它們往往只是一些帶有懸疑、凶案或刑事偵案成分的小說，無法經得起「推理小說」以至「本格推理」這些具嚴格審美要求的日本文類的考驗。《13·67》是首部獲得日本高度評價，同時又保留香港特色的本格推理小說，甚至確立往後港式推理小說的創作模範，意義非凡。

這幾年標榜「推理小說」的香港小說如雨後春筍般增加，像是雨田明《蝶殺的連鎖》、余家強《佛系推理》、傅真《全視之眼》等等。然而很少香港作家專攻特定類型，只是偶爾寫一下推理小說。香港有哪些推理作家這個問題也很少人答得出來。《偵探冰室——香港作家推理小說合集》中六位熱愛推理的香港作者，以這部合集作出「我們就是推理作家！」的宣言。

冰室是一種曾在上世紀香港流行的餐廳，至今仍然存在，以包羅萬有的食品著稱。此特色直接反映在《偵探冰室》這部合集上。重慶大廈、二樓書店、李氏力場、港鐵、動漫節和豪宅，七部短篇呈現香港不同面向，風格和題材十分多元，但也堅持保留推理小說的解謎樂趣。將不同的元素擺放在一起陳列，正是《偵探冰室》的整體結構最「港式」的地方。

推理作家寵物先生認爲《偵探冰室》是多角度觀察趣味的當代「快照」（Snapshot），更是輝映著《13．67》這部「過去篇」的「現在篇」[1]。的而且確，《偵探冰室》描繪的是直至二〇一九年前半年爲止的香港。但自從六月爆發的反修例風波，香港就再也不一樣，《偵探冰室》的「現在」也正式成爲「過去」。不過，小說原本就具備保留社會舊貌的功能，縱使《偵探冰室》的「香港」不再是現在，它的「快照」價值也不會因此而消失。

香港與台灣的推理羈絆

因同樣使用繁體字，香港長久以來都是台灣出版翻譯小說的附屬市場，香港推理讀者相當依賴台灣引入的歐美和日本推理小說。台灣踏入千禧年代後大量引入日本新本格年代以降的作品，並在小說中收錄評論與解說文章，將本格派、社會派推理與新本格等日本推理小說的概念發揚光大，間接爲香港進行了「讀者培訓」。不單如此，港台推理迷很早就在網絡上開始越洋交流，至今未有中斷。正如江戶川亂步成爲作家之前也是愛倫．坡的忠實讀者，沒有推理讀者就沒有推理作家。少了台灣有意無意的協助，香港的推理圈、推理界將難以茁壯成長。

《偵探冰室》中有三位作者曾獲得島田莊司推理小說獎首獎，亦有人曾入圍台灣推理作家協會徵文獎。陳浩基、譚劍和文善都是台灣推理作家協會的海外成員，多年來持續在台灣出版著作，《13．67》也是先於台灣出版，香港推理透過台灣發跡幾乎是不爭的事實。對此，香港一眾推理作家一直懷著感激之情。《偵探冰室》是香港推理界的成果，而台灣推理界也功不可沒。在此特別感謝蓋亞文化把《偵探冰室》帶到台灣。這次推出台版，可說是來自香港的一個「回禮」。

過去八個月，不少台灣人都十分關注香港的情況，亦對剛剛結束的台灣總統與立法委員選舉多多少少造成影響。這是因爲香港和台灣都正面對原有制度有可能開倒車

1 作者註：此處引用Readmoo讀墨《偵探冰室》seanwang517書評。出處網址：https://readmoo.com/books/remark/single/210113947000101/8960

的政治問題。推理小說的核心價值是探求眞相。只有在自由、平等、法治的社會，公義才能得到彰顯。描繪警探關振鐸一生的《13．67》之所以風靡全球，除了作品的高水準，也與香港警民關係日趨緊張、探求眞相變得越來越艱難的現況息息相關。面對這樣的社會，推理小說能扮演怎樣的角色，是未來需要繼續思考的議題。

冒業

二〇二〇年一月十四日

香港版序

香港的明日，由我們親手開創

「冰室」在五、六十年代於香港興起，受英國下午茶文化的影響，當時主要售賣西式冷飲和小食，例如咖啡、奶茶、三文治，也發展出港式獨特食品如紅豆冰、西多士、菠蘿油等。後來隨著兼售主食的茶餐廳出現，冰室逐漸轉營或結業，現存的傳統冰室估計只剩下約二十家，而且幾乎都已兼售其他食品。不過，近年亦有不少以冰室為名的新店開幕，吹起一陣復古之風，或許象徵著冰室早已成為香港文化的一部分，歷久不衰……

這個序原本是這樣繼續寫下去的，但因應近日發生的大是大非，實在不得不稍作改寫。

本文撰於二〇一九年六月中，在香港政府一意孤行下，在地圖上只佔一個小點的香港成為全球的焦點，一幕幕無理、暴力、血腥鎮壓無辜市民的畫面衝出國際，在全球互聯網上瘋傳；世界各地城市包括紐約、倫敦、柏林、台北、東京等都有不同形式的集會聲援香港人。執筆之時事情的結局未明，但有一點是肯定的，就是今日的一代人、五年前的同代或另一代人，都在這動盪的時刻覺醒了。

冰封三尺非一日之寒，要改變社會亦自然不是一蹴而就的事。香港市民在連續兩個星期日的遊行中，展現出香港人的團結和光輝，但改變世界不止於一瞬，也不是只有一種方法。即使有一日市民的訴求獲得正視，各位仍必須時刻警惕，香港政府未來隨時會再次提出類似的修例或立法草案。我身為一個曾經加入政府、奢想能從內引發改變，最終意興闌珊辭職的前公務員，離開後決定以另一種方式繼續作戰，以出版改變社會。從事寫作和出版四年，自問未有小成，卻發現吾道不孤，在創作圈中有風骨、有志氣的大有人在，亦一直嘗試著用不同方法摸索出突破點。

《偵探冰室——香港推理小說合集》是我們的一個嘗試，希望能藉著本書記錄這個年代的香港、香港人的生活，和香港人的想法，讓更多人關注本土社會議題之餘，同時推動香港推理小說創作和閱讀風氣。推理小說著重尋求真相和公義的過程，故事中的偵探從搜尋得來的線索和證據，以邏輯思考一步一步地推敲出事情的始末，為死者發聲，為受冤者平反。推理小說亦著重公平性，讓讀者在閱讀期間與作者進行一場智力競賽，看看能否在結局前早一步猜到真相。這種文體多少要求閱讀人口普遍擁有相當的教育程度和自由，並渴望公義得到彰顯，我認為香港正正是適合推廣推理小說的地區之一，尤其在近年的政治環境下，多閱讀推理小說，對揭破社會上的謊言、邏輯謬誤，和互相推卸責任很有裨益。

參與本書的六位作家在沒有太多的協調下，編寫出七個截然不同、風味各異的推理小說，由涉及命案、人身自由和安全，到較貼近日常生活的疑團（由於部分涉及謎底，請恕我不在此列明本書中哪一個故事屬於哪一範疇），各有特色。對於喜愛推理小說的讀者，自然會在此找到樂趣；即使你平日較少接觸推理小說，甚至不知道推理為何物，也可以將本書當作試菜菜譜，感受一下推理故事的趣味，同時認識一下不同的香港作家。如果找到喜歡的作家，不妨看看本書的作者介紹或在網上搜尋一下，支持一下他們的其他作品呢！

至於身為讀者和一般市民，你其實也擁有改變社會的動力，可以做的事情更多——以消費改變社會，珍惜你日常消費的一分一毫，認清它們的終點，盡量用來支持跟本土創作、與本土發展有關或認同香港價值的組織、機構和中小企；不要貪小便宜，把個人資料和私隱輕易出賣給背景不明或顯而易見的機構。另外，記得要登記做選民。當市民不再只顧食、買、玩，時刻留意身邊正在發生的事，積極參與及作批判性思考，社會和文化就會發生翻天覆地的改變，政府和政黨亦不敢任意妄為。

還有那些未冠的年輕人，此時此刻或許力量微弱，但當這群人長大，就會逐漸成為社會上不同崗位的棟梁。今日受過任何委屈的，不要忘記那些猙獰醜惡的面孔，並謹記長大後不要成爲那種無恥的大人。兄弟爬山，各自努力，我深信我們的明日，將由我們親手開創。

如果說冰室早已成爲香港文化的一部分，那麼法治和自由就是香港人一直以來最珍而重之的社會共同價值，我們絕不能輕言放棄。

我在此衷心感謝各位讀者爲香港的付出和支持本書，亦希望本書能夠成功——無論在於推廣香港推理創作和閱讀風氣，還是讓大家關注本土社會議題和認識本土作家。接下來，誠邀各位在《偵探冰室》內，一同享受一頓自由的推理下午茶，並攜手開創出屬於我們的未來。

望日

二〇一九年六月十八日

作者介紹

陳浩基

香港中文大學計算機科學系畢業，台灣推理作家協會海外成員。二〇〇八年以童話推理作品〈傑克魔豆殺人事件〉入圍第六屆「台灣推理作家協會徵文獎」決選，翌年又以續作〈藍鬍子的密室〉及犯罪推理作品〈窺伺藍色的藍〉同時入圍第七屆「台灣推理作家協會徵文獎」決選，並以〈藍鬍子的密室〉贏得首獎。之後，以推理小說《合理推論》獲得「可米瑞智百萬電影小說獎」第三名，以科幻短篇〈時間就是金錢〉獲得第十屆「倪匡科幻獎」三獎。二〇一一年，他再以《遺忘．刑警》榮獲第二屆「島田莊司推理小說獎」首獎。

他的長篇作品《13．67》（二〇一四年）不但榮獲二〇一五年台北國際書展大獎、誠品書店閱讀職人大賞、第一屆香港文學季推薦獎，更售出美、英、法、加、義、荷、德、韓、日、泰、越等十多國版權，並售出電影及電視劇版權。本書同時獲得二〇一七年度日本「週刊文春推理Best 10（海外部門）」及「本格推理Best 10（海外部門）」兩大推理排行榜冠軍，為首次有亞洲作品上榜，另外亦獲得二〇一八年本屋大賞翻譯部門第二名、第六回翻譯推理讀者賞第一名及第六回Booklog大賞海外小說部門大賞。

二〇一七年出版以網上欺凌、社交網絡、黑客及復仇為主題的推理小說《網內人》。另著有科技推理小說《S.T.E.P.》（與寵物先生合著）、科幻作品《闇黑密使》（與高普合著）、異色小說《倖存者》、《氣球人》、《魔蟲人間》、《山羊獰笑的刹那》、奇幻輕小說《大魔法搜查線》等書。最新作品爲短篇集《第歐根尼變奏曲》。

譚劍

曾任程式設計、系統分析、項目管理等工作。以結合人工智能和香港文化的《人形軟件》（台灣版書名爲《人形軟體》）獲首屆「全球華語科幻星雲獎」長篇小說獎金獎。探討未來科技與七宗罪的《黑夜旋律》入圍「九歌30長篇小說獎」。科幻武俠短篇小說〈斷章〉獲選入《華文文學百年選·香港卷2：小說》。以台南文化爲背景的奇幻小說《貓語人》系列入選台灣文化部一〇七年「年度推薦改編劇本書」。並獲倪匡科幻獎、可米瑞智百萬電影小說獎、BenQ華文世界電影小說獎等，入圍台北文學獎年金獎助計畫。另著有科幻短篇集《免費之城焦慮症》、長篇科幻小說《換身殺手》和《光柵謀殺案》等。

英國倫敦大學電腦及資訊系統學士，英國布拉德福大學企管碩士。台灣推理作家協會國際會員。好奇如鯊魚。喜歡旅行、動物和大自然。與家人和一隻愛撒嬌的狗住在西太平洋一個小島上。

文善

香港出生，中學時好友犯禁帶《金田一少年之事件簿》漫畫回校給同學傳閱，自此便愛上推理。

九十年代隨家人移民加拿大，落地生根。無車又無兵，假日只能跟著老爸常去圖書館，借閱當時有限的中文書籍，維持了中文的讀寫能力。也從漫畫「進化」到看推理小說，最愛日系本格推理，覺得各種設計巧妙的詭計就如一件件精緻的藝術品。

大學畢業後開始嘗試寫作，曾三度入圍「台灣推理作家協會徵文獎」決選。當「島田莊司推理小說獎」開辦時，抱著和推理界朋友去慶典的心情參加，每屆參賽的成績都有進步，終於在第三屆憑《逆向誘拐》榮獲首獎。小說並由香港導演黃浩然改編成電影，於二〇一八年上映。

在這個社會派和懸疑作品當道的年代，希望透過帶有不同元素的作品，給讀者接觸本格解謎的趣味。長篇小說有結合愛情和甜品的《店長，我有戀愛煩惱》、帶有商業背景的《你想殺死老闆嗎？（我們做了！）》，還有女性議題和科幻設定混合的《輝夜姬計畫》。另有短篇作品散見港、台雜誌和網路平台。

黑貓C

香港理工大學電子及資訊工程學系畢業。二〇一五年開始在網上連載科幻、奇幻小說，翌年以武俠小說《從等級1到武林盟主》系列出道。他涉獵多種類型寫作，同年以數學為主題創作推理小說《歐幾里得空間的殺人魔》，並於二〇一七年獲得第五屆「金車．島田莊司推理小說獎」首獎。另著有奇幻輕小說《末日前，我把惡魔少女誘拐回家了！》系列。

望日

香港科技大學土木及環境工程學學士、土木工程學哲學碩士。曾任職香港政府一級行政主任。輟筆多年後，仍對寫作念念不忘，為實現以創作為終身職業的夢想，遂丟棄鐵飯碗全職寫作。

二〇一五年獲編輯賞識以科幻小說《黑色信封》出道；二〇一六年成立星夜出版，繼續出版自己的作品外，同時與有理想、有潛質的作者攜手發展。

二〇一七年以《深藍少年》獲提名第八屆「全球華語科幻星雲獎最佳長篇小說獎」。二〇一七年及二〇一九年分別以〈小說殺人〉及〈殺死物理教授的物理〉入圍第十五屆及第十七屆「台灣推理作家協會徵文獎」準決選。

另著有《時間旅行社》、《等價交換店》、《死角》（與曹志豪合著）、《有冇搞錯！我畀咗成千蚊人情去飲，竟然九道菜全部都係橙》[1]、《當愛情變成一場遊戲》、《粉紅少女》及《白色異境》。

堅信夢想，勇於走出舒適區，不斷尋求挑戰。

冒業

九十年代出生。香港中文大學計算機科學系畢業，現職軟體工程師。二〇一六年以〈S.T.E.P. Recursion〉入圍第十四屆「台灣推理作家協會徵文獎」準決選；二〇一八年以「反推理」作品〈古典力學的象徵謀殺〉入圍第十六屆「台灣推理作家協會徵文獎」決選。

除了創作也從事評論活動。二〇一四年開設了部落格「我思空間」，不時在上面發表作品評論。文章曾於U-ACG、01哲學、同人評論誌Platform、MPlus、Sample樣

1 粵語翻譯：「怎麼搞的！我付了足足四千塊禮金去吃喜酒，竟然九道菜全部都是柳丁」。

本、微批、明周文化等刊登，並為劉慈欣小說合集《流浪地球——劉慈欣中短篇科幻小說選》撰寫代序和譚劍科幻小說《黑夜旋律》撰寫解說。是伊藤計劃的書迷，先後寫了七篇文章把《虐殺器官》、《和諧》，以及《屍者的帝國》三部作品的小說版和劇場版動畫進行詳盡的比較分析和考察。

筆名是「不務正業」的異變體。

重慶大廈的非洲雄獅

——

譚劍

1

星期五下午四點四十五分，簡慧思抵達昂坪360門口。迎面而來的都是剛從寶蓮寺離開的中國旅客，耳裡塞滿她聽不懂的中國方言。

這時離六點的關門時間只剩下一個多小時。除非只爲遊車河[1]，否則沒有人會坐這段單程需要二十五分鐘的五點七公里車程。大部分中國旅客早就下山，準備即日離開香港。港珠澳大橋通車後往來香港和中國更方便了，香港酒店房價高昂，他們沒有留宿的必要，不少來東涌的旅客甚至自備伙食，純粹觀光不消費。

簡慧思左顧右盼。雖然香港本地的印度教徒和回教徒都沒興趣踏足佛門之地，但她仍然不敢疏忽，小心駛得萬年船。

她在售票處徘徊了不到三分鐘，那個穿灰衣戴鴨咀帽叫Max的青年就來了。他樣貌和照片上的差不多，以警察來說，實在很年輕，像二十出頭，比自己還要小幾歲，但可能是身形偏瘦帶來的錯覺。她一直以爲警察就算不是孔武有力，也會較健碩。

雖然是第一次見面，但他們交換了眼神後，就很有默契地出示車票直接步向纜車

1 遊車河：港澳用語，開車逛街之意。

月台。纜車像一件件迴轉壽司徐徐前進。各種機器發出的聲響絞在一起，像她家鄉裡日夜不停運作的小型紡織廠。

排隊的人不多。他們上車時，他攤開手，示意嬌小的她先上，她也就不客氣，坐在左邊的順方向位，他坐在對面的倒頭位。車門關上後，慢行了一段短路程後就加速衝出車站。她耳邊響起風聲，腳底下風景廣闊而壯麗，但無法讓她感到興奮。

「不好意思要你來到大嶼山這麼遠。」簡慧思提高聲量道。「這事太敏感，我要見到你本人才能說得詳細。」

「我明白。」Max沒有點頭也沒有笑容，那個嚴肅的表情和其他警察沒有兩樣。「周警司告訴我這是特別任務，叫我盡量配合妳。」

而周警司告訴她的是：Max長年駐守港島區，別說巡邏重慶大廈的同僚不認識他，就是油尖旺區也沒多少警察認識他。

「He's clean.」周警司在電話裡用美劇裡常出現的台詞跟她說。不過，簡慧思擔心的是另一件事：如果連他也幫不上忙，就沒有第二個人選了。

稍後下山時會有人和他們坐同一個車廂，她要好好把握這黃金二十五分鐘的車程，把話講清楚。

「每個星期我都會在重慶大廈[2]的志願者機構裡教英文和廣東話。我的學生都是成年人，大部分是香港土生土長的南亞裔，也有來自世界各地的難民，少部分是非法居留人士。他們因不同理由無法離開香港，只能留下來。有些人來香港後甚至從沒離開過重慶大廈，在裡面生活了好幾年。我上課時會和他們聊天，討論各種國際議題，聆聽他們的心聲，所以我對重慶大廈裡各色人種的生活狀況都有很深厚的認識，掌握裡面的風吹草動。他們也很信任我。雖然我是女人，但在裡面非常安全，沒人敢打我主意——」

「妳這次要說的人是妳的學生嗎？」Max打斷她的話。

「不。」她打開手機，展示了幾張照片。主角是個在炒菜的非洲中年男人，對著鏡頭微笑。「他叫Tau，在一間非洲餐廳的廚房做非法勞工。我常去吃他們的非洲雞，所以和老闆很熟絡。」

看到Max露出懷疑的表情，她忙道：「非洲雞其實不是非洲菜而是葡國菜，但他們也會做。年多前他們的非洲雞味道變得不一樣，好吃了很多，我問老闆是不是換了廚師，他就介紹Tau給我認識。重慶大廈裡不少人都是非法勞工，不過，就算海關收到舉報來查，門口的天文台[3]就會通水[4]，他們這些非法勞工會馬上放下工作，裝作是重

2 重慶大廈：位於香港九龍尖沙咀彌敦道，以南亞人聚居、手機跨國貿易及廉價賓館聞名。
3 天文台：粵語中指進行非法交易活動時，被派擔任看守門口者之意。

慶大廈的住客。Tau這種廚房佬會離開廚房坐下來裝成食客。海關奈何不了他們，往往隻眼開隻眼閉。」

Max點頭：「我們捉毒販時也一樣。他們聲稱毒品只是自用，警方就只能檢控他們藏毒罪而不是罪名重得多的販毒罪。妳繼續說。」

「Tau說自己是難民，我也沒有追問，不是每個人都想說自己的故事。前天我在那家餐廳吃飯時，老闆低聲告訴我Tau的來頭原來很不簡單。有些人聲稱自己是回國後會被迫害的政治難民，但其實只是想來香港過更好生活的經濟難民；然而Tau卻是眞正的政治難民。他來自東非民主共和國。五年前東非因饑荒而陷入大混亂，數萬人在首都示威，政府軍事鎭壓，屠殺了成千上萬人，甚至派戰機轟炸大學，因爲很多大學生號召民眾上街，也利用Twitter通風報信。Tau本來是大學教授，但見到遍地的學生屍體後，和幾個志同道合的人組織起來，得到外國提供軍事裝備和訓練，跟政府軍對抗。他甚至親自拿機關槍上前線作戰。那時他留了大鬍鬚，外國媒體叫他作『非洲雄獅』。可是，他們始終不是專業軍人，最終吃了敗仗，被國家通緝。Tau很多戰友都被殺，他跑到鄰國後怕被出賣，只好繼續逃亡。他以前聽過朋友說來香港做生意，而且他的護照能入境香港，便在朋友協助下輾轉來到重慶大廈住下，同時向聯合國難民署求助。」

纜車上上落落，經過兩座轉向站，進入最後登山的直路，簡慧思已可看見遠處的天壇大佛。

「Tau一直隱姓埋名，在廚房默默工作。他在香港才第一次吃非洲雞，覺得要做的話不難，於是也學做，沒想到做出重慶大廈最好吃的非洲雞。眞希望你有機會可以試。」

簡慧思故意說些Tau的逸事，希望Max對他有好感而不會坐視不理，但他似乎沒有反應，大概很不耐煩。她只好盡快說重點。

「Tau以爲在重慶大廈裡很安全，但他一直不甘於戰敗，仍然和其他分散在世界各地的戰友聯絡，籌募資金，招兵買馬，準備重新集結回國推翻軍政府。不料走漏風聲，軍政府派人千里迢迢來香港殺他。」

「他該有這心理準備。人來到了嗎？」

「昨天來到。他們會放火燒重慶大廈嗎？」

「如果會放火的話，就不是找我這種small potato[5]。我認爲他們會盡量把傷亡控制在最小規模裡，就是暗殺，否則很難逃脫。放火其實很難確實目標人物是否眞的死掉。我有很多問題要問。首先妳怎確定他眞的是政治難民？」

---

4 通水：粵語中指做內應、通敵之意。

5 small potato：港式英語，小角色之意。

「他的履歷寫在身上。」她見他似乎不明白，解釋道：「他身上有被流彈擦傷過的痕跡，也失去了左腳兩隻腳趾，但行動自如，看不出來。」

「妳怎確定有人在追殺他？」

「我從其他人口中聽到懸紅三千美元。」

「太少了吧！應該有人落格[6]。知道他身分的人有多少？」

「餐廳老闆和廚房裡另一個廚師。另外，他住的賓館老闆和菲傭都知道。」

「賓館老闆是什麼人？」

「香港人，七十幾歲。」

「Tau不能再留在重慶大廈。」

「爲什麼？Tau住單人房，現在足不出戶，只靠菲傭幫他處理飲食。老闆不會多話，以免出意外影響生意。如果他一直躲在他的小房間裡，要找他的人也奈何不了吧？他有方法找到錢，可以一直住下去。」

「是這樣說沒錯。不過，現在那些人願意保他，是因爲懸紅只有區區三千美元，可是如果懸紅提高到一萬美元，甚至三萬美元，情況就不一樣。」

簡慧思聽得心驚膽跳。這警察雖然看上去並非孔武有力，但說的話一點也沒錯，那些人的確會把懸紅逐步提高。如果剩下來的錢可以塞進自己口袋裡，誰願意把錢全部送給人？

Max低頭沉思時，簡慧思偷看纜車外的風景，昂坪市集的車站已經出現，幸好她的話也講完了，希望剩下來的時間夠他發問。

「我要想辦法讓Tau離開重慶大廈，妳可以安排他住在安全的地方嗎？」

「可以，但不是在香港。香港的非裔人很少，Tau不懂中文，能說的英文也很有限，離開重慶大廈的話，根本無法在這個城市生存下去。他唯一可以逃出生天的方法就是離開香港去其他國家。我可以找門路給他買機票和辦理外國簽證。」

「很好，現時最大的難題就是怎樣讓他平安離開重慶大廈？他可以裝成女人戴面巾離開嗎？」

「他塊頭很大，扮女人很突兀。」

「所以也無法縮成一團藏在行李箱裡。」Max抓抓後腦。「他房間窗口大嗎？」

「很小，他無法鑽出去。」

「重慶大廈有多少出入口？」

「很多，除了正門，還有至少五個出口，但我發現現在每個出口都有人把守。能夠從天台離開嗎？」

6 落格：粵語中指貪掉、污掉之意。

「不可能。要找他的人一定會考慮天台。我要親自去重慶大廈一遍。」

他始終維持嚴肅的表情，讓她覺得他接受這任務應該是不情不願，但無法違抗上級的指示。

「要我帶路嗎？」

「不用。妳帶我到處走的話很容易令人起疑。我們再聯絡，我會發短訊給妳。」

纜車開進車站時，Max問：「妳常約人在纜車上開這種會議嗎？」

「對，我有『360全年通』[7]。」

「妳膽子眞大。」

「你以後也可以考慮。」簡慧思幾乎想叫他也買一張，但這場合顯然並不適合。

車門打開後，Max示意她先下車。

「不用了！我們分頭離開吧！我坐巴士回去東涌。」

2

第二天，Max來到重慶大廈，門口的南亞人忙於爲咖哩店、賓館和洋服店熱情拉客，沒空理會他。只有兩人追著他，但被拒絕後也沒有死纏爛打。商場沒有中央空調，讓他感到空氣很不通爽，彷彿眞的身處南亞的商場。

這裡離半島酒店[8]只有數街之隔，卻是兩個截然不同的世界。有些遊客和香港人被重慶大廈的聲名狼藉和種族成分複雜的氣氛嚇壞，只敢舉起手機，不敢走進去。

其實這是Max第一次踏足重慶大廈，幸好他做好了入場前的功課。

大廈被冠以「重慶」這名字有兩種說法：第一種是這位置以前是重慶市場，第二種也是更多人說的：出資興建重慶大廈的菲律賓華僑支持國民黨，他們念念不忘國民黨在抗戰時把重慶設爲陪都，因此也傳說國民黨以前在大廈裡設立支部。

重慶大廈由五座十七層高的大廈組成。每座有兩部獨立升降機，分別前往單數和雙數樓層，雖然不算殘舊，但很小，三個大隻佬站進去就塞爆。整個大廈有三百三十多個閉路電視，遍布在每個樓層、後樓梯和升降機裡，加上警方會定時巡邏，簡直密不透風。雖然位處油尖旺這種九反之地，但沒有本地黑幫插旗。其實，警方只會處理殺人、傷人和強暴等嚴重犯罪，對其他小案件根本無法過問。外地來的人不會講廣東話，有些連英語能力也非常有限。而在本地出生和居住的南亞裔人雖然會聽會講廣東

7 ３６０全年通：昂坪３６０的乘客優惠計畫，憑票可全年無限次乘搭。

8 香港半島酒店（The Peninsula Hong Kong）：位於九龍尖沙咀，是香港歷史最悠久、最著名的高級酒店，代表了香港豪華的一面。

話，卻不會讀寫中文。如果警方要寫報告給這些「重慶人」簽名，必須寫英文，沒有警員想給自己找麻煩。這裡商舖通行的語言其實是印度人和巴基斯坦人說的烏爾都語（其實有分別）、中東人說的阿拉伯語和其他非洲語。香港人在這個少數族裔聚居的地方反而成爲少數族裔。

重慶人堅守兩大原則：發達求財和安安穩穩住下去。信奉印度教的印度人和信奉回教的巴基斯坦人本來是仇家，但在這裡可以爲共同理念和平共處。那些在非洲是死對頭，打到不清不楚的族裔也一樣。重慶大廈在九十年代曾經因供電房爆炸而斷水斷電十日，最後一眾業主合作做重建工程，也加裝閉路電視。不用說什麼「最佳全球一體化例子」那麼宏偉，只因爲重慶大廈是他們的命脈，不少人除了重慶大廈外，就沒有其他地方可去；有些人甚至幾年來一步也沒離開過。對他們來說，這座上過美國《時代》雜誌的大廈就是他們的整個世界。

重慶大廈裡有自己的秩序，警方巡邏只是做做樣子，可以不管就不管，包括這次要處理的問題。如果警方開了先例，正式走進這個熱廚房切菜，以後就要負責其他廚房工作，包括沒完沒了地清理殘羹剩飯，再也無法抽身而出。

Max步出升降機，再推開門，就見到簡慧思和一個視覺年齡六十來歲穿街坊裝的中國籍男人坐在兩張摺椅上。她怎會覺得他超過七十歲？不可能。

地板上放了兩個吃完的飯盒，很可能是咖喱。Max無法想像每天都吃同樣的食物，即使他喜歡的燒味飯也不行。

簡慧思和男人頭頂上方是Rick's Hostel[9]的招牌，旁邊放了張看得出經歷相當歲月的《北非諜影》海報。同樣懷舊的還有他們身邊生鏽的笨重大桌子。Max才不想拉開桌子的三層抽屜，裡面藏不下一顆人頭，但有甲甴[10]跳出來的話不會教他意外。其實整間賓館看來一點也不屬於二十一世紀，而是停留在港產片裡看到的八、九十年代。

簡慧思介紹他給老闆認識後，老闆親自帶他們去六號房。這房間並不位處走廊盡頭，而是在中間位。從門與門之間的短小距離，不難估算出每個房間的空間是何等逼仄。Max也不難想像，萬一發生火警，在沒有窗口的窄長走廊裡，住客，特別是遊客會爲了爭先恐後輕易由驚惶失措變成恐慌，萬一有人跌倒導致人踏人阻塞通道，就會成爲人間煉獄。

老闆連敲了三下門：「It's me.」

門打開來，Tau塊頭果然很大，目測一米八。這傢伙果然不能裝成女人或塞進行李箱。他刮清了鬍鬚，容貌像拍過《紙牌屋》、《月亮喜歡藍》和《綠簿旅友》的馬許

9 Rick：《北非諜影》裡主角的名稱。

10 甲甴：粵語中指蟑螂之意。

沙拉·艾利（Mahershala Ali），但命運差天共地。一個是奧斯卡最佳男配角，另一個卻是落難的非洲雄獅。

簡慧思和Max兩人擠進這間劏房[11]後，已經沒有空位容納挺著大肚子的老闆。房裡的空間太小，只有一張床，上面有部筆記型電腦；四件衣物都用勾子掛在斑剝的牆上。勾子上方用膠紙鄭重貼了張聖城麥加的神聖黑色正方體建築物「天房」（又名「克爾白」，Kaaba）的照片。牆角有個橙色的老舊行李箱和一雙新的運動鞋。這些應該就是Tau的全部家當。劏房裡沒有冷氣機。窗外是熱鬧而五光十色的彌敦道，但拉上黑色窗簾後只傳來車水馬龍的聲音。

東非民主共和國曾經是法國殖民地，Tau只會說很簡單的英語，是在重慶大廈學的。他講他自己的事時語速稍快，大概是講過很多遍；回答Max的提問則很慢，但無阻Max了解他熱情的性格，和對正義的堅持。

在Tau展示身上的履歷前，Max已經確定他是貨真價實的政治難民，而且下定決心讓他安全無恙地離開重慶大廈、離開香港，投奔自由的世界；更希望他推翻軍政府，讓他的同胞擁有民主和自由。

「有方法讓他離開嗎？」簡慧思用廣東話問。她的眼睫毛很長，一雙大眼睛很漂亮。她站得很近，讓他嗅到她身上淡淡的薰衣草香水味。

「我到附近看看，等下再回來。」Max簡短回答，不想給他們不切實際的美麗幻想。

3

Max沿樓梯往下走，沿途碰到不少人，有往下的，也有的往上。重慶大廈不乏他這種到處看的人，不只遊客，也包括不想排隊等升降機的住客。

很多樓層都瀰漫咖哩味，不只因爲印度餐廳，不少住戶也會自行煮咖哩。其實不少重慶人身上都帶有咖哩味。

這裡早就不是《重慶森林》[12]裡的重慶大廈，連底下的重慶商場經營的舖頭也改頭換面過好幾次。有書說北非和中東一帶有五分之一、甚至四分之一的手機是經重慶大廈這裡出口。可是那股潮流已經過去，商人早已直接上廣州採購，一樓商場的手機店和貨運公司（目的地全是中東和非洲國家，像肯亞、烏干達、突尼西亞、象牙海岸、喀麥隆、杜拜等）因此變得門庭冷落。走來走去的反而是送外賣的南亞青年，或穿Deliveroo[13]冰藍制服的步兵。

---

11 劏房：劏，指切開。劏房，指業主或二房東把一個住宅單位隔間成窄小的獨立住宅單位。

12《重慶森林》：一九九四年王家衛導演的香港電影。

13 Deliveroo：爲英國餐飲外送平台「户户送」。

地面商場熱鬧得多，靠近正門的全是找換店[14]，分布在外圍的則是把桌椅都放到走廊的餐廳。這裡也有不少鐘錶批發店和印度雜貨店，後者可以找到印度即食麵和水果。芒果算是這裡的名物，他想買幾個回去但不想讓店家留下印象。本來他也打算找間咖哩店享受傳說是全港最好味的咖哩，但一個人去太惹人注目，應該等事情全部了結後再來，如果順利的話。

沒有商店播 *California Dreamin'*[15]，他們門口的電視只會播 Bollywood[16] 電影。重慶大廈不再是生人勿近，有些香港人會來祭五臟廟，但未必知道三樓的小平台，這裡有兩部自動販賣機。天台就不用上了，他從網絡上找到照片。五個天台的地板給塗成不同顏色，從高空看非常顯眼。

重慶大廈正門旁邊有「重慶站」和「重慶運動城」兩個商場，雖然在重慶大廈範圍內，但和香港其他商場沒有差別。

重慶大廈和重慶商場是個大迷宮，但不管這迷宮裡面有多複雜，重點只有一個：有多少個出口？

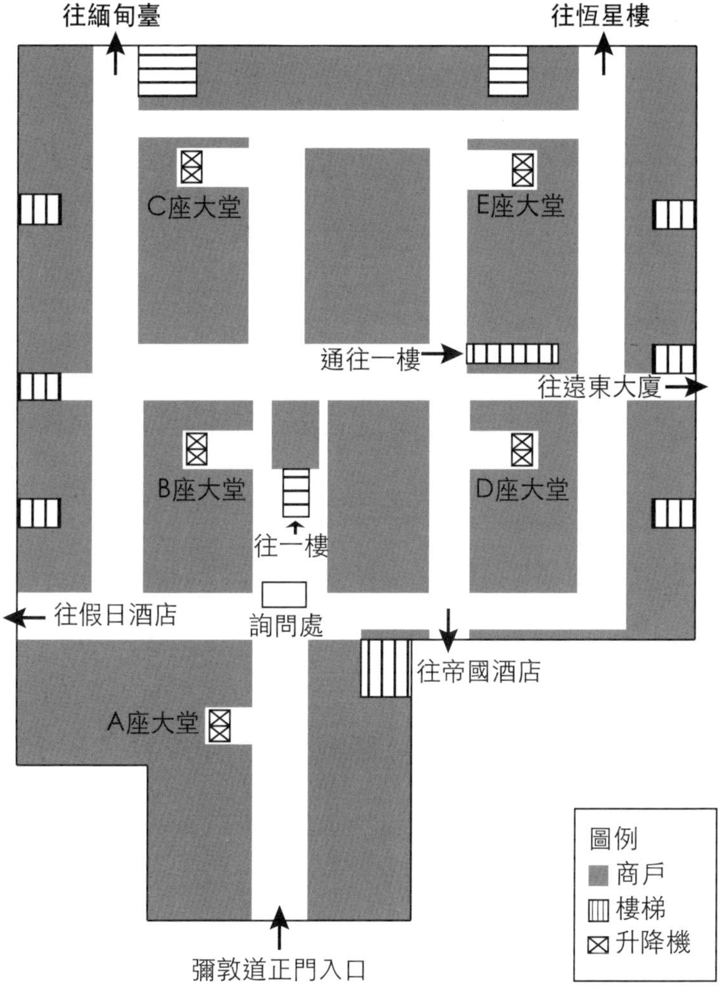
往緬甸臺
往恆星樓
C座大堂
E座大堂
通往一樓
往遠東大廈
B座大堂
D座大堂
往一樓
往假日酒店
詢問處
往帝國酒店
A座大堂
圖例
商戶
樓梯
升降機
彌敦道正門入口

除了面對彌敦道的正門，在外圍也有五個出口，分別對著帝國酒店、遠東大廈、恆星樓、緬甸臺和假日酒店。而不論是哪一個出口，都有人在把守。Tau無法輕易離開，他住的B座不只離任何一個出口都不近，而且位處地面商場的險要位置，相隔四個舖位就是詢問處，靠近一點則有樓梯通往一樓，雖然不是最人來人往的一段路，但絕不是水淨鵝飛。

4

Max回到Rick's Hostel那個小房間，Tau和簡慧思沒說話，但不約而同擺出「有方法離開嗎？」的表情。

Max叫Tau站起來，量了他的身高和三圍，連腳的尺碼也沒有放過，最特別的是量了他頭顱的尺寸。

「有，但我需要時間準備。」Max邊量邊說。

簡慧思表情沉重：「他的特殊簽證剛申請到了，但有效期很短，在七十二小時內要抵達那邊。」

「是什麼地方？」

「一個歐洲國家。」

Max發出「哼」一聲，冷笑道：「這種安排根本不是希望申請者趕得及去。若把飛行時間計算在內的話，就要在兩天內離開香港，對吧？」

5

周警司的辦公室裡瀰漫三合一咖啡的香味。警署提供的就只有這種廉價貨色，以免被外人誤會他們浪費公帑在高價飲料上。聽說廉署[17]也是用同一牌子的咖啡，但Max不想親自去印證。

辦公室外面是聞名國際的維多利亞港夜景，包括重慶大廈在內的尖沙咀也盡收眼底。如果有天橋可以由周警司的辦公室接駁去Tau的房間，Tau就可以直接走過來。

14 找換店：指的是在香港兌換外幣的店。

15 California Dreamin'：由John Phillips和Michelle Phillips譜寫的英文歌，於一九六五年面世。此曲在《重慶森林》電影裡反覆播放，並是第二部故事（梁朝偉及王菲）的主題。

16 Bollywood：寶萊塢，印度孟買電影工業基地的別名，也常以來代稱印度電影。

17 廉署：又稱「廉記」，是香港廉政公署的簡稱，「喝廉記咖啡」有被廉記調查之意。

周警司聽了Max的提議後一直沉思，其間應該喝了半杯咖啡提神，大概在腦裡上演整個計畫執行時的畫面。Max希望這個看來沒去過重慶大廈的警司，不會把商場所沒有的咖哩味胡亂加進幻想裡。

「這計畫不是不好，只是好像太複雜了。」周警司皺起眉頭。他做事按部就班，是靠指揮本領屢破大案，否則不可能平步青雲。Max欣賞他的本領，但這次不是要對付毒販或追捕通緝犯，以往的偵緝經驗全部用不上。「爲什麼不簡單一點？」

Max記得警校裡的教官常教學員不要胡思亂想，構思必須謹慎周密。可是，現實中的罪犯經常有天馬行空的想像力。如果警察想法保守，怎可能勝過不守遊戲規則的對手？

「我覺得這就是最簡單的方法，總不能大搖大擺走出去。我不能當對方是笨蛋，所以要比他們多走一步。」

「你能找到道具？」

「我認識一家公司可以提供，效果很好。」

「可是他身材高大，很惹人注目。」

「對，所以我要找三個人幫他。」

「你要什麼人？」

「三個都是白種青年，三十歲以下、身高約一米八左右。當然，要醒目，能隨機應變。」

「這不難，我應該能找到。」

「太好了。」

「如果你能辦好這件事，我會寫進報告裡。」

「Thank you, sir. 但我不希望給派去巡邏重慶大廈。」

「當然不會。如果你能解決這次重慶大廈的難題，應該有更好的發展。我希望你有機會出國交流，這對你日後考警司很有幫助。我們警方從來沒有用這種方式成功處理過重慶大廈的事。華籍伙計打不進去，南亞裔伙計我們信不過。就算做研究，也只有那個高登仔一條友[18]搞得掂[19]。」

那個高登仔指的是中文大學人類學教授麥高登（Gordon Mathews）[20]。他那本《世界中心的貧民窟：香港重慶大廈》（*Ghetto at the Center of the World: Chungking Mansions, Hong Kong*）聽說是研究重慶大廈的必讀書，連巡邏的伙計也要熟讀。教授

---

18 一條友：粵語中爲一個人之意。

19 搞得掂：廣東話中爲「搞得定」之意。

20 麥高登：英國籍的香港中文大學人類學教授。重慶大廈屬於他的專業研究領域之一。

對重慶大廈起底[21]比警方厲害得多，因爲是白人，和重慶人沒有利益衝突，重慶人也很清楚即使坦白招認是過期居留，教授也絕不會向警方爆料，因此他同時肩負居民心理醫生，聆聽他們心聲的角色。但有一點周警司錯了，教授找了不少助理幫忙，包括華籍女助理。她們曾因不了解文化差異而惹上麻煩，像誤會了微笑和握手這些西方基本社交禮儀對某些族群來說等於接受愛意。

和簡慧思見面前一天，Max快速讀完整本書，對重慶大廈的社區有了基本概念。不過，他認爲Tau如果能逃出生天，眞正要感謝的是簡慧思，沒有她穿針引線的話，Tau只有死路一條。

6

東非民主共和國派來的暗殺小組一共有十二人。他們之前沒來過亞洲，所以找了個非洲商人做導遊。導遊給他們介紹重慶大廈和附近一帶的環境，帶他們走一圈，也介紹了部分重要的重慶人給他們認識。

其實他們甫走進重慶大廈門口就驚動非裔天文台。他們的眼睛不像充滿好奇的遊客或來做生意的商人，而是像一群嗜血的斑點鬣狗，沒有談判的餘地，只要盯上了獵物，就會出於本能毫不留情地合力把對方殺死。

透過口耳相傳和WhatsApp群組，整座大廈裡的非裔居民很快就知道有特別貴賓來訪；十分鐘後，就連其他族裔也得悉，但他們覺得就像電影《黑豹》裡的情節（電影播映期間，非裔族群爲終於有同一膚色的超級英雄而自信心高漲），這是Wakanda的內戰，只是把戰場搬到ChungKing[22]來。不管發生什麼事，對方都只會找非裔人的麻煩，外人最好不要插手。居民不讓小孩到處跑，把他們關在家裡，把大門的好幾重大鎖都鎖好，大人下班後也匆匆回家。不過，商販仍然繼續做生意，這是重慶大廈的命脈，連內戰也阻擋不了。

暗殺小組拿Tau的照片到處問人，說他在非洲的家人患上重病，性命危在旦夕，要盡快帶他回去；他的家人願意付三千美元找他。但沒有人相信那個爛藉口，他們認爲小組是來討債的，類似的事在重慶大廈無日無之，連保安公司和警方也習以爲常，不會採取行動，但這次的款項數目一定非常驚人。

懸紅這種事，就像大草原上的獵豹追逐獵物一樣。賞金越多，跑得越快越遠，獵物越容易到手。大家對懸紅反應不一。有些人即使不認識Tau，也不想出賣他。有些人

21 起底：在香港爲「人肉搜索」之意。
22 ChungKing：爲「重慶」的拼音。

覺得該好好把握賺錢的機會，三千美金雖然不足以退休或環遊世界，但對重慶居民來說卻是一筆大錢，可以開展香港與家鄉之間的貿易往來，是他們參與「低端全球化」的入場券，是改善自己和家人人生的起點，否則只能一輩子在這地方做廉價勞工甚至黑工。可是大部分人根本不知道Tau的存在。即使Tau身材高大，但一點印象也沒有留下。聽到Tau在重慶大廈住過一年以上，很多人都佩服他行蹤像隱形人般不可思議。

把懸紅提高到五千美金不到半小時，就有人報料說Tau做過廚師。小組趕去他棲身的小房間，但人已經不見了，連東西也沒拿走，反應快得很不尋常，唯一可能就是Tau早就準備了撤退方案。他不可能避開守門口的線眼，那些線眼都是手頭緊的年輕人，做人沒有太多原則，也不會提出太多問題，只想盡快拿他換錢。非洲雄獅仍然留在大廈裡，只是像老鼠般躲在某個角落。

如果能翻查ChungKing三百多個閉路電視的錄影，就可以知道他躲在哪裡。可是除了保安公司和警方，沒有外人可以找來看。

小組很清楚重慶大廈有近千個單位，大部分業主是本地香港人和從中國來的老移民，把空間租給不同國籍的人，對方也許會做二房東再租出去。業權不只多，而且分散。他們無法闖進每一個單位去找Tau。如果引起這種規模的衝突，警方一定會介入，把他們全部趕走。這次行動要在多重限制下執行，絕對不能在殺Tau前另生事端，就像雖然有核彈，但一旦扔了後戰爭便要結束。他們能做的，就是發現Tau後，給他一刀，然後馬上逃離重慶大廈。

他們想到不同方法去打聽Tau的消息。十二人住在不同的賓館，第二晚換別家，希望可以住遍所有賓館，不只可以名正言順在賓館範圍裡走動，也可以和其他非裔同胞聊天，爲取信於人，他們會用彼此的共通語言交談，像南非通行的南非荷蘭語、中東流行的阿拉伯語和北非流行的法語等。做過僱傭兵的人除了熟悉各種常用的武器，也通曉好幾種語言，否則難以在戰場上生存。

很多重慶人不約而同認爲Tau如果要離開，唯一的方法是透過簡慧思，不只因爲她學歷高很聰明，她也在重慶大廈以外擁有他們無法掌控的人脈。

暗殺小組成員一致認爲她知道Tau的眞正身分，也給Tau準備了Plan B，可惜無法綁架她再嚴刑逼供，只好派人盯梢她，但始終一無所獲。她一直在大廈裡走來走去，和不同的人打招呼，看不出在做什麼祕密勾當。她在這裡不是女王，也沒有物業，但受她恩惠的人太多，讓她一個弱質纖纖的女人可以在這裡暢通無阻，和她硬碰的話說不定會有人看不過眼。他們只盼望能從她的行蹤找到指向Tau的線索。

7

下午五點半，三個白種青年從中間道下車。他們戴上太陽眼鏡，穿了好幾天沒洗的衣服，揹上貼了行李標籤的大背囊，腳踏黑黑髒髒的運動鞋，看來和其他背包客沒有兩樣。路上照樣有南亞裔人問他們要不要買手錶或者訂製洋服。

他們一概沒理，繼續低調前往重慶大廈。

門口的南亞人擁向他們。只求廉價住宿的外國青年幾十年來一直是重慶大廈的擁躉[23]，即使在Airbnb上可找到更便宜的房間，但背包客入住國際知名的重慶大廈，和回教徒前往聖城麥加朝聖同樣是此生不可或缺的體驗。

三個青年在B座升降機前排隊，引起暗殺小組成員Ali的注意。Ali認爲他們不是單純的背包客。雖說是冬天，但在極端氣候下，這個冬天甚爲和暖。攝氏十八度對白人來說只是微涼的夏天，沒必要穿長袖長褲，更沒必要戴太陽眼鏡。他們的打扮很不尋常。白人不見得特別優秀，他們同樣會吸毒、濫交、到處向人借錢。除了膚色不同，和其他族裔沒有兩樣。

他們三個人幾乎佔光了升降機全部空間，Ali無法擠進去跟蹤，只好跑去報告首領。Obi和其他輪夜班的成員在晚上才活動，這時仍在睡大覺。Obi說過，只要發現什麼不尋常，就要叫醒他。他是從戰場活過來的人，只要一醒就能進入作戰狀態。

8

Max已經在Tau的房間守候了一個多小時，其間喝了兩罐啤酒。Tau換上他平日不穿的服裝，面容緊繃、身體顫抖，彷彿是準備伏法的刑囚。

「好好放鬆，深呼吸。」Max不明白Tau連戰場也上過，開槍經驗比自己豐富得多，這時有什麼好怕？他上戰場是虛構的嗎？不，真正的恐懼並不需要理由。這和人畏高怕黑同樣道理。應該反過來想，像Tau這麼怕死的人，居然會上前線作戰，這需要多大的意志和勇氣？

旁邊的房間傳出關門聲後，有人在相連的薄牆上輕輕敲了三下。

他們到了。

——下面人多嗎？

Max發短訊過去問。

——很多，我們在大堂排了三分鐘才能進升降機。

人多才能掩護，這是行動的好時機。

「你準備好了沒有？」Max問。

Tau盯著床上的仿真頭套。說是頭套並不正確，其實也包括頭部和大半個肩膊，以

23 擁躉：指粉絲、狂熱者之意。

防膚色差異露出破綻。這頭套是荷里活[24]特技級的產品，幾可亂眞，是從電影公司找到的。有些導演並不喜歡ＣＧ，就叫特技演員戴上後代替主角去飛車。

戴頭套來行騙這一招不是Max發明的。二〇一〇年時美國俄亥俄州有個聰明的白人戴上黑人頭套行劫，警方據閉路電視的錄影抓了個容貌相若的無辜黑人。後來東窗事發是因爲白人的女友告發。二〇一一年有個白人老翁從香港登機，眼利的空姐發現這個臉上滿布皺紋的老人手背皮膚出奇地光滑，暗暗留意他。老人去洗手間後，回來坐在他座位上的竟是個她沒見過的二十歲青年。他下機後被加拿大邊境服務局（Canada Border Services Agency）攔截時提出政治庇護申請。

這種警校教官會說只有在《職業特工隊》那種電影裡才會出現的易容橋段，卻在現實世界裡一再上演，而且幾乎都能瞞天過海。不過，這頭套並不是完美無瑕。戴上它後講話時有些聲音發不出來；露出眼睛的部分面積不小，因此會露出眼睛周圍的皮膚，需要戴上眼鏡遮掩。如果要完美無瑕，就要找專家度「頭」訂造，再花不知多久才能做出來。Tau等不及，Max只給他找來一個能戴上頭的就算了，也不管Tau會不會皮膚敏感。離開重慶大廈保住小命才最重要，其他事情稍後再處理也不遲。

Max叫Tau在房間裡走幾圈，確定他能順利視物和呼吸。從這裡走到車上的路程其實很短，但一步也不能錯。

Tau在重慶大廈住的這段時間，沒踏出重慶大廈正門寸步，沒親眼認眞欣賞香港繁華的大街和各區的風貌，一直都是在筆記型電腦上透過Google街景瀏覽。

「你沒有機會在香港逛逛真是可惜，」Max拍他的肩膀，「但離開這城市後你會擁有更大的世界。」

Tau流下淚，淚水在頭套的人造皮膚上滑過。Max幫他拭去。Tau用哽咽的聲音說了一陣法語，連簡慧思也落下淚來，邊哭邊翻譯說：「我們的革命早就失敗了，現在的反抗只是做做樣子。就算我去到外國，也做不了什麼。別人不明白，但你們香港人應該明白。」

Max告訴自己當下不要胡思亂想，只能集中思考怎樣讓Tau安全離開，但仍不期然想起前天和簡慧思坐昂坪纜車。那是個吊在半空的籠，但人不會一輩子都被關在籠子裡。

「妳要走了！」Max對簡慧思說。她肯定會被人跟蹤，所以要獨自離開。三分鐘後，他們大軍才會出動。

「我以後吃不到你做的非洲雞了。」簡慧思和Tau道別，臉上仍掛滿淚痕。

「我教了妳怎麼做，妳會做出更好吃的。」

戴上頭罩的Tau只露出雙眼，沒讓人看到臉上的表情，但大家都知道是什麼。

---

24 荷里活：台譯好萊塢（Hollywood），是美國加州洛杉磯的地名。

9

Obi出生那年[25]，盧旺達發生大屠殺。肇因是膚色較淺而社會地位較高的圖西族（Tutsi）和膚色較深而位於低下階層的胡圖族（Hutu）長久以來的對立。這件非洲大事是他長大後才聽說，一百日內八十萬人被殺，兩個數字都令他深感震撼，但非洲大陸以外的人對此毫無反應，年輕人根本沒聽過。反過來，美國九一一死去幾千人卻震驚全世界，年年紀念。

即使活在同一個地球上，人類卻像活在不同的星球，不只生活方式不同，連生命也有不同意義和重量。當先進國家在談論經濟衰退、人工智能和探測外太空時，他們在非洲卻連生存，甚至最基本的溫飽問題仍未解決。

Obi只想和家人好好活下去。只有國家穩定，才能讓兒子遠離戰爭，健康成長。Tau和他的同黨不只叛國，也會令國家動亂，必須盡快找到他，把他除去。

Obi被搖醒後很快就進入作戰狀態，可以清楚做出判斷，這是在戰場活下來練就的本領。

他也馬上猜到當下發生什麼事。

「Tau的援兵來了，要帶他離開。」

「怎走？」Ali驚問。「我們在所有出入口——」

「給他帶上白人頭套，只有這方法才能讓非洲雄獅大搖大擺離開。不過，Tau需要同伴給他引路和掩護，最好是兩個身高相若的白人。」

Obi本來沒想到用頭套這方法，但在陰天戴太陽眼鏡實在太不尋常，也太張揚了。他喜歡看電影，不是去戲院，動蕩的國家哪來戲院？就算有也容易成爲遇襲目標。他只能看盜版，主要是犯罪電影。其中一部是賓・艾佛力（Ben Affleck）自編自導自演的《狂盜之城》（*The Town*），裡面有一場戲是賊人裝扮成修女去打劫。那些面具很粗糙，眼睛的部分會露出周圍的皮膚，如果膚色不同的話會很顯眼。太陽眼鏡可以幫上忙。

Ali不認爲Tau會想到這種法子，但Obi的話不會錯。其他兄弟也認同Obi的說法，紛紛點頭。

「我們不知道他們跑到哪裡去。」Ali道。

「他們很快就會離開，我們在樓下攔截他們就行。只要發現他，就捅一刀，然後馬上逃。逃不了也沒關係。就算被捕，國家承諾會照顧我們的家人，也會想辦法營救我們，把我們引渡回去。」Obi鼓勵手下道。「國家已參加了『一帶一路』，和中國是

25 Obi出生那年：一九九四年。

兄弟之邦，中國政府會幫我們的。今天是我們成爲國家英雄的大日子。」

房間裡的兄弟聽到這句話時精神爲之一振，只要完成任務就可以回家。

「那三個白人誰是假貨？」有人問。

「看手就知道了。假貨的手不是戴手套，就是插進衣袋或褲袋裡。這比把手塗成白色容易得多。」

兄弟們都爲Obi的說法叫好，要不是被Obi識破，Tau就可以瞞天過海，而他們這次來香港就會無功而還。

Obi親自發短訊到群組叫各哨站的線眼留意目標後，就領著大軍浩浩蕩蕩沿樓梯跑去商場。

10

Max一行四人滿身酒氣地等候升降機。升降機爬升得很慢，在樓下的餐廳樓層逐層停，好不容易才爬上來打開時，裡面只有兩個企位[26]。

Max老實不客氣鑽進升降機裡，一邊嘻笑一邊夾雜粗言穢語招手叫他的同伴進來，嘴巴噴出酒氣。那些南亞婦女怕了他們這些失控的酒鬼，自動離開升降機。

四人順利塞進去後，即使升降機往下時不斷開門，也沒有人能進來。Max爲了投入演出酒鬼的角色，甚至叫其他人擠進升降機裡，當然沒人理會。

升降機好不容易終於在大堂打開門，他們無視旁人目光朝正門邁進。那個把手掌插進褲袋的同伴被夾在三人中間。

11

Obi他們很快就發現那三個戴太陽眼鏡的白人，他們的身高很難不被看到。其中一人把手掌插進褲袋裡，長袖把手的膚色藏得密不透風，這人很有可能就是他們的目標。

暗殺小組從不同方向逐漸靠近那三人，像草原上的斑點鬣狗群包圍獵物的陣勢。他們把手探進外套裡，準備抽出刺刀來。

這刀是他們從非洲帶來的，刀身有一條坑道。只要捅進人體內，血就會源源不絕流出。傷者很快就會變成死者。

26 企位：廣東話中，「企」指站立，「企位」則指站立的空間。

12

Max感到幾個非洲人正建立起包圍網，以不急不緩的速度接近他們，準備收網。這些非洲人的眼神比黑社會的刀手凶狠得多。有些刀手接order只挑斷目標的手筋腳筋給他一點教訓，眼前這幾個非洲人卻是要收買人命。

Max本來以爲只須應付兩、三個殺手，沒想到來的居然超過十人。他們四人手無寸鐵只能等死。

「Run!」Max喊道，和同伴一起拔足奔向在正門等著他們的簡慧思。

殺手也跟著加速。獵豹不再躲在草叢裡，而是明目張膽行動，準備大開殺戒。

沒想到一白四藍五個警察急速跑進重慶大廈，阻擋Max他們的前路。大概他們剛才在升降機裡的行徑太過火，保安怕醉漢會鬧出大麻煩，馬上通知警方。這一切都在Max預料之中，只是沒想到警方幾分鐘內就趕到。

獵豹面對食物鏈最頂層的生物，不得不停下腳步。

這五個警察都在一米八以上，凶神惡煞，換上便服就能去收陀地[27]。不是這模樣的警察怎能鎮住油尖旺的惡霸？

「Excuse me, sirs. Can you show me your passports? All of you.」[28]

Max知道他的潛台詞是什麼：你們這些死酒鬼快回房間休息別亂跑！不然我們就

不客氣。

Max無法拿出委任證說是自己伙計，周警司指示不能張揚一定有他的理由。

「我的朋友喝醉了，我要送他們離開。」

「你住在哪裡？」其中一個警員說。他只是高級警員（Senior Police Constable）[29]。五個警察裡職級最高的是白衫的警署警長，靜靜地站在後面。Max是比他高一級的見習督察，但很多員佐級的老差骨都不當他們這些年輕的初級警官一回事。

Max注視那白衫的，冷靜地道：「油麻地友翔道三號。我在灣仔演藝學院附近返工。」

油麻地友翔道三號所在是油麻地警署，而香港警察總部就在灣仔演藝學院附近的軍器廠街。重慶人未必熟悉油尖旺以外的地理，但Max仍然要避免提到街名。所有警察都知道這兩個地點。Max不知道白衫是否明白自己話裡的意思，或者以

---

27 收陀地：粵語中指收保護費。

28 「抱歉，先生們，請你們出示護照好嗎？你們全部都要。」

29 高級警員：香港警察的人事階級共分爲三級（即憲委級、督察級及員佐級），共十五個警銜，實際爲十三個職級。員佐級爲初級警務人員，警署警長和高級警員爲員佐級。督察級爲警官，見習督察隸屬於此級別。

爲他在混水摸魚。Max的頭髮不過耳，但蓄這髮型的人不一定是警察。

白衫的手下都在等他的指示。

白衫對Max等人上下打量，最後對把手藏起來的那人喝道：「Hands in the air! Right now! Very slowly!」[30]同時叫圍觀的人離開。

四個藍衫同時按著槍柄，準備隨時拔槍。

13

重慶人都退到老遠，沒人想身上開花，Obi也不例外，而且他們身上都有利器，被警察搜身的話麻煩就大了。他怕幾個脾氣不好的手下會一時衝動給警察捅幾刀，然後累他們全部被就地槍決。

Obi開始不確定這四個人到底和他在想的事情有沒有關係，但雙眼一直盯著他們不放。

那雙插進褲袋裡的手掌用慢動作抽出來時，手掌是白色的。那人脫下太陽眼鏡轉身時，讓Obi看到他整張臉孔都是屬於白人的，沒有面具沒有頭套。他是貨眞價實的白人，而且出示的不是護照，而是一張小得多的證件。

那個叫簡慧思的女子走近他們時，四人裡唯一的香港人回望了Obi一眼。是的，他直視Obi雙眼，用眼睛替代嘴巴來說話。

那眼神裡透露的不是不安，而是——

「我贏了。」

14

簡慧思向Max做了個「ＯＫ」的手勢，表示Tau沿樓梯走下來再從通往帝國酒店的出口離開重慶大廈後，已經在中間道上車離開，趕往機場。他會獲安排用特別通道進入禁區。

Tau戴上同樣是非裔人的頭罩，膚色和他的很接近。其實只要戴上這頭罩，Tau已經改頭換面成爲另一個人，不會被認出是非洲雄獅，但他覺得這頭罩太大，口的位置也不對，開口說話就會馬上被識穿。

「我幫你引開注意力的話，你能夠一個人離開嗎？」

Max向Tau解釋自己的計畫。Tau覺得可以接受，說他在東非逃亡時就發布消息說自己準備返鄉躲起來，其實是跑到鄰國，果然也成功了。Max覺得根本是Tau自己的心魔

---

30 「把手舉起來，現在！慢慢的！」

作祟，但也樂意配合他做一場戲。

白衫放下手機後，向手下耳語。他們發還Max的身分證時，態度客氣了很多。Max不知道白衫在手機裡聽到什麼，但周警司說那方面的問題他會處理。

一個藍衫向簡慧思問：「Do you have Hong Kong ID Card?」[31]態度很不客氣。

「我係香港人，識講廣東話。」簡慧思取出香港永久性居民身分證遞交給警察。

「她是我朋友。」Max幫口說。

周警司向他介紹過她背景。父親是香港人，母親是居港的印度人第四代。她父母排除萬難才能走在一起。她自小就因容貌而被歧視和欺凌，但從不放棄自己，最終以優異成績拿到獎學金考進倫敦大學亞非學院（School of Oriental and African Studies，簡稱SOAS）讀國際關係。她的博士學位資格足以讓她能夠留在英國，但她仍毅然回來香港的大學工作。她認爲這個城市才是她的家。

單聽她極地道的廣東話，其他人無法和她顯露強烈印度特徵的面貌連結在一起。這臉孔讓她在重慶大廈裡暢通無阻，但離開重慶大廈後就被認爲是次等人。有次警方甚至懷疑打扮入時的她是妓女。他們不相信這個嬌小的女人比他們的學歷更高。

不管怎樣被歧視，她一直認爲自己是香港人，努力爲比她更弱勢的人發聲，幫助他們適應這個社會，也希望有一天香港人會接受少數族裔。

和她相處以來，除了樣貌、嬌小身形，和身上的香水味外，他並沒發現她和土生士長的香港人有任何差異，除了無法學會普通話這點；但她會說英語、烏爾都語、法語、阿拉伯語，和幾種印度方言，讓她接觸本地的南亞人與國際難民時大派用場。

警員把身分證還給她時，她很有禮貌講一聲「唔該」[32]。Max覺得這是她長期被歧視後練出來的反應，用這種方式反擊歧視她的人：在文化修養上，我不只可以和你平起平坐，甚至更高。

送了三個白人青年上的士[33]離開後，Max和簡慧思走去北京道地庫的麥當勞。週刊說斯諾登[34]在香港爆料成爲國際頭條後，大清早仍然會去星光大道跑步，再從容不迫過來吃早餐，眞是吃了豹子膽！這家店龍蛇混雜，也許是整個油尖旺區[35]食客人種最多的餐廳，甚至連外國間諜也會進來交換情報，非洲殺手膽子再大，也不敢在這裡把

31 「妳有香港身分證嗎？」

32 唔該：粵語「謝謝」之意。

33 的士：粵語中稱呼計程車的方式。

34 斯諾登：愛德華．約瑟夫．史諾登（Edward Joseph Snowden），前美國中央情報局（CIA）職員，美國國家安全局（NSA）外包技術員。因於二〇一三年六月在香港將美國國家安全局關於稜鏡計畫監聽專案的祕密文件披露給了英國《衛報》和美國《華盛頓郵報》，遭美國和英國通緝。

他們拐走。你怎知道那幾個坐在角落裡衣衫襤褸看似McRefugee[36]的老人到底是什麼來頭？

Max用手機點了兩份魚柳包套餐，中薯條和汽水都分別轉了粟米杯和細橙汁。他把托盤端回來後，特意把收據收好。

「要報銷嗎？」簡慧思問。

「無法報銷，不過，周警司說如果我們兩人加起來的消費額不超過一百塊錢的話，就由他埋單，不會觸犯公務員守則。」

簡慧思噗哧笑了。Max第一次看到她笑，但願這個心地善良的女人不會變回纜車裡苦瓜乾的樣子。有理想的人在這城市裡總會一次又一次面對幻滅。

她吃了一半魚柳包時道：「謝謝你這幾天都當我是香港人！」

「開什麼玩笑？妳根本就是。」Max決定今晚只講開心的話題。

15

Obi目送那伙人和警察相繼離開重慶大廈後，就知道他們來香港的任務失敗了。Tau離開了重慶大廈後，不可能再留在香港，而是應該已經在往機場的路上。

那個印度女人真不簡單！一個人就打敗了他們。

Obi帶垂頭喪氣的手下找了一間提供印度菜和土耳其卡巴[37]的餐廳。這是他們在香港以來第一次一起吃晚餐，過去幾天都是分批吃的，而且一直保持著緊張狀態，這次心情可不一樣，既不沉重，更不輕鬆，而是百感交集。

這間咖哩店的老闆和侍應都是印度人，牆上掛的電視在播Bollywood，但不是傳統歌舞片。片裡的年輕女子穿bra top運動裝勁歌熱舞，背景也不是宮殿，而是運動場。幾個手下目不轉睛。

坐在他們左右兩邊的，都是回教徒，憑服飾就看得出來。坐遠一點的是兩個非洲人，似乎是手機掮客。大部分客人都是香港人，在忘我地享受咖哩。

這種情景Obi在來香港前難以想像。他本來以爲不同族裔之間除了做生意外，不會有其他往來，更不可能在同一間餐廳一起吃飯。這大概就是重慶大廈的魅力。

大伙人佔據了兩張桌子，各自點了食物後，Obi隨口問大家：「你們有人想留下來不回去嗎？」

「留下來做黑工好像不錯。」Ali笑出來。他喜歡吃咖哩，在非洲不容易吃到。

35 油尖旺區：包括油麻地、尖沙咀和旺角三個地區的區域。

36 麥難民（McRefugee）：指無法負擔房租而被迫寄宿於麥當勞的人；通常是老人。

37 土耳其卡巴：類似沙威瑪的食物。

「雖然賺不到錢，但起碼性命無虞。我不想再打仗。」

「我仍然有家人在國內，不能丟下他們。」另一人認眞道。

Obi想帶家人過來，可是辦不到。他不想離鄉別井，可是沒人知道目前的穩定局勢可以維持多久，就算把所有非洲雄獅打倒，也無法阻止政府高層內鬨或有人發動軍事政變，但更大可能是和鄰國又因邊界爭執而再開戰，到時不知道又要死多少人。

這一餐大家不談工作不談政治，話比平時少得多。

飽餐後，Obi鄭重道：「要回去的就跟我走，不想回去的我也不勉強。我就說行動失敗，有人被警方抓走，中國政府要很多很多錢才會放人。」在Obi的世界裡，所有人都可以用錢收買。

手下交換眼神，表情各異，但沒一個說出話來。有人剛把菸支叼在嘴上，就被伙計阻止。那個印度人指著牆上的海報，打手勢說室內禁菸，要抽就要到外面，和其他食客一起敵視他們。

眾人深感無奈，但沒一個衝動到把刀拔出來。Obi馬上付帳，邊數錢時邊想，他們這趟來香港的任務雖然徹底失敗，卻可能是另一個故事的開始。

〈重慶大廈的非洲雄獅〉完

李氏力場之麻雀移動事件

——文善

1

「把……我……的……九……筒……還……給……我……」阿誠近乎歇斯底里地叫著，暴風不停拍打著擋著窗戶的塑膠垃圾袋，彷彿是一隊小兵在爲阿誠搖旗吶喊。

我看著一片狼藉的麻雀[1]桌，現在是星期日晚上十點，李氏力場在八個鐘頭後就會發揮效力令風球[2]除下，如果這事沒有圓滿解決的話，恐怕我們四人的友情會就此玩完……

但是，眼前正出現這樣荒謬的狀況——所有人都知道九筒原本在那個位置，就像颱風遇到李氏力場[3]一樣，在神不知鬼不覺下，飄移到了別的位置。

「現在是天氣報告，三號強風信號現正懸掛，颱風馮鳳正在香港東南四百公里向西北移動，天文台預計稍後時間很大機會改掛八號烈風信號……」

耳筒傳來網上電台直播的天氣報告，我盯著眼前的電腦屏幕，手指不由自主地轉

---

1 麻雀：香港稱呼麻將爲「麻雀」。

2 風球：香港熱帶氣旋警告信號的俗稱，例如一般市民俗稱八號烈風或暴風信號爲八號風球或八號波。取消颱風警告標示則稱爲「落波」。

動著原子筆桿，很明顯我並沒有在意屏幕上那報價單，因為我的心思老早已不在工作上了。

我敢肯定，公司內所有人和我一樣，大家都心不在焉。這當然了，我瞄了一眼手機的時間，快要十二點半，我們公司每週上班五天半，星期六下午一點下班。我從座位稍微蹬高一點，剛好看到阿明的座位。同樣不是在認眞工作的阿明注意到我，我們互相交換了個眼神，但是他很快便警覺地左右查看，確定沒有人看到我們。

十二點四十五分，其他同事都陸陸續續準備收拾東西下班，有些已經收拾好，三五成群正在聊天。

「希望趕得及回家，不然打八號地鐵停駛就糟了。」有同事說。

「又是這樣，星期日才八號。」

「星期一會落波吧。」

「沒辦法啊，力場威力可不能小看。」

然後就是無奈的嘆息。

我轉過頭，視線和剛從茶水間出來的阿誠碰上了，他拘謹地向我點點頭，便走回座位。我知道，他在掩飾內心的興奮。

「下午一點正。」擴音器傳來電台的報時，公司內也隨即傳來一陣騷動，大家都忙著離開。

這時坐在角落的阿榮也終於冒出來了。

為了不引起注目，我們等其他人走得七七八八，才在我的座位集合。

「要買的東西都買齊了吧？」我問。「我說過不能耽誤半點時間。」

「當然啦！」阿榮神祕兮兮地舉起手中的環保袋，我確認裡面的東西，滿意地點點頭。

「沒有給人看到吧？」阿誠壓低聲音問。「阿明你有沒有不小心露餡了？」

「放心，沒有人知道。」阿明做了個把嘴拉拉鍊的手勢。

「還不走！快要八號波啦！」身後突然響起一把聲音，嚇得我們差點魂飛魄散。

「經理！」我們四人像是警察遇見上級一般挺直身子，差點要伸手敬禮。「我還以為你已經走了。」

3 李氏力場：廣泛流傳於香港的惡搞文化，源於香港市民不滿颱風襲港時，香港天文台沒有發出颱風警告信號，讓市民即使暴風來襲仍無法停班停課。部分市民因此諷刺天文台和李嘉誠為首的商界官商勾結，目的是為了避免股市停市和大多數行業停工，影響商界收益。後演變為譏諷李嘉誠設立了能阻擋、甚至控制颱風移動路徑及速度的「李氏力場」，避免因停工停市而導致經濟損失。

「工作是不會因爲打風而消失的，你以爲我像你們一般，只是在期待打風嗎？你們是最後啦？走的時候記得關燈！」經理說著便匆匆走向大門，可是很快又回頭。「對哦，你們四隻，明天不要玩得太凶啊，不要指望星期一也有打風假。」

「當然當然，明天我們會好好休息，星期一精神奕奕回來！」我笑著說。

目送經理離開後，我們互相對望了一陣子。

「叮！」手機傳來聲響，是新聞的即時通知。

「天文台宣布改掛八號風球，呼籲市民盡快回家或留在安全地方。」

「行動開始！」我們掩不住內心的興奮，一起離開了公司。當然，我們沒有一個記得關燈。

身爲香港人，八號風球下的最佳節目，當然就是開！枱！打！麻！雀！我、阿明、阿榮和阿誠，四人差不多同時期進公司，阿誠在我們四人當中最上進，捱了好幾年麵包，不去日本、不娛樂、不消費、不拍拖，問家人借了點錢，眞的給他上到車，在公司附近買了個三百呎的單位。但是他很低調，他最怕公司的人嚷著要去他家辦入伙派對，把他的新家弄得烏煙瘴氣，但我們幾個死黨當然例外。

兩天前新聞說週末會打風，我們就計畫，如果眞的掛八號風球的話什麼也不營業，不如趁這個機會到阿誠家打通宵馬拉松牌，當是入伙派對。當然我們知道李氏力場的威力，星期一鐵定要上班，這方面阿誠家也是最佳選擇，因爲他的新居離公司只有十分鐘腳程，當星期一風球除下時，我們不用和其他人擠車上班。

畢竟是入伙派對，我們也不能空手上去，所以我們三人夾[4]錢買了零食、啤酒和大量不同的杯麵、乾糧等，反正阿誠未來爲了供樓也不會有好吃的，當是爲他貯糧。

阿誠家所在的大廈是舊樓重建，一梯八伙[5]，大部分都是三百多呎[6]大小，每層有兩個五百呎的單位。放下東西後，阿誠帶我們看位於地下的「會所」，放著兩部健身單車的健身房，和一間比小型卡拉ＯＫ房大一點的派對房。

2

這次的牌局是阿誠提議的，也是我們四人第一次一起打牌，可是後來的發展，讓我覺得早知就不要打牌，來看ＤＶＤ還比較好。

4 夾：爲「湊」之意。
5 一梯八伙：一層有八個單位。
6 呎：平方呎的簡稱，香港計算土地面積常用單位。一呎約爲0.028坪，三百呎約爲8.4坪。

第一鋪牌的時候，阿誠以一副自摸混一色對對糊[7]先拔頭籌。他當然非常興奮，說這單位是他的「風水屋」。而原來阿榮和阿明都不是常常打麻雀，他們不但不懂開局，又常常疊錯牌，都說了不打花，阿明好幾次都疊了十八棟牌，阿榮則試過拿多了牌。我和阿誠都一直在笑他們。

不過有時候眞的不得不信邪，正所謂「贏頭糊，輸甩褲」，自從第一鋪後，阿誠就沒有再食糊，這個狀況一直維持到八圈完結。

而事情開始向壞發展，是打了八圈之後。阿榮和阿明偶爾也有犯錯，但阿誠已不再覺得好笑，甚至開始罵髒話。而阿誠罵得越凶，阿榮和阿明便越是犯錯。

打完十圈已經是星期日的凌晨兩點多，我們決定稍事休息。阿誠已經忘記自己是主人家，任由我們到廚房自行拿啤酒喝，他自己坐在麻雀桌旁，把玩著桌上的麻雀。

「這個廚房有點小。」阿明說著。他會這樣說，是因爲我們三人一起擠在那裡。

「很多人會把牆壁拆了改成開放式廚房吧。」阿榮說，敲著廚房的牆。

「喂！現在不是管這個的時候。」我小聲說。「現在這樣氣氛怪怪的，阿誠看起來不大對勁。」

「唏，他沒糊食不是我們的錯呀。」阿明一臉無辜。

「是呀，他運氣不好能怪誰。」阿榮也同意。

「你們不要那麼死板啦，畢竟阿誠是主人家，我們就放一下水嘛，當是給他的入伙禮物。」

「但是你也知道我打牌很遜，造馬[8]我怎會啊。」阿明說。

「就看著辦吧。」我說。「簡單的猜他要哪款牌也會吧！知道他做什麼牌就打給他，這不難辦到。」

阿榮和阿明信心滿滿地點頭，可是我錯了，他倆比我想像中還要笨。有一鋪阿誠在做萬子，阿榮就不斷打萬子，以爲那就是放水給阿誠，可是他這樣做只會令不少牌一早絕章，而且他是阿誠對家，阿榮給他打再多的萬子也做不到牌。

阿誠當然覺得阿榮是故意令他不能食糊。

打完十二圈，阿誠越來越暴躁，髒話也罵得越來越凶，令我們三人如坐針氈。

「喂，不如不打了，很不對勁。」我們又擠在廚房時阿榮說，大家其實已經再沒有打牌的興致。

「千萬不要！現在不打阿誠不就覺得我們『割禾青』[9]？」我立刻勸阻阿榮。

7 對對糊：即台灣的「對對胡」。
8 造馬：粵語中之造假。
9 割禾青：表示在賭錢時，一贏就走之行爲的無奈心態。

「對，而且現在八號風球，也沒有車回家。」阿明說。「起碼也要等到星期一早上六點呀。」

於是我們就硬著頭皮開始打第十三圈。

3

和之前十二圈一樣，阿榮仍是阿誠對家，我是阿誠上家，阿明是阿誠下家。拿牌的時候，阿榮不小心，撞跌了他面前那疊牌，那是從他左邊向右數過去第六棟上層的牌，所有人都看到那是一隻九筒。

「呃，對不起。」阿榮說，邊把那隻九筒放回原位邊偷偷看著阿誠的反應，深怕他又會罵自己。

「喂，小心一點嘛。」阿誠邊說著邊拿起身旁的啤酒，卻發現喝完了。

「啊，我幫你拿罐新的。」我想站起來，阿誠阻止了我。

「不用啦，怎能讓客人服侍，不要偷看我的牌呀！」說著他便走到廚房拿了罐啤酒，我看著他的背影，還眞像一個輸了身家的人，希望他能快快食糊，好讓我們鬆一口氣。

之後下來，整鋪牌阿誠也很安靜，安靜得可怕。我直覺覺得，這鋪阿誠一定是在做大牌。

我留意著阿誠的牌，看看可以怎樣放水給他，但是他一直沒有做牌，沒有上牌也沒有碰牌，我連他做哪款牌也看不出，因爲他打出的牌很隨意，萬子索子筒子也有。

等等！他沒有打過任何番子牌，難道……他在做十三么[10]？哇，如果他眞的食出[11]的話，那我們就可以有個藉口高高興興把這場牌局完結了。

隨著我們開始摸阿榮面前那疊牌時，我看出阿誠越發坐立不安，他的目光一直盯著剛才阿榮碰跌那隻九筒。

我數著大家摸牌的順序，阿明摸了阿榮左邊數過去第七棟上面那隻，也就是目標九筒旁邊那隻……等等，那豈不是我會摸到那隻九筒？如果由我打出，就是我出銃[12]給阿誠，還要是十三么！這可不行，牌局發展至此阿明和阿榮也有責任，沒理由要我一人承擔。最好就是當阿榮等一下打出的牌我可以上或碰出，那我就不用摸牌，而阿誠就會自摸十三么，要輸大家齊齊輸。

10 十三么：香港十三張麻將中最高級的牌形，台灣麻將爲十六張麻將，十三張無法胡牌。
11 食出：即台灣的「吃牌」。
12 出銃：即台灣的「放槍」。

當然，前提是阿榮等一下打出我要的牌。

「二萬。」阿榮打出。

「呃……上。」我一邊打從心底鬆了口氣，但又只能無奈地把我那漂亮的清一色對對糊拆散。「六萬。」

「嘩，有牌剩啊。」阿明笑說，他還搞不清眼下的狀況。

輪到阿誠摸牌，他緩緩地伸出手，但已經難掩臉上的笑容。好了好了，讓阿誠食出這鋪十三么就可以不再打了，我的心裡已經在轉圈撒花。

「哈哈！食！」阿誠摸了牌，看也沒看便翻開他整副牌。「自摸十三么！」

「嘩！阿誠勁呀！」我笑著把牌蓋上，耳邊卻聽到阿明和阿榮倒抽一口氣的聲音。

本來高高興興的阿誠，一瞬間也沉默了。

我看著阿榮和阿明那副絕得不能絕的表情，阿誠那張大得可以放下一個拳頭的嘴，和瞪得快要掉出來的眼睛，順著他的視線，我的目光終於落在阿誠那副牌上。

東南西北中發白一萬九萬一索九索一筒……八索？阿誠摸到的，並不是剛才大家都看到的那隻九筒，而是八索。

4

「為什麼會這樣的？這……應該是九筒來的呀！」阿誠漲紅了臉，食詐糊讓他極度尷尬。

我也是同樣的驚訝，和其他人一樣，剛才我也看到的，在阿榮的左邊數過去第六棟牌上面那隻明明就是九筒來的。

「呃，會不會搞錯了……」阿榮輕聲說。

「不可能！」阿誠大喊。

鏘！！！

像是為阿誠配樂般，突然傳來玻璃破裂的聲音。果然，客廳那扇大玻璃窗被強風吹裂了，破了一個大洞，玻璃碎散滿一地，八號烈風和豪雨不斷從那個洞吹進來，把我們之前吃完的零食包裝和空啤酒罐吹得四處飛舞。因為地上有玻璃碎，我們先狼狽地穿回鞋子；阿誠到廚房拿垃圾袋和牛皮膠紙，然後我們幾個合力把黑色塑膠垃圾袋貼在窗框上，總算暫時擋住了風雨不再吹進來，再好好把玻璃碎掃乾淨。

「現在的發展商偷工減料，以前的窗哪有這麼容易破。」我攤軟在沙發上，真的累壞了。

「好了！」阿誠走回麻雀桌旁邊。「我們還沒完！為什麼我的九筒會不見了？」

天啊，阿誠還沒忘記。為什麼我們不是打紙牌麻雀，那麼剛才那陣強風就可以吹散所有牌了。

阿誠開始揭開之後還沒摸的牌。「誒？」

在阿誠掌中的，正是一隻九筒，不過那是在尾二的那棟牌。

我看枱面已打出的牌，有三隻九筒，即是現在阿誠手中那一隻，就是我們開局時被阿榮碰跌、應該在尾六的那棟牌，而現在它卻靜悄悄地跑到尾二那棟。

爲什麼？在眾目睽睽之下，這隻九筒是怎樣從尾六跑到尾二那棟的？

「阿榮！」阿誠指著阿榮。「一定是你！你出千！一定是你用了麻雀千術換了牌！」

「喂！你不要含血噴人啊！」阿榮站起來。「男人大丈夫，你自己食詐糊就乾脆一點認了嘛！」

「阿榮，不要再說了！」我按著阿榮小聲說，拜託他不要再刺激阿誠了。

「什麼詐糊！那隻明明是九筒來的！不知爲什麼到我摸回來時就變成了八索！所有人開牌！看看到底誰出千！」

「好吖！怕你嗎？」阿榮把他的牌都翻過來，阿明也跟著開牌。

「咦？」看到阿明的牌，我不禁覺得奇怪。他也是在做萬子，而且已經叫糊，正是叫六萬。剛才我打六萬的時候，他竟然沒有食，還笑我有牌剩。難道他剛才是故意不贏讓阿誠好過點？但阿明又不像那麼聰明呀，如果是的話現在也不會搞成這個局面吧。

我也不得不跟著開牌。

「嘩，你剛才爲什麼會上二萬的呀？」阿榮看著我那副牌。「那麼好的牌就拆散了。」

「嗯……叫了出口收不回。」我隨便說個理由。對，像阿榮這種，到現在還是搞不清狀況的反應才比較合理。我看了時間，晚上十點多，依據李氏力場一貫的威力，天文台在早上六點便會除下所有風球，或是改掛三號，而我們也要準備上班。這表示，我們有八個小時解決這件事，不然出了這個門口，便說什麼也沒用了。即使阿誠不動這枱麻雀，我們一離開，「案發現場」便算是被破壞了。這事解決不了，以後我們四人每天在公司便會「面左左」[13]，這也是我最不想看到的。

沒想到只有在推理小說出現的「限時推理」，竟然會發生在自己身上。

「把……我……的……九……筒……還……給……我……」阿誠近乎歇斯底里地叫著，暴風不停拍打著擋著窗戶的塑膠垃圾袋，彷彿是一隊小兵在爲阿誠搖旗吶喊。

我提議大家先去睡一會，一來明天還要上班，二來讓頭腦休息一下說不定能想到什麼。話雖如此，但阿誠留在客廳，並不讓阿明和阿榮離開他的視線範圍。雖然他讓我睡他的床，但在這個節骨眼上我又怎好意思？所以最後還是四個人在客廳沙發和椅子上假寐一下。

阿誠仍然用他已經布滿紅色血絲的眼瞪著桌上的麻雀，阿榮和阿明則非常好意思

13 面左左：指因有矛盾，關係不好，使雙方一見面就形同陌路或不願相見。

地在沙發上呼呼大睡；我坐在地上背靠著沙發旁，閉上眼在回想剛才的事。

開局大家拿牌的時候，阿榮不小心碰跌了面前那隻牌，當時所有人都看到是一隻九筒。那隻牌是從最尾數過去第六棟，十七棟牌中對阿榮來說是中間偏左的位置。可是剛才阿誠查看之後的牌，那隻九筒竟然「跑」到了尾二那棟牌中。其中一個可能，就是有人把兩隻牌的位置交換，即是說，阿誠最後摸到那隻八索，原本是在尾二那棟的。

問題是，如果這樣做的話，沒可能不被其他人看見的。我也聽過一些老千會用掩眼法，可是一般都是和旁邊的牌交換，或是和藏在身上的牌調換，像這樣尾二和尾六隔這麼遠，手多靈巧也不可能把兩隻牌對換而不被看到。

難道……

我睜開眼睛跑到麻雀桌旁（雖然只是兩步的距離），拿起剛才阿誠摸到的八索，仔細觸摸牌面。另一個可能是，阿榮一早在八索上貼了九筒圖案的貼紙，讓我們以爲那是九筒，在把牌放回原位時悄悄撕下貼紙，所以那其實是八索。

整隻牌很光滑，沒有被黏貼過的痕跡。而且爲什麼阿榮要這樣做？一開局的時候他把牌碰跌，那時阿誠還沒想到自己會做十三么吧？所有人也不知道自己會摸到什麼牌和會做什麼牌，在那個時候故意讓人以爲那是九筒一點意義也沒有。

等等！如果阿榮是一點一點把牌移過去呢？每一次悄悄地換一個位，第一次換到尾五，然後尾四，如此類推直到尾二。但是在開始摸阿榮面前那疊牌的時候，阿誠的十三么應該已經成形，那時他已經死盯著那隻九筒了，而且在摸那疊牌前，阿榮要這樣換牌也太突兀了。

這也不是那也不是，究竟這隻牌是怎樣換位的？

這時阿明已經睡醒，開始在玩手機。

「喂，還玩手機？虧你還有這個心情。」我走到他旁邊小聲說，阿誠瞪著我們。

「睡不著啦。看看新聞嘛。你看這個影片，天文台在解釋李氏力場。」

「我老早也看過，天文台說是什麼副熱帶高壓脊，而最接近香港的太平洋高壓脊在七月時向西伸展，它帶動的氣流也會因此和颱風角力甚至改變颱風的路線云云。簡單來說，就是把颱風推走啦，不就是跟李氏力場一樣嘛……等等！推走？」我搶過阿明的手機，看著那新聞的解說圖。

「推走！」我走回麻雀桌，把那些牌疊好，將它還原之前的樣子。

「怎麼啦？」阿榮被我吵醒，揉揉眼睛。

我走過去揪起阿榮的衣領。「阿榮你個……！」我忍著沒說髒話。

「喂，怎麼啦，阿榮都說沒有出千了……」阿明開口幫阿榮說好話，但被我一手擋著。

「阿明你收聲！你也有份！」

「這隻九筒，不是被『力場』移到尾二那棟的。」我在面前疊了十六棟牌作示範，眞有點金田一的感覺。「假設這疊是阿榮面前的牌，一開始，九筒是從左邊數過來第六棟上層的那隻。」我把牌揭開放回原位，是一隻九筒。

「因爲阿榮碰跌了牌，我們所有人都看著這疊牌，這時，阿明發現了。」我看著面如死灰的阿明。

「發現什麼？」阿誠問。

「他發現，自己又疊了十八棟牌，而阿榮的牌，少了一棟。阿誠你記得嗎？你那時趁還沒開始，去了廚房拿啤酒，阿明就趁那時候，悄悄地把他其中一棟牌移到阿榮那排的最左邊。」

當時阿誠一直在罵，大概阿明怕給阿誠知道自己又數錯會捱罵，所以靜靜地把牌推給阿榮，而我那時只顧看著阿誠的背影，完全不知道阿明和阿榮幹的好事。

我把一棟牌放到面前這排牌的最左邊，變成十七棟牌，這時原本在左邊向右數第六棟的九筒變了在第七棟。「就像是颱風遇到李氏力場一樣，牌被推走了。」

「等等，」阿誠看著那隻反開來的九筒，「但是我之後翻開後面的牌，明明有隻九筒……」

「你說這隻？」我翻開在尾二那隻牌，也是一隻九筒。「很明顯、那不是同一隻牌。而是剛巧在那裡的九筒。」

現在輪到阿榮垂頭喪氣地低下頭。

「只要數一數就知道了。」我邊說邊分牌。「加了一棟牌後，阿誠你摸了第六棟，即是原本在第五棟的那隻八索。我在你上家，因爲上了牌沒有摸牌，阿榮摸了在九筒下面那隻牌，那阿明……就是摸了原來那隻九筒的人。」我把那隻翻了開來的九筒放到阿明面前。

「等一下，」阿榮說，「我們每個人也開了牌呀，那時並沒有看到他有九筒。」

「因爲他換了，在玻璃窗被吹破的時候。」

當時阿誠爲了九筒發難，阿明未必完全明白當時的狀況，但也知道手中有九筒很不妙，於是趁窗被吹破的騷動，把手上的九筒隨意和枱上已打出的牌調換了。

「這就是證據。」我排好阿明剛才開的牌。「阿明這副牌，做萬子，剛好叫六萬。你們記得嗎？阿誠摸牌前，我正正打出六萬，他不但沒有喊食糊，還笑我有牌剩。因爲他當時手中的牌，並未叫糊，可是當阿誠摸完牌後，他的牌就突然變成叫六萬了。」

「好啦好啦，是我錯啦！」阿明無奈地搔搔頭。

「但是也不全是阿明錯嘛。」阿榮說。「那隻九筒本來就不應該在那裡的，因爲我才少了……」

對，阿明也只是「撥亂反正」而已。

「那……我還是食詐糊了？」

我看著一臉尷尬的阿誠，也不知道說什麼。

「管他的！」阿榮笑著拿起啤酒。「打——和！」

叮！

我們的手機一同響起，是新聞訊息。

「天文台宣布，所有風球除下。」

〈李氏力場之麻雀移動事件〉完

二樓書店

陳浩基

「阿迪，你昨天半夜有沒有回來書店？」

「沒有喔，怎麼了？」

「倒沒什麼，也許是錯覺罷了……」

英姐若有所思，瞄了書店大門一眼，讓兩手捧著十數本《中國二〇二〇：市場危機》的阿迪不明所以地呆立在櫃台旁。

位於西洋菜街[1]的薈蘭書坊是旺角區的老牌二樓書店[2]，人稱「英姐」的譚珏英是現任店主。這家書店開業差不多有四十年，見證了本地閱讀風氣的興衰起落，而英姐在這書店已工作差不多三十個年頭。二十年前舊店主準備移民加拿大，打算將書店轉讓予他人，身爲資深店員的英姐便把心一橫，花光積蓄接手，親自當老闆。想當年她打工時一向被暱稱爲「小英」，結果「升呢」[3]當上店主後，老主顧們紛紛改口尊稱一句「英姐」，這綽號便伴隨她快二十年了。

雖然薈蘭書坊是區內數一數二歷史悠久的書店，它的店面卻相當狹小，只佔一幢

---

1 西洋菜街：香港九龍油尖旺區的一條著名街道，位於彌敦道和長沙灣道以東。

2 二樓書店：泛稱香港那些不在商場內，也不在一樓的書店。它們選擇開在樓層較高處，是因爲房租相對低廉。

3 升呢：升等，「呢」是level的音譯，原是電玩用語。

五層高、樓齡超過六十年、名爲「順風樓」的唐樓的其中一個約五百呎的單位，開業至今從沒搬遷過。同區大部分二樓書店都逃不過因爲業主加租而須另覓新舖，甚至倒閉的命運，唯獨薈蘭書坊能夠無視樓市升跌，年復一年在原址經營——順風樓的業主胡光是位「隱形富豪」，七十年代因爲炒賣油尖旺地皮致富。書坊創辦人、亦即英姐的舊老闆跟他是同鄉，他便將單位以低於市價九成的租金租給對方。據說胡老先生願意以廉價出租，背後有個教人惘然悵惘的故事：胡先生未發跡前，一直與妻子爲生活打拚，怎料妻子有外遇，跟富有的情夫遠走高飛。心碎的胡先生卻深信太太終有一天會回心轉意，所以即使數年後他靠買賣地皮物業牟利，也沒有賣掉當年兩口子居住的小單位。這單位後來便成爲了薈蘭書坊，而「薈蘭」正是他妻子的名字。英姐當年從老闆口中聽到這段佳話時，也不禁鼻頭一酸，猜想胡先生仍在苦等太太回頭，萬一對方歸來，可以從店名知道丈夫未忘舊情，願意再續前緣。

這三、四十年間，書店一直維持原來的經營模式，既沒有擴充店面，也沒有改變業務，店門外那個寫著「薈蘭書坊　辛酉年四月　胡光贈」的紫檀木製匾額，一掛便掛了快四十年。書店人手亦一直保持小店的規模，在書市興旺、客似雲來的八、九十年代，書店有四個員工輪班工作，而在頂多只有週末才有較多讀者光顧的今天，爲了節省開支，英姐只聘用了一名全職和一名兼職店員——反正身爲老闆的英姐凡事親力親爲，請再多的員工也無用武之地。

「英姐，妳說什麼錯覺？」已在書店全職工作了六年的阿迪將書本放上書架後，向英姐問道。

「今早開店時，我覺得鐵閘鎖頭有點怪怪的。」

薈蘭書坊從早上十點營業至晚上十點，每晚打烊後，英姐或阿迪會「埋數」[4]結算當天的營業額，將垃圾放到店門外的梯間讓清潔工處理，關上店門鎖好，再拉下金屬捲閘，掛上鎖頭。上班不到四個月的兼職店員卓琳沒有鑰匙，平時開門、關門都由英姐和阿迪負責，就看誰值早班，誰值夜班。這天早上十點，英姐回到書店門前，蹲下用鑰匙打開鐵閘的掛鎖，卻發現異樣。

英姐平日打開掛鎖，都是用右手從口袋掏出鑰匙，以左手抓住鎖頭，插進匙孔往順時針方向扭半圈，鋼芯便會「啪」一聲彈出。可是今早她卻發現無法讓鑰匙插入匙孔，仔細一看，才發現掛鎖扣在鐵閘上的方向顛倒了，她要將鑰匙上下反轉才能開鎖。

這個動作，令她大惑不解。

過去二十多年，英姐都習慣將掛鎖從左往右穿過捲閘的圓孔再合上，昨晚值夜班的是她，她幾乎能肯定自己以相同的手法上鎖。然而，今早掛鎖卻是從右往左穿過閘

4 埋數：粵語中爲「結算」之意。

門圓孔，所以她要將鑰匙反轉才能插進去。

英姐知道阿迪通常跟自己一樣以相同手法上鎖，不過阿迪是個不拘小節的二十來歲年輕人，假如他提著重物、趕著回家，有時亦會將鎖反轉合上。因此，英姐今早發現鎖頭有異，最先聯想到的便是阿迪在她關店後曾回過書店。

可是阿迪否認了，英姐亦相信對方沒有撒謊的理由。

「會不會是昨天的垃圾太多太重，或者因為剛好手機響，打斷了妳的動作？」阿迪聽過英姐說明後，隨口說道。

「也許吧……」英姐想不起昨天關門時有沒有用過手機，不過日間的確有一批台灣的新書送到，丟棄的紙箱比平日多數倍，她要多花十分鐘才清理好廢物。然而，她總感到有點兒不對勁。

「英姐，妳一定是偵探小說讀太多吧。」阿迪換上一張嬉皮笑臉。「現實裡哪有這麼多不解之謎啊。」

英姐是個書癡，從歷史到政治、天文到地理、純文學到網絡小說她無所不閱。她特別喜歡閱讀犯罪推理小說，卜洛克和松本清張是她的至愛。相反，阿迪是個「偏讀家」，獨獨鍾情武俠小說，金庸、古龍、梁羽生的名作固然愛讀，就連古早的還珠樓主和平江不肖生，或新近的鄭丰及喬靖夫等等，他亦能如數家珍般暢談這些作家筆下的角色門派、恩怨情仇與武功路數。

「又或者是有『不乾淨的東西』偷偷潛進你家，摸走了你的鑰匙，昨天半夜回來書店……」英姐挑起一邊眼眉，微笑著說道。

「哎，別、別說了。」阿迪摸摸鼻子，繼續將新書上架。雖然阿迪是個高頭大馬的熱血青年，俠氣干雲的他曾在旺角街頭為了一個執紙皮[5]的老婆婆，單槍匹馬與五個食環署[6]職員對峙，但他對幽靈鬼怪沒轍，別說恐怖片，就連恐怖小說也不敢讀。每次他吐槽英姐，英姐便將話題帶到靈異怪談作弄他。

大概因為這天是星期六，顧客比平日稍多，英姐很快便不再將早上開鎖異常這樁小事放在心上，畢竟她要掛心的事有更多，像是發行商送錯書、出版社行銷人員上門推銷新作、熟客致電留書、訂書等等。由於網購興起，書店利潤逐年下跌，英姐在阿迪慫恿下為書店增設了郵寄服務，利用速遞或郵遞將新書寄給用電子付款的顧客——不過由於人手不足，這服務只提供給部分熟客，始終只有「兩個半」人員的小書店不足以跟擁有數百名員工的大型網絡書商相提並論。

黃昏六點兼職店員卓琳到書店上班，英姐便下班，順手帶了新書《你的西藏，我

---

5 紙皮：粵語中為「瓦楞紙箱」之意。
6 食環署：食物環境衛生署的簡稱。

的圖博》回家。英姐對西藏問題認識不深，所以這本由藏人作家親撰、以歷史及文化角度來闡述觀點立場的台灣出版書籍讓她很感興趣。

數天過去，英姐漸漸淡忘「掛鎖之謎」，可是在星期四早上，相同的異樣再度呈現在英姐眼前。

這一回她清楚記得前一晚自己以往常的方式扣上掛鎖，肯定這不是錯覺。她小心翼翼地拉起捲閘，打開店門，亮起電燈，仔細端詳四周，卻只看到十年如一日的書店店內風景。她檢查了收銀機，點算過機裡的鈔票沒有被盜，也巡視了書店一周，確保沒有書本被偷。

「舊老闆或業主有沒有鑰匙啊？」下午阿迪上班，得悉情況後向英姐問道。

「沒有。」英姐搖搖頭。「大約十年前我曾經丟失鑰匙，換過門鎖和掛鎖，所以舊老闆即使保留了舊門匙也開不了鎖。業主胡老先生就更沒有了。」

阿迪搔搔頭髮，一臉疑惑。英姐知道，他心裡仍懷疑是她弄錯，畢竟掛鎖有沒有反轉只出於她片面之詞，無法證實。

「店裡有沒有東西不見了？」阿迪問。

「倒沒有。」

「那麼，就算眞的有人動過掛鎖，說不定根本沒進過書店啦。可能有小偷找到一把能開這牌子掛鎖的百合匙[7]，於是每隔幾天來碰運氣，寄望我們只鎖上捲閘而沒有鎖上玻璃店門，結果兩次都失敗而回。英姐妳擔心的話乾脆換把掛鎖就好啦。」

雖然阿迪的說法尚算成理，英姐卻有另一個想法。

她兩度發現鎖頭有異，不見得小偷只開過兩次鎖，也許過去數天那傢伙都有開過捲閘，只是扣回鎖頭時碰巧用上原來的扣法。

而更重要的是，英姐覺得那小偷有進過店內。

假如眞的如阿迪所言，小偷是半夜來碰運氣爆竊[8]，那有兩點很奇怪。首先，如果那竊賊擁有掛鎖的百合匙，他應該在第一次開鎖後發現捲閘後的店門有第二重鎖，與其改天再試一次不如尋找新的目標下手；其次是沒有小偷會笨得打窮書店主意，尤其附近的「樓上舖」有髮型屋、美容中心和中醫師診所，店內保留過夜的現金一定比書店多很多。

這背後一定有什麼理由——英姐直覺上如此認爲。

英姐有點後悔店裡沒有安裝閉路電視。一如其他零售店，旺角的書店一向有偷書賊的問題，某些小偷會趁店員忙碌時偷偷將暢銷書塞進手提包或外套裡，然後在網上

7 百合匙：在粵語中指萬能鑰匙。

8 爆竊：在粵語中指入屋行竊。

放售。數年前英姐遇過嚴重的失竊案，某個週日下午，她發現書架上一整排《猴年運程指南》被偷去了，明明早上她才將書本放上書架，晃眼間木架上只餘下一個長方形的空洞。因爲犯人實在太猖狂，她不得不報案——她擔心對方食髓知味，一偷再偷。前來調查的警員勸說她安裝閉路電視，即使抓不到犯人，也能增加阻嚇作用，可是英姐向相關業者查詢後認爲費用過高，她又不懂利用電腦和鏡頭自行組裝系統，結果不了了之。

「最少先確認一下吧。」英姐心想。

接下來幾天，英姐過著朝十晚十的上班生活，每天早上最早回書店，晚上負責關門上鎖。因爲英姐偶爾會無視自己編的班表，在書店留到關門才回家，所以阿迪沒有覺得奇怪，不曉得英姐其實是爲了布置「陷阱」才待到打烊。每晚阿迪下班後，英姐都會在店門動手腳，鎖門後在門邊和門框近膝蓋的高度上貼上一條中間刺了一排圓孔的透明膠紙。只要有人打開過店門，膠紙便會沿著圓孔斷裂，而在光線不足的唐樓[9]梯間，不仔細檢查根本不可能看到門框黏著這個不起眼的小裝置。

首兩天早上，英姐都看到膠紙完好無缺，但星期天早上她剛打開掛鎖，便發現膠紙斷成兩截。目睹這一幕，英姐心底不禁一凜，尤其這天掛鎖並沒異常，跟她昨晚從左往右扣上的方向一樣。

店內光景一切如常，可是英姐知道這只是假象。書店裡一定有些東西不見了——她如此堅信著，然而仔細點算後，就連原子筆也沒少掉一枝。就在她想放棄調查時，赫然找到書店內唯一跟前一晚不一樣的痕跡。

員工休息室的數本書籍似乎被人動過了。

書店櫃台後有個當作休息室的房間，房間盡頭還有洗手間。這休息室除了給英姐、阿迪和卓琳他們吃飯喝水上廁所外，更設置了數個金屬架，用來貯藏待補上店內書架的書籍。房間沒有窗戶，只有一扇通往唐樓天井、鏽跡斑駁的鐵門，而英姐發現有異的就是擋在鐵門前面、靠近放交易單據的書桌和故障後一直沒修理的打印機旁的那個架子上。被動過的那數本書，是台灣紅纓出版社出版的《北京外交新困局》和《吃垮中國：大陸官場貪腐實錄》。

紅纓是台灣一家獨立出版社，專門出版研究中國現象與社會問題的書籍，上週到貨的《中國二〇二〇：市場危機》亦由他們出版。這家小出版社跟香港的發行商沒有生意來往，不過碰巧總編輯兼老闆跟英姐是舊識，所以紅纓會直接寄送新書至書店，讓薈蘭書坊擔任非正式的香港代理零售商。事實上，休息室裡的存貨之中，紅纓的書便佔了四分之一。

---

9 唐樓：在香港爲中式外觀的建築。通常樓層不高，且沒有電梯。

英姐記得，昨晚離開前架上那本《北京外交新困局》平放在三本《吃垮中國》上面，四本書整齊地擱在一疊《官僚資本主義的演化》旁邊，可是如今那四本書的位置向右移了數公分。明顯有人曾拿起過這幾本書，翻閱過。

——小偷闖空門是爲了看書？

英姐因爲這可笑的念頭讓自己噗嗤一笑，然而轉瞬間另一個念頭卻教她心頭一沉。

——書店……是不是被盯上了？

九七之後，香港出版界仍享有出版自由，可是兩、三年前某二樓書店員工失蹤事件令出版圈人人自危，沒有人知道出版、販售哪些書籍會觸碰到政治紅線，那條紅線又到底劃在哪兒。英姐十年前跟紅纓的老闆開始合作時，完全沒想到在香港出售評論中國的政治書籍會惹麻煩，直至那事件曝光，她才意識到自己幹的生意可能讓某些人不高興。

「坊間那些穿鑿附會、捕風捉影的爆料揭祕書刊怎能跟紅纓的出版物相比？紅纓的書都有很高的學術價值，作者們都是中外知名學者嘛。」英姐當時這樣想。可是這一刻看著被移動過的幾本書，這說法實在無法令她安心。

——所以是在港祕密執法的國安人員偷偷潛進書店？

然而英姐再細想一下，又覺得事有蹊蹺。假如想確認書店有賣哪些「國內禁書」，只要扮成顧客在營業時間走進書店細看便可，甚至可以各買一本回去，慢慢審查內容。

——是要點算存貨量？假如書量少，不足以影響輿論就姑且放一馬嗎？

英姐想了一整個下午，仍無法理出頭緒。她想過換掉門鎖，但這樣做可能打草驚蛇，讓對方發現行跡曝光，反而對書店不利——對手是國安的話，換鎖這等小伎倆根本不足以提防。她唯一知道的是不能將此事告知阿迪和卓琳，畢竟目前只是臆測，說出來讓下屬們擔憂也不是辦法。

「英姐，妳身體不舒服嗎？臉色好像不大好。」下午三點，兼職店員卓琳上班，甫看到英姐便問道。

「沒事，只是睡不好，有點頭痛。」英姐隨便撒了個謊。

「這樣的話，妳先回家休息？雖然我不懂埋數，但妳可以留下鑰匙讓我鎖門，結算就留給阿迪明早再處理吧。」

「謝謝啦，我還好。今天星期天，晚上會較忙，只有妳一個我怕妳應付不了。」

這天阿迪放假，店裡就只有英姐和卓琳二人。英姐對卓琳只說了一半眞話，另一半是，她擔心卓琳「應付不了」的是突發事件。天曉得會不會在書店打烊後冒出幾條大漢，將卓琳抓上車，要她供出書店跟「台灣反動勢力勾結」的罪證。

卓琳只在書店兼職了三個多月，但辦事俐落、爲人親切、個性乖巧，很得英姐歡心。雖然英姐年過五旬仍然獨身，但年紀上她足可當卓琳母親，所以英姐總有種照顧女兒的錯覺，假如卓琳遭遇任何不測，她一定不會原諒自己。

這份憂慮令英姐變得神經兮兮，每天回到書店時都多留意梯間有沒有人埋伏，下班時亦眼觀六路、耳聽八方，對停在路旁的客貨車或私家車提高警覺。她試過對阿迪和卓琳說「近來治安不好」，著他們小心人身安全，不過她猜自己的話只是馬耳東風，畢竟她沒有明說她所注意到的危險。

「英姐，《北京外交新困局》只餘下六本，要向台灣補貨多少？」週三黃昏阿迪點算了存貨後問道。

「唔……先等一下，下個月再訂吧。」

「咦，可是這本賣得不錯，直接多訂五十本也一定賣得去，不用跟其他出版社的書合單省運費吧？」

「不，稍等一下就好。」英姐敷衍過去，再向阿迪和卓琳說：「今晚我有要事，七點便要離開，埋數收舖就麻煩你們了，小心一點。」

「英姐妳怎麼最近這麼婆媽啊。」阿迪笑了笑。「我們又不是小孩子……對了，妳是去續約吧？也差不多是這日子了。」

「續約？」卓琳插嘴問道。

「跟業主續租約。」英姐點點頭，回答道。

自從舊老闆移民後，英姐便每年跟業主胡老先生談租金合約。胡先生沒有因爲同鄉走了便獅子開大口瘋狂加租，他依舊維持著當初的協議，只收取同區租金的一成。不過，他要求每年續約，英姐初接手時也擔心胡先生這樣做是為了趁某年市道好收回單位放售牟利，但結果樓市升得再高，他也願意繼續租給書店，如是者過了差不多二十年，每年洽談續約反倒像老朋友間吃頓飯，敘舊閒聊一下。

「英姐，部長說今天黃花魚新鮮，我們點一尾清蒸好不好？」在太子大南街的發記飯店，白髮稀疏的胡老先生邊向英姐遞過餐牌邊說。雖然胡先生比英姐年長兩輪，他也跟其他人一樣以「英姐」稱呼對方。

「啊，好的。」

發記是太子一家老牌中菜館，店子不大，但在區內頗負盛名，算是隱世名店。英姐每年都跟胡先生到此聚餐，她心想這兒跟胡先生的隱形富豪身分也頗契合。

二人點了三菜一湯，除了清蒸黃花魚外，還有一道涼瓜炆[10]排骨、一道帶子蔥花炒蛋，加上一鍋枸杞豬潤[11]湯，雖不是山珍海味，也算是盛饌佳餚。可是英姐卻掛念著書店的事，美食當前也沒有太大食慾。

10 炆：一種粵菜烹調方法。以慢火將食材烹熟，令食材變軟並保留少量原汁或事後勾芡。

11 豬潤：在粵語中指豬肝。

飯後胡先生爽快地拿出租約讓英姐簽名。這年雖然坊間租金輕微上升，胡先生早於半個月前已在電話答應英姐不會加租。英姐看過文件，確認一切如常，便簽名作實，之後讓胡先生吩咐助理送到稅務局打釐印稅[12]。

「對了，英姐，最近書店有沒有什麼不尋常的事情？」

胡老先生突如其來一問，嚇得英姐差點被正在喝的普洱茶嗆到。

「沒、沒有……怎麼了？胡先生你聽到什麼風聲嗎？」

「不是風聲，是有人老在找我麻煩。」胡先生一臉不以為然地說，卻看不到英姐眼神中流露的不安。

「麻煩……？」

「對啊，麻煩的地產商。」

聽到「地產商」三個字，英姐不由得鬆一口氣。

「妳也留意到吧，」胡先生繼續說，「西洋菜街不少舊樓已被那可惡的『黑牛地產』收購重建了，他們還跟宏達集團合作，打算在西洋菜街興建一座新的商業大廈。」

「他們想收購書店所在的順風樓嗎？」整幢順風樓十個單位都屬於胡老先生，租客全是商戶，書店樓上的髮型屋、咖啡店也得交租給胡先生，只是他們不像書店般獲得優待。

「就是哪。假如有地產經紀跑上書店找妳洽談，妳記得拒絕，明確地告訴他們我這副老骨頭才是業主。他們拋出什麼甜頭、說什麼好聽的話妳也別上當，我不賣就是不賣。」

縱使胡先生說這番話時沒有表現氣憤，但英姐聽得出對方語氣中的厭煩。本來英姐想說，書店如果能在同區找到新單位，要搬遷也不是問題，只是一想到「薈蘭書坊」這名字的由來，便了解到胡老先生那份執著從何而來。況且，假如搬新店後她要付正常的租金，那書店很可能不到半年便因爲虧損過大而被迫結業了。

「胡先生你放心，書店一直受你恩惠，我自然不會吃裡扒外。」英姐微笑著說。

「那就好啦，英姐，其實我早知道妳是讀書人，不會見利忘義……」胡先生邊說邊替英姐斟茶。「正所謂『一命二運三風水，四積陰德五讀書』[13]，我租給妳經營書店，其實也算是替我自己行善積德……」

跟胡老先生告別後，英姐沿著荔枝角道往旺角的方向走去。對於剛才胡先生的一席話，她有點不解——書店只是租戶，人家地產商要收購樓宇，租戶有什麼立場可以

12 釐印稅：在粵語中指印花稅。

13 一命二運三風水，四積陰德五讀書：民間據傳有十種因素能影響命理，這兩句後接：「六名七相八敬神，九交貴人十養生。」

插手？地產經紀會想她以朋友身分去勸告業主放售嗎？

英姐瞄了瞄手錶，時間尚早，不過是九點四十分。現在回書店仍來得及，雖然她仍想不出應付那個闖進書店的神祕人的方法，至少目送阿迪和卓琳安全搭地鐵回家，心裡會踏實得多。

經過弼街始創中心後，英姐邊走邊考慮是否中止與紅纓的合作，一個不小心多走了一個街口，來到通菜街。她於是沿通菜街走到旺角道再往回走，然而在街角過馬路避車時，不經意回頭看到令她疑惑的身影。

離她約三個鋪位的距離外，有個穿黑色西裝外套的男人。那男人沒結領帶，年紀大約四十來歲，身材略胖，兩手空空沒有拿公事包，看行頭有點像做小生意的商人，但穿搭不像本地人。縱使看起來頗尋常，英姐卻深感困惑，一來她發現對方同樣在弼街和通菜街繞了多餘的一圈才回到西洋菜街，二來剛才在發記飯店跟胡先生吃飯時，她似乎有看到服飾相同的男人獨個兒坐在他們附近。綜合兩者，英姐只想到一個可能。

她被跟蹤了。

英姐感到背後一陣寒意竄起，壓抑著心裡的悸動，謹慎地打量四周。晚上九點多的旺角街頭行人不少，她不用擔心會被人擄走，但她知道接下來一定不能走窄巷小路，無論如何不能讓自己落單——經過旺角中心對面一家藥妝店時，她特意假裝瀏覽貨品，偷偷掏出手機，以手肘掩護向身後拍了幾張照片。雖然照片拍得頗模糊，但她至少拍到男人的樣子，算是留了個記錄——即使她不知道這對自己有何保障。她壯著膽子，將手機放到耳邊假裝講電話，慢慢轉身，試圖看看男人有何反應，結果男人在一家運動鞋店前駐足，像是在看籃球鞋，沒瞧她半眼。

——是我多心了？

英姐無法肯定對方是不是巧合跟在她身後，然而當她準備轉身繼續走時，卻留意到男人以不自然的方式握著手機。

手機機背的鏡頭正對著英姐。

目睹這一幕，英姐頓時改變念頭，不回書店。天曉得對方是不是正在找機會下手，爲今之計，就只有想方法擺脫那神祕男人。她走到彌敦道南向的一列巴士站旁，還在考慮下一步時，一輛970X號巴士剛好停站，只有兩個乘客上車，她三步併成兩步衝過去，用手擋著差不多要關上的車門，直接跳上車。

「阿姐！妳別這樣衝！妳揚手我停給妳就是嘛！」巴士司機責難道，但英姐對此毫不在意。她拍過八達通[14]，透過車窗看到男人沒追上，對方只站在路邊眺望著。

英姐往下層最後一排座位坐下，一股伴隨著驚懼的無力感油然湧上。良久定過神後，她發現自己不知道這巴士駛往哪，只好用手機調查一下，才發覺目的地是香港仔[15]。她不曉得自己在哪下車才安全，畢竟她家在牛頭角，假如乘到總站，回家可不容易。

回家後，英姐打電話給阿迪，查問收舖時有沒有出狀況；但結果一切如常，她更得知卓琳等阿迪埋好數才一起下班，二人在地鐵站分手。這通電話反而令阿迪心生好奇，不曉得老闆為什麼要特意來電詢問，以為書店單位續租出了問題，胡老先生要收樓逼遷。

往後數天，英姐上下班都小心翼翼，用盡一切方法保護自己和下屬的安全。她慶幸旺角是座不夜城，早上十點或晚上十點，書店外的街道都擠滿路人，就算對方是強大的國安公安，也難以強行拉她上車。她擔心過自己會在唐樓梯間被堵，所以她現在上下班都會拿著手機假裝在講電話——假如有人打算暗中抓捕她，亦不會在抓捕期間有被第三者即時知情的情況下冒險。只是，英姐猜想這一招治標不治本，萬一國家認為她所犯的事「情節嚴重」，撕破臉硬要拿人她也無計可施。

畢竟在「一國」的現實下，國家以政治理由壓下來，小市民可無法拿理論上的「兩制」來抵抗。

「請問有沒有韓國的旅遊書？」

「左邊書架盡頭第三格。」

週日下午，英姐正在整理書架時，聽到坐在櫃台後的阿迪說道。她覺得顧客的聲音似曾相識，回頭一看，發現果然是認識的面孔——說話的人是旺角區刑事偵緝隊的警長柯Sir。英姐認識他，是因為他數年前負責調查書店的偷書案，當時勸說英姐亡羊補牢、安裝閉路電視的就是他。

自從那案件之後，英姐不時在區內的茶餐廳或商場遇見對方，碰面也有打招呼，寒暄幾句。柯Sir在區內出沒，不但因爲旺角警署就在書店附近，而且他住在西洋菜街，住所就在書店所在的順風樓斜對面。英姐聽長舌的茶餐廳伙計說，柯Sir本來隸屬重案組，因爲工作犯錯，才被調到只調查像店舖盜竊這類小案件的刑事偵緝隊。

不過柯Sir鮮少光顧書店，英姐記憶中，對方因爲公事以外就只來過一次——英姐倒不感意外，反正橫看豎看，柯Sir也不像是個對書本有興趣的人。

「柯Sir，很久沒見。」英姐趨前道：「去韓國旅行嗎？」

「不，是我妹。她知道我住在書店附近，叫我隨便買幾本旅遊書，明天帶給她。」

柯Sir回答時語氣平淡，但英姐隱約感到話中有股「我妹好麻煩，但我就是拿她沒法」的自嘲感。從書架上選了三本旅遊書後，柯Sir到櫃台結帳。

「最近有沒有再遇到偷書賊？」柯Sir邊付錢邊向英姐問道。

「當然不會沒有，只是偶爾被偷一本半本，就睜一眼閉一眼。」

---

14 八達通：即香港地鐵的儲值卡。

15 香港仔（Aberdeen，前稱 Little Hong Kong）：位於香港南區，以漁村風貌聞名。許多漁民在此靠海而生，過著以船爲家，或在水邊蓋房而居的傳統水上人生活。

「嗨，妳這樣子只會姑息養奸啊。」雖然柯Sir如此說，但語氣中沒有責怪的意思。

「報警的話搞不好被你們的伙計罵浪費警力吧？」阿迪插嘴說道。他一向對公權力頗多不滿，三年前旺角發生的嚴重警民衝突就令他成見更深。

柯Sir聽到這句，只苦笑一下。

目睹這笑容的一瞬間，英姐突然察覺，她或者可以向柯Sir求助。她知道手頭上缺乏證據，報警說有人半夜擅闖書店、自己被跟蹤等等只會被警方當成神經病——畢竟連自己的下屬也質疑她想太多——可是她私下向柯Sir透露案情，尋求意見，那倒不見得有什麼麻煩後果。

「柯Sir，可以借一步說話嗎？」柯Sir提著書本，走到書店門前時，英姐輕聲對他說。對方覺得英姐的舉動有點奇怪，但出於警察處變不驚的訓練習性，對任何突發情況也能保持平常心去應對。

「嗯。」

柯Sir站在門前，等待英姐繼續說，可是英姐擔心阿迪會聽到他們在聊什麼，有點猶豫該如何開口。

「我現在去銀鳳喝杯奶茶，妳可以隨後才到。」柯Sir見狀，指了指門外。

英姐點點頭。柯Sir離開書店五分鐘後，英姐告訴阿迪自己有私事要辦，暫離書店半個鐘頭。

銀鳳茶餐廳距離書店只有半個街口，算是英姐他們的「員工食堂」，平日午餐、晚餐大都是叫銀鳳的外賣。

「抱歉，讓你久等了。」英姐走進茶餐廳便看到柯Sir坐在盡頭的四人卡位，面前有一份吃了一半的奶醬多[16]和一杯熱咖啡。

「書店員工手腳不乾淨嗎？」英姐點過奶茶，侍應生走開後，柯Sir便問道。

「手腳不乾淨？」

「穿櫃桶底[17]、做假帳之類。」柯Sir邊說邊咬了一口奶醬多。

英姐沒想到，對方以爲她剛才是因爲不想被「犯人」發現才欲言又止。

「不，你誤會了。」她苦笑一下，說：「我只是不想阿迪擔心而已。」

英姐由發現掛鎖有異開始，到幾天前懷疑被跟蹤一一說明，但她沒提起店門貼膠紙的把戲，自覺這做法好像有點可笑。柯Sir一直保持著撲克臉，默默地聆聽著。

「柯Sir，你認爲我該怎麼辦？」英姐眉頭深鎖，擔憂地問。

---

16 奶醬多：在粵語中爲「煉乳花生醬多士（吐司）」。

17 穿櫃桶底：過去掌櫃收錢後都會放在櫃桶中，統一在收工後處理。可以看到櫃桶底部，就表示現金不見了，也等於出現虧空、挪用公款等財務狀況。

「等等，譚女士，妳說妳懷疑有大陸公安跟蹤妳和半夜闖進書店？妳有確切的證據證明指控嗎？」

「沒有，但兩、三年前不是已有先例嗎？」

「我先問妳，妳說那家台灣出版社的書，在香港只能在妳的書店買到嗎？」

「那倒不是……」雖然薈蘭書坊獨家代理紅纓的書，但一般讀者也能透過台灣的網上書店購買，直送香港。

「那就是啊。假如眞的是公安國安，他們有必要針對你們一家小書店嗎？」柯Sir語調平淡地說。「而且事情一曝光，香港市民關注，不就等於替那家台灣出版社免費宣傳了？就算妳的書店倒閉了，讀者也能夠透過其他渠道買到那些書啊。」

「搞不好他們之後會逐一封殺那些渠道呢？新聞說國內已有官員因爲閱讀境外政治書刊而落馬，說不定他們連台灣出版界也滲透了，正逐步消滅所有不利北京的言論……」

「譚玉英女士，妳會不會間諜小說讀太多了？想像力眞豐富。」柯Sir笑了笑。

「那才不是想像！事實擺在眼前，三年前就發生過書店員工失蹤事件，前年又有個國內富豪在香港酒店被神祕大漢押返大陸，根本就是有人在香港進行情報監控工作啊！」英姐想起阿迪也嘲諷過她「偵探小說讀太多」，一怒之下嚷道。

「香港警方一直沒發現證據顯示有人『跨境執法』，《基本法》訂明，香港以外的執法機關，無論是內地的還是海外的，在香港執法是違法行爲，我們警察會依法處理。」

柯Sir這番話令英姐愕然，她沒想到如此一段文宣式的官話會出自對方之口。她以爲柯Sir雖然是警察，也不會盲目接受官方那一套騙小孩的謊言，這刻她才意識到自己不過是一廂情願。

英姐默然站起，從口袋掏出充當茶錢的一張二十元紙鈔，強忍著心中的怒氣放在桌上。

「柯警長，很抱歉浪費你的寶貴時間，就當我剛才胡說八道、思覺失調吧。」英姐冷冷地說。「不過假如將來我或我的員工遭遇任何不測，請你記得那是你今天忽視我求助的結果。善惡到頭終有報，老天爺會看著的。」

「等等，譚女士——」

「還有，我名字中間那個字唸『角』，『雙玉爲珏』，我叫譚珏英不是譚玉英。跟你這種既沒文化又沒水平的人說話，實在很累。再見。」

英姐撂下狠話，頭也不回離開茶餐廳。

翌日早上，英姐仍爲昨天柯Sir的一席話而感到不快，卻沒想到一波未平，一波又起，書店迎來一位不速之客，令她在考慮如何應付入侵者的對策上，添加更多變數。

「妳好，請問妳是店主譚珏英女士嗎？」就在剛開門營業不久，店內仍沒有半個顧客時，一個穿整齊藍色西裝、身材瘦削、挽著黑色公事包的短髮男人走進書店，向英姐問道。

「我是，請問有何貴幹？」英姐對這男人的身分感到疑惑，雖然不時有各式推銷員上門，但對方又不太像推銷員。

「我是宏達集團的業務顧問，小姓朱。」男人邊說邊遞上名片。

聽到「宏達」這名字，英姐立即想起胡老先生的話。她沒想到地產商真的派人來了。

「朱先生，我只是書店老闆，不是業主，你們集團想收購單位不該找我。」

「啊，譚女士，妳誤會了。我不是隸屬物業收購部門的，我來是想跟妳洽談合作。」

「合作？」

朱先生露齒而笑，英姐只覺得這純粹是業務式的笑容。

「宏達集團有個附屬基金會，一向支持文化藝術項目。薈蘭書坊在書籍零售業內赫赫有名，我們希望跟妳合作拓展生意。」

「你是說，宏達想入股書店？抱歉，我沒興趣。」英姐斬釘截鐵地說。

「不是注資入股，或者請妳先聽一下我們的提案吧？」朱先生從公事包掏出一個文件夾，打開放在櫃台上。「由我們宏達集團擁有、位於彌敦道與山東街交界的新建大型商場京華中心將於三個月後開幕，假如薈蘭書坊願意搬到商場營業，集團可以提供一個一千呎的單位，未來十年免租。」

「十年免租？」英姐懷疑自己聽錯，錯愕地反問。

「對，十年。嚴格來說不是宏達集團免租，而是基金會每年撥款支付租金。附帶一提，管理費也會由基金會負責，妳不用擔心。」

「這、這對你們集團有什麼好處啊？」

「因爲我們希望京華中心有別於附近一般的商場。」朱先生依舊掛著業務式的笑臉，翻開文件第二頁。「旺角的商場都充斥食肆、時裝店或精品店之類，缺乏文化氣息，爲了提升商場的品味，增加多元化的客源，我們的發展企劃部門認爲『書店』是個絕佳的選擇。我想妳也聽過香港地產商以特優租金邀請台灣大型連鎖書店在旗下商場開業的傳聞吧？我們宏達不過在做相同的事情，只是我們更加支持本地小店。」

「除了薈蘭書坊，基金會還會找哪些店加入？」

「我們已邀請了一間由本地木雕藝術家開設的飾品店、一間開業超過七十年的老牌餅家和兩間外國文化協會的專賣店，另外一位郵票及錢幣收藏家亦有意在我們商場開設附有展示區的交易中心，名單仍在增加。不過譚女士妳放心，書店就只有薈蘭一家，妳不用擔心同場競爭的問題。」朱先生聽到英姐發問，猜想成功引起對方的興趣，笑容比之前更燦爛——雖然他誤會了英姐的問題，英姐不是擔心競爭，而是好奇除了自己外有什麼店鋪在受邀之列。

「你剛才說十年免租，萬一十年後商場業主瘋狂加租，這其實對我們也沒有保障啊？」英姐問道。

「的確我們集團無法作出更長遠的承諾，但考慮到商鋪的多元性，加上我們的基金會亦已運作了超過二十年，我相信十年後妳仍能和我們達成互惠互利的協議。」朱先生頓了一頓，若有所思似的，續說：「譚女士，請恕我冒昧，我從坊間聽說妳目前向業主繳付相當低廉的租金，不過需要每年續租約——以『保障』來說，恐怕書坊目前的狀況亦不是那麼理想，相反我們能提供的保證長達十年，是白紙黑字訂立在合約之上。」

朱先生的話刺中了英姐心裡的那一個痛處，她的確無法保證胡老先生會不會在某年不續租，退一萬步來說，就算胡先生沒意願改變，年邁的他一旦去世，遺產繼承者有何決定亦非英姐能干涉。如今在眼前的不單是良機，更說不定是一根救命草。

「況且十年之後，香港的環境會有何變化也無人知曉，我想妳跟我們合作會是最佳的選擇了。」朱先生緩緩說道。

「嗯……我要好好考慮一下。」良久，英姐回答道。

「無問題，譚女士妳有什麼問題，可以隨時致電給我。」朱先生指了指放在櫃台上的名片。「雖然我們沒有爲這提案設回覆限期，但考慮到商場在三個月後開幕，我們當然希望薈蘭書坊在開幕當天已能營業。裝修需時四至六星期，所以請妳最遲於下個月答覆。」

朱先生離去後，英姐拿著對方留下的文件仔細翻閱。細節上沒有可疑之處，她倒是不曉得一旦答應之後，對方會不會立時變臉，在合約上加入一堆苛刻的條款。畢竟旺角區一級商場的千呎單位租金是個十分可觀的金額，十年加起來有數百萬之多，英姐懷疑，書店進駐商場能否爲商場東主帶來這麼大的收益。

「嘿，當然有，但肯定不是英姐妳想的那種利益。」下午阿迪看到朱先生留下來的文件，英姐告訴他宏達的提案後，阿迪冷笑一聲。「十年付出數百萬，換來即時的幾億甚至幾十億，當然划得來喔。」

「幾億？」

「我們搬走，宏達就有方法收購這棟順風樓重建起高樓嘛。」

「我們搬走不代表胡老先生願意賣啊？」

「英姐，妳眞的不知道今天地產商的手段了。我們一走，大概會有人續租，但那租客一定來者不善，九成是跟宏達合作、專幹髒活的黑牛地產指使的傢伙，他可能會將單位弄成垃圾屋、破壞公用地方的水電設施、任由蟲鼠滋生，搞烏煙瘴氣，業主受不了之下，大集團提出收購單位，業主眼見單位『醫返都嘥藥費』[18]，自然應允。依我看，樓上的租戶們很可能也收到不同好處的提案吧。」

英姐恍然大悟。雖然這不一定是事實，但阿迪的推論合理得多。

18 醫返都嘥藥費：粵語翻譯爲「治療也浪費藥錢。」

「所以你猜宏達的提案沒有任何對我們不利的條款？」英姐問。

「我猜沒有，不過這等於將我們的利益建築在業主的損失之上，英姐，妳吃不吃這『人血饅頭』就妳自己決定囉。」

英姐知道阿迪一向對大財團反感，所以說出這種話來勸諫自己。然而，朱先生指出的保障問題也是英姐多年來思考的問題，尤其近年書市低迷，長此下去，恐怕連阿迪和卓琳的薪水也付不起。

「卓琳，妳有什麼意見？」英姐向剛上班的卓琳說明宏達的提案後，問道。

「英姐，我只是個小小的兼職店員，英姐妳說搬還是不搬，我自然也不會反對。」

「妳在書店打工就是書店的一分子，當然有權發表意見。」英姐笑道。

「這個……那我覺得搬比較好。商場客人多一些，而且有櫥窗可以裝飾，宣傳新書。」

對，可以弄櫥窗宣傳──英姐沒想到這一點。

「可是我們搬走，就像是背叛業主胡先生，他支持書店三、四十年，我們卻二話不說見利忘義──」

「妳不背叛就可能被背叛了吧……」

「咦？」

卓琳的話讓英姐大感詫異，她也似乎察覺自己失言，露出尷尬的神情。

「呃……我有朋友在地產界工作，之前聽過傳聞……關於胡先生的財產。」卓琳說話有點結巴，像是對說老闆恩人壞話感到為難。「傳聞他早幾年投資失敗，欠下鉅款，手上的物業已賣得八八九九了。聽說宏達集團曾向胡先生提出合作，充當白武士[19]，收購順風樓和附近數棟舊樓，準備興建附帶購物中心的大型商業大廈，對方甚至提議將大廈命名為『薈蘭中心』，除現金賠償外另撥商場的十個鋪位給他，但胡先生就是不領情。我朋友說，順風樓位於旺角黃金地段，看香港的樓價走勢，未來幾年價值會再翻幾倍，所以說不定他是待價而沽，某天會突然不跟我們續約，套現離場……」

雖然卓琳如是說，英姐卻認為胡先生不是見錢眼開的人，尤其他們來往已有二十年之久，她確切感受到對方對薈蘭書坊的執著，那不是一份用金錢能收買的堅持。英姐深信，在這個經濟掛帥的消費時代，一般人已遺忘「睹物思人」的可貴，像她或胡老先生這種念舊的人，只會被視為追不上時代步伐、面臨淘汰的老古董。

英姐看著宏達的提案文件，心裡拿不定主意。假如朱先生是在一個月前來找她，她九成會回絕對方，可是今天她有多一份考慮——書店被人盯上，為了自己和下屬的安全，換個經營環境可能不是壞事，到時更可以用業務改變為理由，婉拒跟紅纓繼續合作，說不定那些跟蹤者、監控者入侵者便會自然消失。

19 白武士：向遭受第三方惡意收購的公司提出善意收購。

三天過去，英姐沒再察覺她布置在店門的透明膠紙有異樣，亦沒發現有人跟蹤自己。然而她不知道這是不是暴風雨前夕的寧靜，她每天如芒刺背，坐臥不安，擔心書店同業遭遇的「事故」會在自己和阿迪或卓琳身上重演。每一位來書店購買政治敏感題材書籍的顧客，她都會多瞄數眼，嘗試從外表估算對方是眞的一般讀者，還是揹負任務的「強力部門」[20]人員。

「譚女士，麻煩妳跑一趟眞不好意思。」

「不要緊，反正我有事要到附近，順便而已。」

星期五下午兩點半，英姐來到深水埗胡先生家中，取回已蓋印花的租約。本來胡先生說可以吩咐助理將合約送往書店，但英姐碰巧要到一間位於荃灣的獨立出版社交收支票，回程便順道往胡先生住所一趟。英姐到胡宅時胡老先生不在家，據助理先生說，老闆有朋友到訪，二人外出喝下午茶。

從助理手上接過租約後，英姐走到附近一間茶餐廳吃遲來的午餐，然後準備搭巴士回書店。她有想過飯後到附近的小書店逛逛，可是今天卓琳休息，現在書店只有阿迪一人——她不知道假如宏達那姓朱的突然造訪，阿迪會不會沉不住氣，跟對方發生齟齬。

然而英姐剛步出茶餐廳，往巴士站的方向走過去時，意外地在人群中看到一個身影。

一個禮拜前，那個跟蹤她的男人。

在看到那男人的瞬間，英姐以爲自己被跟蹤了，可是她察覺對方正站在十字路口，眺望著街角的對面。她小心翼翼地改變路線，跟隨路人橫越另一邊的馬路，確認對方沒有望過來，才稍稍感到心安。

「他在等人？」

英姐站在路旁觀察著。她心裡正躊躇是否該繼續「反監視」對方，畢竟她不知道萬一被發現有何後果，可是她心裡卻有一把聲音告訴她這機會千載難逢。假如看到對方跟某些人見面，或者跟蹤對方，發現對方走進某些中資機構大樓，那她就有確切憑據，向人證明自己的推論並非妄想。

爲了掩人耳目，英姐在旁邊某間服飾店買了一頂漁夫帽，再從藥房買了一個黑色的口罩。事實上，這打扮比之前更讓人覺得可疑，不過比起給對方一眼認出，這扮裝尚算有一點正面作用。她拿出手機，站在欄杆旁假裝講電話，雙眼卻緊盯著馬路對面的神祕男人。對方一直沒有移動，只是偶爾掏出手機滑幾下，又再繼續眺望遠方。

半個鐘頭後，男人仍沒動半分。英姐覺得這是一場耐力賽，而她知道她不該放棄。在這段期間，她改變了原來的想法——對方也許不是在等人，而是在監控和跟蹤

---

20 強力部門：指「有方法規避法律令被調查者配合」的政府部門。語出《環球時報》。

別的對象。英姐知道附近有幾間老牌二手書店，心想說不定它們的老闆和店員也被盯上了。

當英姐在想是否冒險走近對方，嘗試獲得更多情報時，對方突然動身，往英姐所在位置的相反方向走去。英姐連忙跟蹤，不過因為害怕被察覺，她只敢留在對面馬路，越過兩條行車線從後監視。

英姐跟著對方穿過數條街道，卻沒法知曉對方是在跟蹤他人還是純粹在蹓躂，抑或是自己行蹤敗露，故意引自己在兜圈。走了十分鐘，男人突然停下來往回走，英姐匆忙擠進身旁的珍珠奶茶店前的人群假裝排隊，確認男人不是往自己走過來時，才急步追上。

男人沿著長沙灣道往太子的方向一直走，英姐亦步亦趨，緊隨其後。英姐漸漸感到心安，因為假如對方故意引自己步進陷阱，可不會一直往前走。從對方的路線和步速，她知道對方是有確切的目的地，或是約了某人會面。

然而，當英姐發現自己推理正確時，她沒有半點欣喜，反而感到眼前一黑、頭皮發麻，剛才吃過的午飯也幾乎要從胃全吐出來。

在太子道西一間餐廳門外，男人跟一個人打招呼，二人走進店裡。

那個人是卓琳。

英姐無法想像卓琳跟跨境執法的國安扯上關係，她按捺住激動的心情，將帽沿按下，走進餐廳。她看到二人坐在角落的卡位，便無視侍應生的接待，自顧自地坐在那個卡位的後方。隔著木製椅背，男人正跟她背貼著背，而卓琳坐在男人對面。

「我們在這兒見面，不怕被撞破嗎？」聽到卓琳這句話，英姐感到毛骨悚然——不是因爲內容，而是因爲卓琳這句話是以普通話說出。

「妳說妳老闆今天去了荃灣，那就不用擔心。」男人的聲調低沉，說的當然是普通話。

「可是……」

英姐正在側耳細聽時，侍應生卻走過來請她點餐，令她聽不到之後的對話。她隨便點了杯奶茶，打發對方後，再挺直身子，將注意力放在背後。

「……妳仍認爲妳老闆不知情嗎？妳別太天眞了。」

「可是英姐人很好，我一直在欺騙她，實在很過意不去……」

「妳不繼續騙她，這事兒我們就無法查下去。」男人頓了頓，再說：「而且妳老闆不簡單，上次我跟蹤她，還被她發現擺脫了。」

卓琳默然不語，低聲呢喃了一句，英姐聽不清楚。

「聽好，我們幹的可不是什麼光明正大的事情，我冒的風險不比妳低，萬一露餡，我只怕被你們特區政府遞解出境，保不住工作。既然我們同坐一條船，就得同舟共濟。」

「只是英姐——」

「卓琳，」男人打斷卓琳的話，「別忘了妳這樣做是爲了妳母親。天秤上一端是妳的母親，另一端是英姐，妳怎麼選？」

「……當然是媽媽。」卓琳的語氣帶著苦澀。

「那不就是嘛，妳懂得分輕重。」男人淡然地說：「妳記住，我們只要把那個找出來，事情就能了結。說不定能兩全其美，妳老闆也不一定會被抓，總之目前妳繼續演好妳的角色當內應便行了。」

因爲旁邊的圓桌來了四個年輕男女，卓琳和男人似乎對旁人有點顧忌，之後的對話都壓下聲音，英姐無法再聽清楚，只勉強聽到「半夜」、「門鎖」、「書店裡」、「藏在哪兒」之類的隻言片語。侍應生早送上奶茶，但英姐沒喝半口，事實上她衣背早被冷汗濕透。

英姐從沒過問卓琳的家世，不知道她是香港土生土長的孩子，抑或是新移民，父母跟她同住還是身處大陸。從二人的對話，英姐想像到男人利用卓琳母親作威脅，要求對方當書店的內鬼，查探販賣「禁書」的過程，蒐集「罪證」。如今回想，英姐甚至不肯定卓琳是在應聘後才被男人收買，還是一開始便另有目的加入書店當兼職店員——英姐一直覺得卓琳學識豐富、辦事精明、談吐得體，根本不用在小書店屈就。

不過，對英姐來說，剛才的對話中最令她注意的是一句話——「把那個找出來」。

找什麼出來？

假如說的是給台灣紅纓的訂單，那卓琳應該老早就得手了，因爲單據都放在休息室，阿迪或卓琳都能輕易拿到。而且男人那句「說不定能兩全其美，妳老闆也不一定會被抓」也教英姐十分在意，說明自己不是他們這祕密執法行動的主要目標，眞正要對付的另有其人——或另有其事。

男人和卓琳離開時，英姐故意低頭滑手機，沒有暴露行蹤。她趁兩人步出大門時更用手機拍了幾張照片，清楚照到二人面貌。

事情發展太可怕，英姐爲此失眠了好幾個晚上。日間在書店看到卓琳時，她幾乎無法以平常心跟她相處。最後，她終於下了決定。

「卓琳，這是我前天吩咐妳發的訂單吧。」週四晚上，英姐在書店差不多關門、店內沒有客人時，拿著一張傳眞，板起臉對卓琳說道。

「嗯、嗯？」

「妳看看這兒的數字。」英姐指著單據上的一欄，說：「我說這本《古埃及文明地圖集》訂二十本，妳怎麼寫成二百本了？」

「咦？我明明記得寫了二十本——」

「幸好發行商覺得奇怪，寄了電郵來問我，否則送了二百本來，怎會賣得去？別忘記這是台灣的進口書，我們沒法退回，賣不完就要自掏腰包承受虧損。」英姐打斷卓琳的回應，一口氣說。

「對不起，我下次會小心一點……」卓琳緊張地低頭認錯。

「沒有下次了。」英姐邊說邊遞出一個信封。「卓琳，我就老實跟妳說，妳在書店的工作表現不如預期，這兒是妳這個月的薪水，妳明天不用上班了。」

阿迪在旁邊聽到，不由得露出驚訝的表情。

「咦，英姐，卓琳一向工作認真，這幾個月來分擔了我的很多職務啊？怎麼——」

「阿迪，你別替她說話，這是我這個僱主跟她這個兼職員工之間的事，你別插嘴。」

阿迪在書店工作了六年，從沒見過英姐亮出這副嚴厲的表情，只好保持緘默，皺著眉看著二人對話。

「英、英姐，如果我有什麼不足之處，請妳指、指出來，我會改……」卓琳一臉慌張，說話有點結巴。

「妳不用再說，總之我已決定了。書店收入不多，可養不起冗員。妳是兼職員工，我可以隨時無條件解僱妳，現在我連這個月餘下日子的薪金也補給妳，算是仁至義盡。」

英姐將信封放到眼眶漸紅的卓琳面前，擺出毫不退讓的態度，卓琳靜默數秒後，伸手取過信封，顫聲地吐出一句「謝謝一路以來的照顧」，回到休息室拾起背包，落泊地離開書店。

「英姐，妳爲什麼突然炒卓琳魷魚？發生什麼事嗎？」卓琳走後，阿迪立即問道。

英姐看看掛在牆上的時鐘，距離十點還有五分鐘，於是離開櫃台，反鎖店門，將門上「營業中」的牌子反轉變成「休息」，再關上一半電燈，讓遲來的客人能透過玻璃門得知已打烊。

「進裡面再說吧。」英姐指了指休息室。

英姐沒有隱瞞，先將她在店門設置的貼紙機關、被移動過的紅纓出版社的書本、跟胡先生吃飯後在旺角街頭遇上跟蹤者，以及向柯Sir求助卻不得要領的事一一說明，更掏出手機，向阿迪展示那男人的照片。

「妳眞的沒弄錯嗎？這個男人會不會碰巧只是路人而已？」阿迪問。

英姐沒回答，直接打開上週五她拍到的那數張卓琳與男人的合照。阿迪看到，下巴幾乎掉到地上，就連他也看得出那個男人跟之前照片的是同一人。英姐再將那天從深水埗「反跟蹤」到太子的經過告訴阿迪，並且將她聽到的對話轉述。

「老天啊，英姐妳早應該告訴我嘛！一人計短二人計長，我們一同想方法應付啊！」

「假如我沒拍到這照片，你也不會相信我吧？」英姐嘆一口氣。「而且，我怕連累你，萬一你被一群大漢抓到國內……」

「我呸，管他是國安公安警察還是FBI，假如有人想在街上抓我上車，休想我束手就擒，先拚死反抗再說。橫豎之後都要受苦，好歹讓對方添幾道血痕、斷幾根鼻梁。」阿迪笑道。

英姐心底感到一陣溫熱。自從發現有人入侵書店，她一直獨自承受壓力，沒想到阿迪的「俠氣」在此時派上用場，令她覺得自己不用孤軍作戰。

「看來半夜闖進書店的是卓琳吧，她一定是偷偷複製了我或妳的鑰匙。」阿迪說。

英姐回想，當天戲言說「不乾淨的東西」摸走阿迪的門匙，結果下手的是「內鬼」。

「所以我出此下策，改動了卓琳寫的訂單，硬找藉口辭退她。」英姐嘆一口氣，再說：「問題是那男人要她找什麼？」

「妳跟紅纓的交易記錄？」

「單據一向沒鎖，放在抽屜，任誰都能拿到。」

「妳跟紅纓的往來書信？」

「現在我們都用電子郵件了，犯不著半夜闖進——」

英姐突然將話止住，雙眼失焦地望向前方。

「英姐？」

「實體郵件！」英姐喊道。

「妳才說跟紅纓老闆用電郵……」

「不是紅纓，是我們的顧客！」

「什麼？」

「你弄出來的那個啊！那個郵寄新書的服務啊！」

英姐說罷，阿迪也不禁睜大眼睛，察覺對方推理出來的眞相有何意義。

「妳、妳是說卓琳被那男人要求，找出我們寄書的客戶名單？可是我們的顧客都是本地讀者，沒有國內的地址……」

「那不就說明了嗎？他們是想找代購的『中間人』啊！」英姐推論道：「早陣子新聞不是報導過，說國內有官員因爲『指使他人爲其從境外購買反動書刊』和『熱衷於閱讀有嚴重政治問題的境外書籍』，嚴重違反政治紀律而被開除黨職公職嗎？中間人自然是在境外啊！」

「啊！所以說國安是想利用那個中間人找出更多『思想不正確』的官員？」

「也許不是國安，但總之跟官場脫不了關係，搞不好是不同派系的官員企圖抓政敵痛腳……」英姐喃喃道。她想起男人曾問過卓琳是否仍認爲她「不知情」，如此說來，對方一定是懷疑書店跟「中間人」其實是一路，是有計畫地向內地傾銷禁書賺錢。

「阿迪，熟客購書的名單與地址一向由你負責，你放在哪裡了？」英姐問道。

「哈，我沒放在書店！」阿迪笑道。「因爲書店的打印機一直沒修好，我又懶得手寫地址，所以我將資料全都放在家，每次有客人訂書，我才在家將他們的地址列印在貼紙上，翌日帶回來書店貼在小郵包上再寄出。」

英姐沒想到，阿迪這做法歪打正著，保護了客戶私隱。

「雖然我們知道對方的目的，可是我仍未想到對策。」英姐搖搖頭。「或者我先換掉掛鎖，讓卓琳和那男人無法再闖進書店吧……」

「不，別換。」阿迪摸了摸下巴，說道。

「咦？」

「對，暫時別換。」阿迪露出狡詐的笑容。「難得這回我們佔了上風，給我幾天，我會想出解決的辦法。」

接下來三天，阿迪對事件絕口不提，英姐卻猜想他正在策劃什麼。週一書店打烊後，英姐如常回家，心想著翌日阿迪再不告訴她有何盤算，她便再提換鎖一事。她沒想到，未等到第二天，事情便因為阿迪的「計謀」而起了變化。

「叮咚叮咚叮——」

半夜一點多，英姐才睡著不久便被手機鈴聲吵醒。她睡眼惺忪地摸黑抓起手機，發現是阿迪的來電。

「……喂？」英姐吐出無神的一句。

「英姐！」手機傳來阿迪的聲音，可是他故意壓下聲線。「妳現在快飛的士回來書店！」

「什麼？」聽到阿迪這句話，英姐頭腦漸漸清醒。

「我在書店對面街角，剛才看到卓琳和那男人上了樓！現在我們上去就可以將他們抓個正著！」

「咦？你、你在書店外面？」

「我今天沒回家，一直在監視書店！妳炒掉卓琳後，我跟她傳Whatsapp，說會替她向妳求情復職之類，昨天故意向她訴苦說她走後書店工作很多，有一堆新書要寄給客戶，再不經意地說出放客戶名單資料的位置，這就能引他們闖入書店，來個甕中捉鱉……」阿迪像機關槍般說：「我還告訴她說妳不見了門匙，打算明天找師傅換門鎖，如此一來他們就必須在今晚行動啦！」

英姐搞不懂阿迪所說的每一個細節，但至少她明白兩個事實，就是阿迪在書店外的街道上，以及卓琳和男人現在闖進書店中。

「你放、放了客戶資料在書店？」

「假的！我僞造了一份假的客戶名單！我當然不會用眞的那麼笨！總之英姐妳趕快回來書店，我繼續監視！妳現在快找記者或議員之類，我們一抓到證據，便可以公開事件！」

「阿迪——」

英姐沒將話說完，阿迪已掛了線。

「記者？議員？」英姐打開通訊錄，可是她霎時間想不到可以找誰。她的朋友圈中沒有記者或議員，就算公事上的來往，也只與報章雜誌藝文版的記者有一面之緣。

她搖搖頭放棄想法，決定先回書店看情況再決定，而且既然有人闖空門，英姐可以報警——她知道阿迪不信任公權力，但在這情況下，還是警察值得信賴，這已經是警方無法迴避的民生事故。

英姐披上外套，飛奔到住所樓下，心焦如焚的她卻等了差不多二十分鐘才有的士。十五分鐘後，的士駛到旺角，由於車子要花時間經彌敦道繞過山東街才能駛進西洋菜街，英姐告訴司機在亞皆老街停車，她準備跑過去。

「叮咚叮——」

當車子經過九龍醫院，快到目的地時，手機再次響起。

「英姐！妳怎麼還未到！」阿迪焦急地說。

「快了！已在亞皆老街！」

「我怕他們要離開啦！我先上去拖延一下，偷偷拍影片或錄音之類！我會將影片同步放上網，萬一我出了事，妳也會有足夠資料給傳媒！」

「等等！阿迪你別衝動！我——」

阿迪再次掛了線。英姐立即打給對方，但阿迪沒有接，電話只響了一下便轉至語音信箱。英姐本來想再打，可是想到阿迪說要「先上去」，萬一手機鈴聲令男人發現店門外有人偷拍，那只會害阿迪陷入危機。

在旺角中心下車後，英姐往書店直奔過去。書店外的街道沒有任何異樣，凌晨兩點的旺角街頭依然有些路人，可是順風樓對街已不見阿迪身影。

——該直接殺上去？還是先報警？可是現在該如何向警察說明情況？

英姐愣在街道上，猶豫著哪個選擇才是正確答案。

「譚女士？這麼晚妳還未回家？」

背後傳來的一聲，令英姐嚇了一跳。英姐回頭一看，雖然上次碰面不歡而散，但此刻對方的臉孔卻教她十分欣慰——說話的人是住在西洋菜街的柯Sir。

「太好了！」英姐心裡感激老天爺安排，緊張地嚷道：「柯Sir你要救救阿迪！」

「怎麼了？」

「阿迪打電話說有小偷闖進書店，他正上樓抓對方……」英姐沒說國安公安之類，以免柯Sir忽視她的求助。

「帶我上去。」柯Sir換上一副嚴肅的表情。

二人踏上陰暗的樓梯，往二樓的書店走上去。走上最後一段樓梯前，英姐已看到異樣，寫著「薈蘭書坊」的匾額下，捲閘升起，玻璃店門透出微弱的燈光。柯Sir伸手推門，可是門卻從內反鎖。

「妳有門匙吧？」柯Sir小聲地向英姐問道。

英姐趕緊趨前，掏出鑰匙打開玻璃門，再輕輕推門進去。店內電燈沒開，燈光全來自休息室，然而她踏進店裡不到幾步，便發現她的擔憂已經變成事實。

在櫃台後通往休息室的入口旁邊，阿迪躺臥在地上，雙目緊閉，不醒人事。卓琳一臉愁苦地環抱雙臂站在他腳邊，而男人彎腰站在阿迪上半身旁，看樣子是剛將他拖到這位置。

「阿迪！」英姐按捺不住，脫口喊了一句。這聲音抓住男人和卓琳的注意，二人默然地瞪著英姐，似乎她的出現是意料之內。

英姐本想衝前察看阿迪的傷勢，但她害怕男人身上有武器，故此佇立不前。雖然有此憂慮，她也沒有將視線從男人身上移開，而且她知道柯Sir在她身旁，二對二的話對方沒有勝算。

「咔嗒。」

英姐身後傳來令她不解的聲音。

她愕然地回過頭，只見柯Sir面對著自己，伸手將店門鎖上。

「柯Sir——」

「要不是我，你們便麻煩大了。」

柯Sir這句話令英姐感到窒息，一股絕望感從喉嚨湧上。柯Sir說的是普通話。

「我就知道你會替我們善後。」男人站直身子，同樣以普通話回答。

英姐驚懼地看著一前一後的二人。阿迪經常說的那句「香港警察和大陸公安不過是一丘之貉」彷彿在耳邊響起。

「找到了嗎？」柯Sir問。

「找到了。」男人點點頭，露出詭異的笑容，眼神隱隱透著勝利者的光芒。

「柯、柯Sir——」英姐壓下心中的震驚與悲憤，質問道：「你竟然和他們是一道……」

柯Sir沒回答，只冷冷地盯著英姐。

「我、我還以爲你是個好警察，原來是條走狗——」英姐咬著牙，直接開罵。雖然只是情緒上的發洩，但她想起阿迪說的「先拚死反抗再說」，於是決定耍蠻耍狠。「什麼維護法紀、終身承諾，我呸！香港法律上不是保障出版自由嗎？你們認爲書本內容有問題，可以控告出版社毀謗、申請法庭禁制令禁售，但用這種下三濫的手段去迫令書店噤聲？解決不了問題便解決提出問題的人嗎？我們只會繼續反抗，你滅掉了一把聲音，只會激起千千萬萬人發聲……」

「譚女士，這種『民主鬥士』的爛戲妳就別再演了。」男人輕蔑地對英姐說道。「我們已找到罪證，主謀已插翼難飛，妳乖乖認罪的話，還可以從輕發落。」

「哼，放屁——」英姐本來決定撕破臉罵到底，但突然想起阿迪的那句話。

——假的！我僞造了一份假的客户名單！

對方找到的是假名單——英姐猛然想起。

「……你們找到的，是假的。」英姐冷冷地說。

「假的？」最先有反應的是卓琳，她眼睛瞪得老大，一臉不可置信。

「我和阿迪一早知道你們的目的，所以他動了手腳。」英姐想到這刻「中間人」的身分仍未曝光，這會是她和阿迪的護身符。「你們不會找到那個人。」

「她說的是眞的？」柯Sir問道，聲線有點緊張。

「不，她在吹牛。」男人毫不緊張地說。「我剛才就說，我們已找到那個人了。」

「哼，我就說那是僞造的——」

「我會要妳親自看看，反正我本來就預計有必要做到這一步。」

男人一把抓住英姐手臂，英姐想抵抗，但男人孔武有力，她只能順從。她被硬拉進休息室，而房間的左側一片凌亂，原本放在鐵架上、那些紅纓出版社的書籍散亂地上，鐵架也被移開。英姐猜想阿迪爲了拖延對方，故意將假資料藏到難以取得的位置，可是自己功虧一簣，帶了個黑警來幫忙。

「這兒。」男人拖著她來到拉開了的鐵架後。

「我死也不會告訴你眞實的客戶——」

英姐話沒說完，男人打開鐵架後方通往天井的生鏽鐵門，將她推出去漆黑的天井平台。她猜對方準備嚴刑逼供，所以要找這個角落進行，然而她正要回頭用手擋格襲擊，卻看到男人以手電筒照射著她左腳旁邊。她略感疑惑，但本能地循著光線向下瞄了一眼——

她看到了。

一張鼻偃齒露、眼窩深陷的臉孔就在她的左腳旁邊。

在被鑿開一角的水泥地台上，半個恍如恐怖電影特殊化妝的頭顱暴露於空氣之中，它乾皺的黑色皮膚緊包著骨頭，頂上髮絲凌亂地嵌在水泥之內。

那是一具木乃伊化的屍體。

「啊──啊呀！」乾屍就像以空洞的眼窩獰視著自己，英姐不由得嚇得腿軟，整個人跌坐地上。「這、這、這、這是、是、是、是──」

柯Sir此時亦來到鐵門旁，瞄了屍體一眼，沒有露出驚訝的表情，反而似是鬆一口氣。

「好吧，我承認猜錯了。看反應似乎眞的是不知情呢。」男人搔搔頭髮，一臉不在乎地對柯Sir說。

英姐沒想過，事情的眞相跟她所預想的完全不一樣，甚至可以說是一百八十度的不同。不過，當她從卓琳口中知道屍體的名字時，頓時理解錯誤何在。

那乾屍的名字是鄧薈蘭，是四十多年前業主胡先生宣稱離家出走的妻子。

「她……是我外婆。」卓琳哽咽著對英姐說道。

一九七四年，胡光說妻子偷漢出走，那是謊言。眞相是他當時發現妻子婚前有一私生女，跟妻子在家中對質，一怒之下錯手殺死對方。因爲懼怕罪行曝光，他用水泥將屍體埋在住所天井地台，而房子後來變成書坊，書店便替胡光死守這個不可告人的祕密。

鄧薈蘭被殺時，五歲的女兒家潔一直寄住在她的親戚家，而家潔便是卓琳的母親。鄧薈蘭母女似乎都命帶爛桃花，家潔二十六歲時遇人不淑，跟一個已婚男人生下卓琳，卓琳生父反臉不認人，她便獨力撫養女兒。本來兩母女生活尚算安樂，兩年前卻晴天霹靂，家潔因為交通意外身故。

卓琳是在母親死後才知道母親的身世。

在家潔留下來的日記中，仔細記載著養父母堅信鄧薈蘭不會拋棄女兒跟男人出走，認定是胡光殺害了自己的母親，只是以當時的社會風氣，擁有私生子女的女性都被視為蕩婦，所以無人相信家潔養父母的說法。事實上，就連卓琳也心存懷疑，可是半年前她從朋友口中得悉某消息後，便改變了她的看法。

胡光不肯賣順風樓。

卓琳大學畢業後便加入地產公司，接觸了不少業界消息，其中宏達集團意圖在西洋菜街興建商業中心一事抓住她的注意。當時她已經知道胡光因為投資失利需要現金周轉，可是對方賣掉一堆物業，就是堅持不賣順風樓，令她感到事有蹊蹺。

「假如說胡光情深義重，為了等妻子回頭，那他就不該不接受宏達的優渥提案。」神祕男人坐在櫃台後，對英姐和醒來不久的阿迪說：「宏達因為知道這故事，願意將大廈命名爲『薈蘭中心』，即使『薈蘭書坊』搬走，胡光的妻子一樣會曉得丈夫在等她，甚至消息會因爲大廈開幕而傳至海外，胡光比之前有更大的機會知道妻子下落。他沒接受，便代表另有內情。

「爲了完成母親遺願，找出眞相，我辭掉工作到書店打工……」卓琳說話時仍無法止住顫抖。

「妳爲什麼不告訴我？」英姐問道。

「因爲我們不知道妳是不是被姓胡的收買了。」男人插嘴說。「天曉得妳和妳的前任老闆是不是同謀——就算那男人犯案時妳年紀還小，不可能是共犯，但也有可能一早知道內情，擔當『守屍人』。報酬就是超便宜的租金，讓妳在旺角繼續經營書店生意。」

「我怎可能知道！」英姐大嚷。「我還以爲我是因爲售賣禁書而被內地政府盯上了……話說回來，你到底是誰？」

「我是一個好管閒事的男人。」對方笑道。

「教授，你別戲弄她吧。」柯Sir說。「他姓梁，是在港大教犯罪學的客席教授。」

「犯罪學？」阿迪和英姐因爲這個名詞而吃一驚。

「正確來說是社會人類學博士，犯罪學是我的研究範疇之一。」梁教授聳聳肩。

「卓琳大一時上過我的課，她後來告訴我這事，我就答應她協助調查。我認爲任何人只要提供足夠的誘因都可以成爲罪犯，所以預設妳替胡光辦骯髒事。」

「譚女士妳上次跟我說有公安偷進書店後，我有替妳留意——我的家就在書店對面，客廳的窗戶看到順風樓門口。」柯Sir以平穩的聲線緩緩地說：「順風樓十個單位不是商戶就是空置，半夜應該沒有人，但上星期二凌晨兩點我看到有兩人揹著大背包走進大門，覺得可疑，於是下樓看看，沒想到眞的有人潛入書店，對方更是我認識的人。」

「香港警察曾聘用我給刑事探員教授犯罪學課程，柯警長是我的學生之一。」

「我們求柯Sir網開一面，因爲我深信外婆的屍體就埋在順風樓某處。」卓琳說。

「還好跟他說明所有事情後，他同意了，而且會協助我們一起調查。」

「柯警長當然同意，假如破了這案，他很大機會重返重案組嘛。」梁教授輕鬆地說：「我就說，只要有足夠誘因，任何人都願意幹壞事。」

「我答應此事純粹是爲了替死者伸冤。」

「嘿！最好是啦！剛才譚女士說我們找到的屍體『是假的』，你還大爲緊張。」

英姐此時才想起，原來自己當時跟對方牛頭不搭馬嘴，雙方根本在自說自話。以對方的角度來看，自己就像是胡先生的手下，不斷替主人掩飾謀殺罪行。

據梁教授說，他們之前多次潛進書店，已比對過房子與圖則，室內間隔沒有異樣。唐樓的圖則可以在政府屋宇署輕易購得，只是當年的樓宇圖則不像今天的那麼仔細嚴格，跟實物核對測量要花很多時間。

他們第三次溜進書店時，只餘下鐵門後的天井未檢查，可是他們嘗試搬開鐵架——就是放《北京外交新困局》和《吃垮中國》的那個——卻發現鐵架移動後難以還原，爲免打草驚蛇，唯有留待下一次再查探。然而，之後先是梁教授因爲英姐被跟蹤時的異常舉動而令他按兵不動，後來帶備挖掘工具再探書店又被柯Sir逮住被逼中止計畫；更想不到的是卓琳被英姐辭退，阿迪還告訴卓琳書店明天換鎖，所以他們只能快刀斬亂麻，押注在鐵門後的天井之上。

阿迪衝上書店抓他們時，他們剛鑿開天井地台一角，結果天不怕地不怕就是怕鬼的阿迪看到乾屍反而被嚇至昏倒，要梁教授和卓琳抬他到休息室外躺下——爲了移開擋住鐵門的書架和書本，休息室地板已沒有空間了。

「幸好最後押中了，假如天井裡沒有屍體，柯警長大概會公事公辦，我的教席也岌岌可危，恐怕會被遣返老家……」梁教授說。

「你來自大陸哪個城市？」英姐問。

梁教授怔了怔。

「我是土生土長的新加坡人，在新加坡國立大學畢業。」梁教授嗤笑一下。「妳不會以爲黑頭髮黃皮膚說華語的就一定是中國人吧？」

梁教授從口袋掏出名片，遞給英姐，上面寫著「梁秉賢博士」，英文名卻是「Benny Neo」。英姐從書本看過，記得閩語系華人的梁姓會拼成「Neo」。

「我還有一個問題。」英姐頹然地問：「你為什麼要跟蹤我？」

「雖然我粵語不太靈光，但那一晚妳跟胡光見面，我偷聽到妳說什麼『不會吃裡扒外』，當然要改變跟蹤對象，說不定當晚妳便會去檢查屍體，讓我撿現成便宜直接知道埋屍位置。」

英姐啞然失笑。現在回想，梁教授大概一直在監視跟蹤胡先生，那天在深水埗遇上，對方很可能在幹相同的事，先監視胡光，看看他跟誰碰面，再跟蹤和他見面的人，調查新線索。

「那我們現在該怎麼辦？」阿迪問。

「我說過，有人會替我們善後囉。」梁教授呶了呶下巴，指向柯Sir。

對警方來說，揭發這案件的過程只有很簡單的一段——卓琳和梁教授認為書店藏著屍體，在店主英姐同意下，四人鑿開天井地台，發現乾屍後通知相熟的柯Sir報警。警方在早上便到深水埗拘捕胡光，據說被捕時他沒有太驚訝，只嘆了句：「終究是逃不掉嗎……」

由於業主被捕和單位裡發現屍體，英姐決定另覓新址經營書店。她沒有採納宏達的提案，反而在附近找了一個小小的唐樓二樓單位。新業主是書店的一位熟客，雖然他沒有像胡先生般只收一成租金，但他開的價碼也比坊間低一點，算是良心價格。

案件曝光後，英姐成爲傳媒採訪對象，書店獲得免費宣傳，增加的營業額剛好抵銷了新租金的加幅。値得一提的是，這案子令不少推理迷故意到書店購買推理小說，覺得薈蘭書坊擁有「危險的犯罪氣息」，即使搬離原址，也特意光顧朝聖。

卓琳沒繼續在書店上班，但不時到書店探望英姐與阿迪。雖然相處只有短短三個多月，對卓琳來說，英姐就像母親——當時她就覺得英姐不可能是胡光的同黨，只是她無法說服梁教授。

梁教授偶爾會到書店買書，當他知道英姐當時所擺的烏龍，不禁掩面苦笑。

「我就說，你們香港人眞的好可笑。」

「在那個情境下，有誤會也是人之常情啊！」英姐始終受不了梁教授輕佻的個性，心想爲什麼這種人能成爲學者。

「我說的不是誤會。」梁教授笑道：「你們經常罵報章雜誌自我審查，結果事情發生在自己身上，卻第一時間退縮，自我審查起來了。紅纓的書我也有看，內容很平實、公正，既然是正確的事，爲什麼妳不敢於堅持？」

英姐很想反駁對方，比如說自己是擔心阿迪與卓琳的安全、因爲被之前的新聞嚇怕了、面對龐大的國家機器人民沒有反抗的力量之類，但回心一想，她更同意對方說的道理。

「對了，書店的新招牌不好看，爲什麼不用回舊的那個？不喜歡上面有殺人凶手的名字嗎？」梁教授奸笑一下，低聲說：「那可以當景點，吸引更多顧客嘛。」

「不，不了。」英姐搖搖頭。

英姐差點想在搬店時換掉書店名字，只是礙於顧客們對店名有感情，才保留下來。旁人以爲胡光是爲了增加那個「等待妻子回頭」說法的眞實性才將書店命名爲「薈蘭」，英姐卻基於多年跟對方的來往了解到當中的深意——迷信於「一命二運三風水」的胡光害怕妻子的鬼魂作祟，才會考慮到「六名七相八敬神」，用「薈蘭書坊」這名字超渡亡靈。

至於那個紅色的紫檀木店名匾額，英姐猜也是別有用意。

那是死者靈牌的替代品吧。

〈二樓書店〉完

太陽黑子少年少女

—

黑貓C

0

如今有人被送上救護車，生死未卜，搞不好會有死人出現。

「妳眞的這麼認爲？不用問天使也知道妳在說謊。」

少女無言以對，莫非自己冤枉了同伴？她忐忑不安，總覺得有什麼地方遺留、缺失。對了，現實跟推理小說不同，不會提示線索，眞相只能依靠自己發掘。

也許該重新審視，由今天早上的一切說起……

1

「看椰樹落著在一千條街道上，那時我與他們走過有著嚴肅的話題的街道，名字我已忘卻……」

「忘記了嗎？」頭戴獵鹿帽的少女不經意提問。她的帽子大概不再令人聯想到打獵，而是作爲大偵探的象徵，配上紫灰色的晨衣——畢竟天氣悶熱，她沒有穿上大衣或西裝，倒是手中握著直菸斗瞄看少年。

少年得意洋洋說：「不，那是新詩，也斯的《缺席》。有印象嗎？」

但少女沒有表情，也許不知道，或者不在意。她本來就跟周遭格格不入：嘈雜的交談聲、遊人拍照的閃光燈、司機搬運行李；恍若一幅熱鬧的畫紙，少女卻獨立從繪本浮出，用旁觀的眼神掠過四周，彷彿誤闖異世界般。除了氣質，她的一身造型也確實走錯戲棚，只是少年亦沒資格說，唯獨今天穿成這樣才是正確。

少年知道少女與四周環境不協調的另一原因。

「妳昨晚才回來香港，多少仍感到陌生吧？尤其是那座金紫荊雕像[1]，不知妳離開那時有沒有？」

「不記得，沒留意。」

「說的也是，我們又不是遊客。」少年指向海風方向。「我比較喜歡後面的那幾棵椰樹，與維港對岸文化中心的另一行椰樹隔岸輝映，洋溢文化氣息。」

「所以才是椰樹。」少女抬頭。「跟名字一樣奇怪，乖舛先生。」

少年聳肩：「那只是遊戲內的名字，妳叫我阿牛好了。」

「你討厭自己的遊戲暱稱？」

少年苦笑著說：「喜歡啊，都用了差不多十年。不過美少女偵探，妳喜歡別人稱呼妳美少女偵探嗎？」

「是的，請叫我美少女偵探。」

少年嘲諷：「那妳會用魔法懲罰壞人，還是用歌聲把推理唱出來呢？美少女偵探。」

「沒有這種設定。」

只見她緩緩把菸斗放進手袋，沒有半分動搖；相反少年高聲連呼美少女引來途人注目，更覺難爲情，只好投降。

「好啦，但妳叫我阿牛就可以。」

「眞名？」美少女偵探說話精簡，她的暱稱還比較長點。

「沒錯，妳猜那是姓還是名？」

「直覺認爲是姓氏。」

「依靠直覺的偵探？」

「直覺是來自美少女那邊。」她平淡地訂正。

「恭喜妳答對了！」阿牛豎起拇指說：「順帶一提，北極星才是我的名字。跟其他星星不同，北極星無論春夏秋冬，千個夜晚都在夜空照耀。」

1 金紫荊雕像：一九九七年中國接收香港主權，中國國務院送了香港一座名爲「永遠盛開的紫荊花」雕像，現置於香港會議展覽中心旁。雖然官方以紫荊花作爲香港的法定代表，但香港的市花應爲洋紫荊（羊蹄甲屬），與紫荊（紫荊屬）是兩種不同的植物。一般認爲是考慮到去殖民化而略去「洋」字，結果就出現諸如金紫荊雕像這樣的，外型是洋紫荊，名稱卻是紫荊花的奇怪現象。

「現在是早上。」

「嘿嘿，白天星星也在。」阿牛邊舉著玩具槍，邊反覆左右閃避著說：「星星還懂得發光，和『一閃一閃』。」

今天阿牛穿的是「行走世界末日的平民套裝」：短襯衫、深色長褲、戰術背心、軍用手套、背囊和醫療包組合。當然今天並非末日，只不過是角色扮演的派對。

少女依舊悠然，呆望頭頂烏雲。「沒有星星戲分，快要下雨了。」

「不如我們先進會場，在裡面等他們吧。」

少女點頭，二人並肩走往會議展覽中心。

每年暑假，會展都有各式展覽給學生消磨，好比書展、美食博覽等。七月二十六日的今天是動漫電玩節；會場分成兩大展區，分別是一樓的「動漫電玩展」和三樓的「同人祭」。簡單而言，一樓是商業的；三樓則是業餘愛好者的集中地，亦是阿牛他們的目的地。

二人搭上直達三樓的扶手電梯，少女望著灰濛濛的玻璃幕牆，外面雨勢與一樓人群同樣喧鬧，相反三樓展區明顯比較冷清。

「下午過後會熱鬧起來吧。」阿牛告訴少女：「雖然同人祭規模較小，但今年主辦單位從日本邀請了偶像團體到場表演；她們很受歡迎呢，我記得白柳也很喜歡她們。」

「白柳喔，眞期待看看他的眞人。」

畢竟之前大家只是網上認識的夥伴，只交換過照片。那天遊戲世界亦下著雨，就在一年前，阿牛在梅雨森林內「第一次」與美少女偵探相遇。

2

沼澤、荷花、青蛙、各種魔獸，但牠們都不敢靠近森林正中間的岩石城堡。城堡是玩家公會的基地，周遭安裝多門炮台防止敵人入侵。遊戲允許玩家佔領野外任何地方，可修築要塞、驛站、旅店；「梅雨森林」算是遊戲世界比較熱鬧的地圖，資源豐富，是建造據點的理想地。

在如此熱鬧的地圖上，城堡忽然點起烽火驅逐附近玩家；唯有「乖舛先生」逆溯人群走近城門，同時一位女占卜師急步跑來迎接，彈出對話框：「會長今天比平常晚了半小時上線，果然是遭到負面的能量攻擊吧！」

女占卜師頭頂顯示Mirach[2]，是公會的夥伴。她連珠炮地說：「我也是在現實中擊

2 Mirach：又名奎宿九，（Beta Andromedae，β Andromedae），仙女座中的一顆紅巨星，俗名Mirach。

退了六個蜥蜴人、逃過五隻奇美拉才得以回到城堡，可惜爲時已晚。」

乖舛先生問：「有沒有正常人能夠解釋爲何據點切換成封鎖模式？」

一位叫白柳的修女走來補充：「因爲城堡遭洗劫了……倉庫損失了一些物資，尤其昨天公會副本的戰利品通通都不見。」

乖舛先生發了一個驚訝的表情：「偏偏是今天，時間也太過巧合。」

Mirach說：「公會有奸細，我感受到背叛者的氣場！」

白柳答：「不、不會吧……公會都是認識的……應該沒有人這樣做……」

但無論如何，公會據點遭搶掠是事實，因此副會長的Mirach才驅趕了附近玩家——卻有個陌生玩家無視了警告，一直站在城堡外看著他們三人對話。那名陌生少女頭上裝有獵鹿帽，身穿大衣，玩家名稱顯示爲「美少女偵探」。

「身爲會長的我對大家充滿信心，公會倉庫被盜一定是外人所爲。」乖舛先生回望陌生少女說：「碰巧這裡有位美少女偵探，不如請教她的意見好嗎？」

Mirach答：「這太強人所難吧，遊戲世界沒有指紋、沒有足印，就算是大偵探亦沒有辦法從每天經過的幾百玩家當中找出犯人。」

但出乎意料，陌生少女以五字回應：「好像很有趣。」

乖舛先生給了個笑臉。不能否認他只是對美少女感興趣才隨口搭訕，想不到對方眞的是偵探，至少她自己這麼認爲。

這就是阿牛與美少女偵探在遊戲世界的相遇。原以爲沒可能找出犯人的謎題，美少女偵探在城牆外繞了一圈後就給乖舛先生發送密語。

「你是獨生子？」

「怎麼會知道？」

「直覺。不過我已經知道眞相。」

乖舛先生問：「用上密語對話，莫非是公會的人犯案？」

「不是。沒有人背叛你的公會，你點擊一下城門留言版。」

城門留言版是給其他玩家在領地公會留言的，無須署名，大多是客套說話，諸如「感謝商店打折」、「很漂亮的城堡」之類。只是留言中間夾雜著一些奇怪訊息，猶如亂碼：

FQiZMUM

SZUMMiFQiDFWSIMiMQJSX

JFWWEYUCiYiWMBMOiSHYiWAV

「那是替換加密的小舞人[3]。」

---

3 小舞人：出自《小舞人探案》（*The Adventure of the Dancing Men*），是柯南·道爾所著的福爾摩斯探案的故事之一。故事中出現的一種奇怪的人形圖案密碼，即是小舞人。

「即是經過加密的訊息？」乖舛先生說：「那肯定是公會內的人與外人通風報信。留言寫了什麼？有關於內應身分的線索嗎？」

「不知道。」

乖舛先生給了個沮喪表情，但少女續說：「內容不重要，重點是為何採取這種方法溝通。」

「不就為了避免外人讀懂嗎？」

「假如要保密交談，像我們現在用密語就好。這裡可是遊戲世界。」

乖舛先生如夢初醒：「對啊，為何他們不用密語溝通？」

「因為他們置身於無法利用密語的狀況。」

「那是怎樣的狀況？」

「密語不能夠保密的狀況，即是說一對一的密語出現了第三者。」

「咦，多了一人？」

「共用帳號。」少女說：「內應並非公會的人，而是與公會共用帳號的第三者。既然是共用電腦，同睡一房的可能性很大，兄弟或姐妹，至少不是獨生子。」

「而且考慮到共用電腦這點，二人的年齡有一定差距，可能是大學生和小學生；作息時間也不一樣，弟妹亦被家人限制遊玩時間。當然以上全屬猜想，實際可能性還有很多，不過通常我都會猜中。你身為公會會長，對於剛才我所說的大概有些頭緒吧？」

乖舛先生答：「我猜到是誰，但沒有證據我怕怪錯了那人。」

「在公會留言版上留言就可。我知道他們的加密方法，可以模仿那位內應把入侵者引出來。」

接著少女傳來一串文字：DYQMiFSiYOMiFQ。

「妳不是說看不懂加密訊息嗎？」

「替換式加密法隨便在網上就找到程式破解。」少女說。「另外，入侵的玩家是單獨犯，不擅長PvP[4]的坦[5]職，你一個人應該可以收拾他。」

「妳用猜的嗎？」

「一半一半。看公會被盜走的道具重量，再參考各職業的負重，大概沒錯。」

聽說所謂的天才是九十九分努力加上一分靈感，偵探的天才亦相近，九十九分推理加上一分靈感；然而那一分靈感卻是關鍵，腦袋靈光一閃或者不閃，僅是那「一分」結局便完全不同。美少女偵探的靈感不只一分，而是名為「直覺」的五十分靈感與五十分推理。

---

4 PvP：電玩用語，指玩家對戰（Player versus Player）。

5 坦：電玩用語，「坦克」的簡稱，指團體戰中負責擋怪、吸引仇恨值和怪。

她的直覺異常準確。之後的事情跟美少女偵探所寫的劇本如出一轍，引出犯人當場逮住。當時乖舛先生在想，虛擬世界的角色沒有表情，說話沒有語氣，走路沒有腳印，物質沒有溫度；在眾多資料缺失的冰冷世界中，少女居然像福爾摩斯那樣觀察入微，淡淡然道出眞相。難道她眞的是天才？不對，他認識有人剛好相反，能在限制的資訊內展現出推理才華。究竟美少女偵探是哪一種？

乖舛先生對少女很感興趣，翌日馬上邀請她加入公會，然後一起玩遊戲，轉眼已是一年。平日公會成員無所不談，了解漸深；原來她小時候跟家人移居英國，今年大學畢業打算回流香港找工作；公會成員於是提議安排網聚歡迎美少女歸來，一盡地主之誼，約定一起參加動漫展和同人祭，日期就是今天。

沒想到剛從外國回來的人居然比本地香港人更加準時赴會，直至現在只有他和少女準時到場。

3

阿牛與少女不想在大堂呆等，於是排隊購票，工作人員在二人手腕蓋上螢光手印，憑印進場。同人祭的場館面積約莫相當於半個足球場，但早上十點半的人流稀疏，顯得空空蕩蕩。左邊表演舞台當然沒有半個人，舞台前一排排的同人攤位亦是暇逸氣氛：有攤主滑著手機、有的吃著麵包，或者跟路過的客人閒聊。阿牛又望向另一邊，展館右側是cosplay專區，正逐漸聚集擺著姿勢、頭戴彩色假髮的少女，以及舉著相機的攝影愛好家。

「裡面有小食部，妳要不要買些小吃？」

少女答阿牛：「想喝水。」

阿牛給個「ＯＫ」手勢，走往小食部，眼角卻瞄到對面廁所門前坐了一個穿斗篷的怪男人，身上散發著不可思議的氣場。阿牛匆忙地買了一瓶水給少女，自己手上拿著一杯鮮奶咖啡，與少女到附近攤位閒逛。

當中有認識的攤主，阿牛便主動上前打招呼：「早安，我又來打擾了。」

攤主放下工作微笑回應：「今天帶來一位美女呢。」

少女問阿牛：「朋友？」

攤主答：「小姐妳好，我叫Andy，最近跟阿牛一起研究同人手辦[6]，大家志趣相投啊。」二人喜歡的東西都差不多，就連Andy桌上的咖啡亦跟阿牛的一樣。

6 手辦（ガレージキット）：很多人會誤解爲所有樹脂材質的人形作品，但手辦特指的是未塗裝的模型。

少女淡然說：「我是諮詢偵探。」對方還來不及確認自己是否聽錯時，少女已經指著桌上透明箱內的人形模型問：「那是你們自製的？」

約二十釐米高的模型，單手揚起黑色披風，臉上戴著歌聲魅影般的面具，乍看會聯想起怪盜的角色。怪盜模型站在木製的佛廟屋頂栩栩如生，不愧是攤主自豪的大作。

「作品名是『出沒佛堂的怪盜』，很有氣勢吧！」

「的確很特別。」同時少女心想：「但淪落到偷香油錢也很可悲。」

阿牛則熱情解說：「這是個完成度很高的作品。如今3D打印普及，降低了同人手辦的門檻；不過Andy的手辦模型沒有偷工減料，反而用上各種3D打印的材料、變色染料等等。妳看那披風的飄逸質感就是兼用了水溶性的素材打印，再溶掉多餘部分方能塑造出如此精細的質感。」

「像電繪那樣，比起繪筆，懂得運用橡皮擦有時更加重要。」

「想不到美少女偵探對電腦繪圖也有興趣。」

「偵探原則上要對所有東西都感興趣。」少女平淡地說，雖然她的臉像是對世上所有東西都不感興趣。

二人聊著，阿牛見Andy瞄看手機低聲嘆氣，便問他有什麼事。

「今早答應來打工的人怎樣都聯絡不上。」Andy皺著眉頭，狀甚焦急。「在網上招人真不可靠。」

阿牛又問：「你有事情需要離開一會嗎？我可以代爲看店喔。」

「眞的嗎？雖然不好意思，但我肚子有點不舒服，十五分鐘就好。」Andy扶著腰包，告訴阿牛：「放心吧，攤位的貴重物品和現金我都帶走了，不用怕有什麼需要負責。對了，有客人的話你可以叫他們待會再來，我先失陪了。」

然而即使攤位附近就有廁所，Andy卻急步走向展館出口。

剩下阿牛與少女，阿牛安靜坐到攤位內，少女則無所事事站在面前。

「抱歉呢，沒有好好招待妳。」阿牛聳肩笑道：「但剛才手機群組說米菈姬她們來了，反正入場手印可無限進出，不如妳回去三樓售票處那邊看看？」

「你是打算讓偵探當跑腿的話，嗯，好吧。」語畢，少女長髮的背影漸漸遠去。

阿牛亦放下背囊，一個人靜靜看店。

4

上午十一時，館內人流漸多，人群中美少女偵探帶著一位神祕女巫、一位神祕犯人回到同人攤販。

「那個穿得像殺人凶手的小孩是哈哈？」

身穿全身黑色緊身衣的小孩扠腰抬頭，面具遮著上半臉，只看見他嘴巴笑著說：

「沒錯，第一次看見真人感動嗎？」

哈哈是白柳的弟弟，即是一年前借用白柳帳號盜走公會物資的孩子。當時還是小學六年級生，只不過一時貪玩；阿牛也沒有追究，最後更邀請他一同遊戲。遊戲暱稱是「(・▽・)σ」，實在唸不出來，唯有叫他作哈哈。

阿牛又仔細打量哈哈旁邊的女巫，問：「這位應該不是你的哥哥？」

正常來說眼前的女巫不可能是哥哥，但阿牛疑惑，原因是白柳正好喜歡男扮女裝——即是「偽娘」，更是在網上有點名氣的偽娘，Instagram的追蹤用戶數以萬計。阿牛看過白柳的照片，很漂亮，可是跟哈哈旁邊的女巫有些出入。女巫一臉稚氣，有點可愛，卻沒有白柳扮女裝時的嬌媚。

「不愧是會長，擁有看破本質的雙目。」女巫說：「我聽見一把聲音告訴我有個小孩獨自遊蕩，於是在門口找到了哈哈小弟。」

「妳在現實還是老樣子啊……但名字是什麼來著？叫米菈姬好了，英文有夠難記的，或者說那根本不是人名來的吧。」

哈哈說：「我都叫她米菈姐！」

「Beta Andromeda, Mirach……」米菈姬掩面冷笑：「這樣也好，如果稱呼我的真名可能會暴露出我是仙女座人的祕密，連累你們遭邪惡外星人盯上就麻煩了。」

「真是令人安心的外星語。」阿牛環看眾人，續說：「偵探的美少女、女巫的米菈姬、凶手的哈哈，這個組合未免太可疑……對了，差點忘記自我介紹，你們可以叫我阿牛。」

「哦，克里特的公牛[7]，還是古伽蘭那的大天牛[8]呢？無論如何我看會長也是同類。」

「別將我跟外星怪物混爲一談。」阿牛問：「先不管天上的仙女，地上的白柳在哪？」

哈哈回答：「白柳化妝超花時間的，所以今早我們都各自行動。」

四人談天說地，直到攤主Andy回來。

「辛苦了，我不在的時候有客人來過嗎？」

「很抱歉，沒有呢。」阿牛說：「你感覺好了點沒？好像花了不少時間。」

「不，二樓的廁所喉管破了，周圍都是水，不得已再找廁所才晚了回來。」Andy續道：「看你的朋友也到了，我就不再麻煩你啦，你們去玩吧。桌上的東西你們就隨便拿一件，當是看店的謝禮。」

7 克里特的公牛：希臘神話的一頭牡牛，是牛頭怪物彌諾陶洛斯的父親。英雄海克力斯的第七件功績就是捕捉克里特公牛。

8 古伽蘭那的大天牛：古伽蘭那是美索不達米亞神話的冥后的第一任丈夫，名字的意思是大天牛，可能是古代美索不達米亞人對於金牛座的象徵。

哈哈聽見，手舞足蹈說：「我要那個！」

Andy見哈哈指著透明箱裡的怪盜模型，苦笑著說：「那個不能送，你看這豪華禮盒如何？」他把桌上一個紙袋遞給哈哈，紙袋上畫了六個卡通少女，內裡有螢光棒和毛巾。

「是怪盜少女團的應援套裝！」

「今天下午她們會來表演嘛，打算趁這個機會賣一下自己畫的周邊，她們人很好，准許二創。」

「太感激！」哈哈收下禮物後，歪著頭，耳朵稍微抖動。「喔，白柳終於來了。」

阿牛等人望向入口，見人群交錯如海浪交疊，卻沒看到白柳的蹤影。

「在哪？」

「不就在那堆學生的後面？」

阿牛一直盯著人潮散去，果真有位身穿粉紅蛋糕裙的「公主」進場，緩緩走近——但哈哈是怎樣預先知道的？

「嘿，牛哥你聽不見鈴聲嗎？」哈哈沾沾自喜。

哈哈稱呼自己作牛哥，米菈姬作米菈姐，倒是對兄長卻直呼其名。阿牛如此想著，公主殿下步近登場。

「不好意思，弟弟受你們照顧了。」白柳雙手疊在腹前彎腰道歉，這時候阿牛才留意到白柳頭上如手指頭般大小的蝴蝶鈴鐺；就算是面對面的距離亦難以察覺鈴響，但哈哈居然能夠從嘈雜聲中辨別出幾十米外的鈴鐺聲音，有點不可思議。

米菈姬抓住哈哈的手把脈：「原來是天耳通的使者。」

白柳咦的一聲，道：「沒有那麼厲害……弟弟他只是喜歡聽交響樂，習慣從不同樂器聲中辨別出自己喜歡的，久而久之就習得了這種技巧……」

阿牛忍不住說：「這樣不是超厲害嗎？」

哈哈笑道：「我最厲害試過偷聽街市賣菜的說他鄰居的兒子昨天近視加深了一百度呢。」

「你的才能正在哭泣喔。」

無法否認這小孩比想像之中有趣，那麼對世界不感興趣的少女又會怎樣想？阿牛看著少女，少女卻一直盯著白柳而不是他的弟弟。

白柳感到尷尬說：「請問是美少女偵探嗎？像模特兒般漂亮。」

少女回答：「你才是公主一樣，不過，抱歉，你真的是男生嗎？」

白柳莞爾而笑：「是的……這也是我的工作。」

白柳溫文儒雅的氣質和聲音，令少女更好奇：「那麼在ＩＧ上追蹤你的是因爲喜歡白柳這位女孩，還是因爲喜歡裝扮成女孩的男生？」

「我不懂得回答呢……不過妳跟我想的一樣，且人如其名，一定是個很聰明的人。」

與白柳相反，美少女偵探欣然接受了別人對她的讚許。只是少女的眼神仍然沒有離開白柳，仔細打量，看見他頭髮與衣服有點沾濕，遂好奇問：「你是從那個金色花的廣場那邊來的嗎？」

「咦？對啊……正門有太多人排隊往一樓的動漫展，所以從另一邊來比較快……話雖如此，但外面依然太多人，最後還是遲到呢，不好意思。」

「你說謊了吧？你遲到的原因……」少女忽然迴避白柳的眼神。「不用在意，只是說說而已，無須放在心上。」

阿牛看見白柳的眼神刻意閃躲，或者他真的在說謊？少女偵探如此在意白柳，應該有什麼原因。

「看來事情變得有趣。」阿牛說：「美少女偵探畢竟是偵探，不如妳推測一下白柳遲到的真正原因？」

哈哈與米菈姬也來湊熱鬧附和：「哦！是偵探姐姐的推理劇場，就算是cosplay也想親眼看看！」

「欸……」白柳顯得無奈，不自覺握緊手中的手袋，以及收起來的伸縮傘；有種不協調的感覺，尤其是那柄伸縮傘。

——原來如此！阿牛心中驚歎。

少女取出直菸斗在手上旋轉，並開始闡述她的推理：「剛才白柳小……先生遲到，是因爲會場外面太多人？」

白柳眉頭深鎖，低聲回應：「反正也習慣了，叫白柳小姐也可以喔……不過爲什麼偵探小姐會認爲我說謊呢？」

「因爲你把乾的伸縮傘收在手袋裡——明明外面下著大雨。」

「下雨？不、那個……」正當白柳想解釋時，卻遭阿牛阻止。

「你什麼都不用說，先讓美少女偵探推理，這樣比較好玩。」阿牛攤手示意少女繼續。

少女說：「我們約在十點半，當時外面下起大雨……」

阿牛心急打斷她的話：「下雨我們都知道，不然在下義大利粉嗎？」

「那麼阿牛先生知道爲何白柳在雨中遲到，雨傘卻是乾的？」

「這還不簡單？白柳這麼漂亮，換轉是我也會替他撐傘，不用白柳自己動手。」

「替他撐傘卻弄得他全身沾濕，然後雨傘原封不動嗎？」少女說：「無論如何白柳小姐沾濕了衣服和頭髮是事實，沒有情願淋雨卻不開傘的道理。」

「也許白柳喜歡淋雨啦。」阿牛發脾氣問：「那麼美少女偵探有何高見？」

「不開傘的原因很簡單——白柳是下雨之前進場的。衣服和頭髮是因爲別的原因而弄濕。」少女旋轉手上菸斗說：「剛才聽說二樓的廁所喉管破了，假如有coser在裡面更衣應該會像白柳一樣。」

哈哈讚歎：「好厲害啊。原來這就是大偵探的推理，聽起來好像很合理！」

但米菈姬不大同意：「照你們所說，白柳比我們任何一人都要早到，那他爲什麼要撒謊？」

「對、對啊……」白柳低頭愧疚說：「我沒有騙你們，我眞的是在外面排隊晚了進場啦……不開傘只是因爲當時我沒有雨傘在手……伸縮傘是剛剛在一樓買的。」

「啊，這樣也說得通。」阿牛看著美少女偵探，心想：「不能怪她，現實世界不像遊戲那麼『公平』，不會有人提供足夠線索給她推理。」

少女笑了──雖然一瞬即逝。「啪」一聲，少女把菸斗收到盒內，同時收起笑容淡然道：「我才應該抱歉，是玩過火了。本來就是說說而已，不用放在心上。」

白柳笑道：「不、不用道歉啦。今天妳是主角，讓我們玩得盡興吧。」

5

「噢！那掛畫超可愛的！」

猶如黑影的哈哈急步跑去，阿牛等人穿梭在行人間，好不容易才找回他。

「哈哈，別亂取其他攤位的漫畫啊。」白柳擺起哥哥的架子，語氣比平常稍微嚴厲。

身穿女僕裝的攤主說：「不要緊，那些是『見本』，歡迎隨便翻閱喔。」

「原來有試閱本。」

女僕見少女偵探如此好奇，搭話說：「偵探小姐是第一次來同人販賣場嗎？我們還有『無料』的明信片，可以拿來留念。」

哈哈搶道：「太好了！」又被白柳把著手說教。

「就算是免費也不能貪心，只拿自己的就好。同人攤位都是辛苦經營呢，既然哈哈你喜歡這個同人社團的漫畫就花零用錢買一冊回家嘛。」

「果然是白柳閣下，又漂亮又善良，我是女生也自愧不如。」

白柳臉紅說：「原來是認識的，抱歉我可能忘了妳的名字……」

「不，我只是小粉絲而已。」女僕說：「去年同人祭，我跟白柳閣下的朋友在隔鄰擺攤呢。他們今年也有擺攤，就在入口那邊……」她站起來回頭指向場館角落，那裡有眾多角色扮演的照片。

美少女偵探驚嘆道：「原來同人販賣場除了漫畫刊物，還有眞人的相冊。」

白柳解說：「以往同人祭的確是以漫畫爲主，但現在不限相冊，更有同人音樂CD、桌上遊戲、周邊模型。同人的技術都進步了，也變得更多元化。」

女僕嘆氣說：「可惜今年沒有白柳閣下和弟弟的寫眞集呢。」

白柳無奈回答：「最近弟弟比較忙，今年還是乖乖當個觀眾就好。」

米菈姬忽然神色凝重說：「今天可不是好日子喔，必定有大事發生，想安分當個觀眾也沒辦法——我的Higher Self[9]如此警告。」

「那、那該怎麼辦？」

阿牛安撫白柳：「你又不是第一天認識米菈姬，那些鬼話不用上心。」

米菈姬不服氣：「今次我可是認眞的呢！」

「好啦，反正我們有美少女偵探，假如有誰被幹掉也不會讓凶手逍遙法外。」

「但、但是死了的話會很傷腦筋……」

米菈姬輕鬆笑道：「不，也不至於會死啦。頂多是遭受詛咒，不能再用ＩＧ追蹤性感美女，或者電話儲存的色情照片全部消失罷了。」

「怎會有這樣精準的詛咒啊。」阿牛又說：「我想起了，剛才經過洗手間門口時看見地上坐著個穿斗篷的男子，跟妳一樣散發出詭祕的氣息，是妳的同伴嗎？」

豈料回答的是白柳：「他可是守門四天王[10]的廣目天王啊。」

米菈姬翻了一下白眼：「想不到你會說起滿天神佛來……」

「妳這個中二病，白柳不就是被妳傳染嗎！」

「星際種子[11]跟中二病是不一樣的啊！」

「那個……」白柳小聲說：「我是說眞的，他們是守門的四兄弟，大家都叫他們做四大天王……每次有cosplay的場合，他們都會守在更衣間或洗手間的門外。」

三樓展館內的兩個洗手間、男女更衣間前，以及三樓館外的洗手間門口，合共四人各自看守四個地點，滴水不漏。

阿牛問：「他們都不用休息的？」

「雖說是四天王，但聽聞有五人輪流替補呢。而且他們五人都擁有特殊技能，能夠準確辨別coser的性別。畢竟我們出cos男扮女裝或者女扮男裝都很常見，時常有穿裙的男生進出男廁，或者英氣逼人的女生進出女廁，根本一片混亂，這時候四大天王就出面幫忙調解。」

「連白柳你這樣子他們都能分辨出來？」

「應該……可以吧？」

米菈姬插話說：「那是『眞性之瞳』。就算外表怎樣裝扮，都無法掩飾眞我的性別吧。」

白柳附和：「咦，他們也把技能命名爲『眞性之瞳』。」

阿牛嘆道：「結果星際種子跟中二病還不是一樣。」

---

9 Higher self：意指「高我」，和「小我」相對，最接近靈性源頭（或「神」）的部分。

10 即佛教著名護法神，分別是：東方持國天王、南方增長天王、西方廣目天王和北方多聞天王。

11 星際種子：來自不同恆星、行星或其他太陽系的靈魂。

「才——不——相——同！」

一片無聊吵鬧聲當中，唯獨美少女偵探盯著場刊，默默不語。

白柳輕聲問：「有什麼攤位想去嗎？」

「簽名會。」

——推理漫畫作者的簽名會。

「可是簽名會快要開始了，簽名籌[12]應該……」

「說的是這個吧？」阿牛從口袋掏出兩個簽名籌的卡牌。「昨天我去買漫畫時送的，給妳吧。」

少女睜眼嘆道：「你是神嗎？」

米莅姬說：「不對，很可能是惡魔喔，分明是盯著美少女偵探而來的。」

「別胡說，眞的是碰巧拿到簽名籌，反正有多就不要浪費——」

結果少女偵探二話不說便取走其一：「快開始了，先去排隊吧。」

白柳問：「但簽名籌只有兩個，那麼我們暫時分頭行動嗎？」

阿牛答：「簽名會大約一小時，我們約在兩點鐘再次碰面吧，然後三點鐘剛好是偶像團體的音樂會。」

「好的，之後在群組聯絡。」

米莅姬揮舞巫衣長袖對少女說：「要小心色牛喔！」

少女偵探點頭：「明白了。」

6

十分鐘後，少女抱著公式設定畫集走來。

「剛好買到最後一本給老師簽名，眞幸運呢。」

阿牛說：「妳好像很高興呢。」

少女點頭：「今天十分有意義。」

阿牛仔細觀察少女的臉，卻沒有表情起伏；雖然她說很期待簽名會，但總覺得好像欠缺了些什麼。

「你有什麼企圖？」少女反客爲主說：「米菈姬小姐告訴我，要提防你在打什麼主意。」

「哈、哈哈，沒有喔，哪會有什麼企圖。」

「你眞奇怪。在遊戲內也是，有時聰明，有時笨拙。」

「這是讚賞還是批評？」

12 簽名籌：即簽名資格牌。

少女靜默半晌，輕聲說：「普通的。」

阿牛笑道：「這樣啊，聰明表現留給美少女偵探就好。」

二人一邊閒聊一邊等候，簽名會的人龍開始移動，少女得償所願抱著簽名畫冊離開，此時剛好是下午兩點鐘。

電話傳來訊息說在小食部集合，阿牛與少女於是走往集合地點，卻在附近的攤位看見哈哈正在跟人爭執。

「孩子，我們這裡不是餐廳，要吃就往別的地方去。」

「反正你們都沒有客人啦。」

「哈哈。」白柳有點尷尬。「咦？我不是在取笑你們喔，我是說哈哈不可以這樣沒禮貌。」說罷拉開正在吃熱狗的哈哈，又跟看店的眼鏡男子道歉。

阿牛看了一看，那不是Andy的攤位嗎？Andy亦剛好回來調停，阿牛便上前打招呼。

「抱歉了，那孩子比較活躍，但他很喜歡你的漫畫才一直纏在這裡。」

Andy打圓場說：「沒關係，多些人熱鬧點，路過的客人也會好奇嘛。」

「話說旁邊的朋友怎樣稱呼？」阿牛問道。

「他叫Ben，本來負責晚上看攤的，但早上打工的人音訊全無只好提早前來幫忙。」

後面一把女聲傳來：「我是Mirach，多多指教。」

阿牛回頭一看，問道：「妳什麼時候出現的？」

「一直都在喔，從二時二分二秒開始。」米菈姬說：「人齊了，早點去音樂會佔個位置吧。」

白柳欠身道別，但當他抬起頭時，忽然四周黯淡，場館天花的燈光熄滅了一半。

Andy說：「今天有怪盜少女團的表演，應該正準備舞台燈光吧，昨天也是這樣。」說罷按下按鈕，透明箱內那個佛堂模型頓時燈火通明，使他的攤位顯得分外耀眼；就像店家的霓虹招牌，果然吸引到客人前來。

來客是個身穿連帽背心的少年，眼神有點閃鑠，小聲問：「這裡是不是可以預訂佛堂怪盜的模型？」

Andy答：「對啊，你有人介紹嗎？」

「嗯……Chris。」

「好，給我姓名、聯絡電話、要買多少……」Andy一邊說，一邊記錄在筆記簿上。

至於阿牛也免得打擾別人生意，正準備離開之際——

「孩子站住，這個你付錢了嗎？」

Ben叫停哈哈，因爲哈哈拿走了桌上的怪盜少女團紙袋。

「這個袋是今早送的啊。」

哈哈如此回答，Andy亦點頭，Ben只好教訓說：「下次別將自己的東西放到攤位桌上，這樣很令人困擾。」

一如既往又是白柳陪同哈哈道歉，經過些許擾攘才離開同人攤位。看來他們晚了一步，音樂會的免費座位早就爆滿，他們只能找個盡量靠近舞台的位置等待。

「哈哈小弟，不打開紙袋看看嗎？」

「好呀，我要支持怪盜少女團！」哈哈興高采烈地翻找紙袋。「咦，怎麼有封信的？」全身黑色的哈哈取出一個純白的信封。

白柳問：「今早沒有嗎？說不定是別人不小心掉到袋裡……不如交回主辦單位吧。」

「信封正面寫著『犯罪預告』喔！」

眾人愣住，不懂如何反應。阿牛問：「或者是配合怪盜少女團的道具而已？」

「今早真的沒有這封信啦！」

少女偵探說：「先看看信上寫了什麼吧。」

哈哈打開信封，上面只有一行十分醜的文字：「密室內的人，我要拿下了。」

「是以非慣用手寫的，避免認出字跡。」

此時場館外突然傳來狗吠聲，像是警告什麼事情正蠢蠢欲動。

少女道：「狗？同人祭是禁止攜帶寵物進場。」

阿牛答：「除了工作犬、導盲犬之外。」

「怪盜與狗……風向改變了。」

改變的不是風向，而是人流的方向。位於走廊的行人忽然左右散開，中間有人大喊：「大家讓開點！」

場面鬧哄哄起來，途人神色慌張，他們視線中間有兩個穿白色制服的男人推著擔架床急步走往小食部的方向，停在男廁外面——

「果然我的Higher Self沒有說錯，真的出事了。」

米菈姬拿出撲克占卜起來，哈哈則聚精會神偷聽旁人議論紛紛。幾分鐘後，救護員從廁所裡救出一名男子，讓他躺在擔架床上後推走，又有其他救護員不斷呼籲圍觀人群散開。目送擔架床離開後，少女喃喃道：「難道跟預告有關？」

「要不要跟出去看看？」阿牛說：「反正妳對犯罪預告更感興趣吧。」

「嗯，出去看看。」

哈哈舉手：「我也一起。」

「那麼我也要照顧哈哈。」「哇，別丟下我一人。」

一行五人掉頭走往出口，後方卻傳來女性的尖叫聲。阿牛回頭一看，赫見小食部前聚集了更多人，人群間更是火光熊熊，冒出黑煙！

「那裡不就是Andy的攤位？」阿牛連忙跑去擠進人群，看見攤位前方的走廊中間有個正在燃燒的盒子；熟悉的盒子，裡面的木製模型燒得通紅，連塑膠盒子亦開始焦黑——那確實是用來展示「佛堂怪盜」的透明膠箱。

「水來了！」

有人從小食部拿來一桶水倒在盒上，火勢終於減退；之後再用滅火器合力撲熄火警，最終只是一場小騷亂，幸好沒有人受傷。

Andy跑上前檢查盒子，冒著灼燙把盒內模型拿出來——模型卻變成深藍色，連角色姿勢亦不一樣、甚至沒有面罩。

「不見了！」Andy大喊：「這不是我的怪盜模型啊！」

只見他不斷反轉燒焦的模型，一臉難以置信。少女亦上前察看，模型的衣服確實變了色，臉上一片焦黃，站姿亦有些改變；但也不能排除是燒焦至變色或者變形，她不像Andy那樣能夠一口斷定這模型不是原本的。

此時場館再次亮燈，卻是一波未平一波又起；正當眾人七嘴八舌，cosplay專區卻傳出低沉的馬達聲，眾人抬頭竟見有無人機浮在半空天花板處。

那無人機有點不尋常，阿牛一邊取出電話嘗試捕捉空中的無人機，一邊指道：「無人機垂掛著的黑影，很像怪盜模型呢。」無人機開始移動，不消幾秒就風馳掠過眾人頭頂並飛往場館入口。

哈哈大叫：「眞的是那怪盜模型耶！」

一片譁然，就連門口的牧羊犬也來煽火往天花吠叫。

「牧羊犬？」

牧羊犬擔當守門犬擋在門前，然而無人機不但沒有減速，反而衝向小狗——再猛地爬升繞過牠奪門逃去！

「那無人機眞危險。」

「我們繞另一道門到外面看看吧。」

阿牛等人跑到出口門外時，不論無人機抑或牧羊犬都已經不見蹤影，騷亂好像一路蔓延到一樓會場。

少女自言自語：「眞是離奇的經歷。」

猶如過山車緩慢爬到最高點，然後輕力一推，一連串怪事便連環發生，無法煞停，直至最荒謬的一幕；而在終幕等待著的居然是十數個警察與會場保安認眞交談，氣氛沉重。

白柳亦被現場氛圍嚇怕了：「不如先回去同人祭吧……」

阿牛苦笑：「說的也是，我也不想惹上麻煩，對嗎？美少女偵探。」

美少女偵探沒有反應，待米菈姬搖晃她肩膀才回過神來。

「喔、嗯。明白了。」少女深呼吸說：「這裡交給警察吧，不是偵探遊戲的地方。」

7

返回展館，少女偵探卻對眾人說：「該輪到偵探登場了。」

阿牛翻白眼，問道：「三十秒前誰說要交給警察的？」

「拘捕犯人當然是警察的工作，但身為普通市民還是可以有好奇心的。」犯罪預告信、男廁的傷者、攤位無端起火、盒內模型被盜、原本的模型掛在無人機上飛走。一連串怪事在十數分鐘內連環發生，當中肯定有某些關連。「並非要大家冒險找出犯人，只是想知道究竟發生什麼事罷了。」

少女雙眸頓時變得炯炯有神，米菈姬看見了，得意笑說：「反正音樂會要延遲，來玩玩偵探扮演也挺有趣。」

哈哈舉手贊成：「如此古怪的事情平日可沒有機會遇到呢！」

「那個……不太過分的話也可以。」

白柳不反對，阿牛亦無異議，就看看美少女偵探有什麼計畫。

「首先分頭行動，」少女對白柳兄弟和米菈姬說，「可以拜託你們三人去cosplay專區打聽一下嗎？尤其需要無人機的目擊情報。」

米菈姬拍心口答：「妳的眼光不錯，放心交給我們。」

「阿牛先生就跟我一起調查模型與火警的事。」少女取出懷錶，說：「現在三點鐘，半小時後再集合。」

語氣依舊平淡，但少女十分主動，走在前頭與阿牛重返火警現場。原本圍觀的人潮散去，取而代之是工作人員在走廊放置欄杆防止他人接近。

Andy他們暫時做不了生意，只能坐在攤位發呆。但當看見阿牛走近又馬上打發他們說：「抱歉，現在我沒空招呼兩位。」

少女道明來意：「我想請教一下剛才的事……」

「都說我幫不上忙啦，你們請回吧。」

「但你不好奇嗎？犯人用什麼手法偷走盒中模型，轉眼間與無人機一同消失。」

「用什麼方法都跟我無關啊。」

看見Andy憂心忡忡，阿牛換了個方式說：「或者我們可以替你把模型找回來喔。」

「咦？」Andy定睛沉思，看樣子是上鉤了。

阿牛續道：「別看我的朋友穿成偵探模樣，她的本業可是眞正的偵探，在外國私家偵探社打工，我相信她肯定能夠幫到你。」

少女稍微彎腰說：「那個……之前承蒙關照，所以我想做點事情作爲回報。」

Andy嘆氣，反正他無計可施，唯有把希望放到二人身上：「妳想知道什麼？」

「請由盒子燒著之前說起。」

「那時候音樂會快要開始，我就叫Ben幫忙到外面拉客，宣傳怪盜少女團的應援套裝。套裝挺受客人歡迎，我忙著應對客人都沒空理會其他事情，直至嗅到一陣燒焦氣味才發現盒內模型冒煙起火。」Andy邊回想邊說：「當時我一心想取回模型，卻沒想到膠盒表面太熱，不小心把它推翻到走廊。之後的事情你們也在場就無須解釋吧？」

少女問：「什麼時候發現盒內的模型被人偷龍轉鳳的？」

「不知道啊。大家將火撲熄，我再打開來看才發現裡面的怪盜模型調了包。」

「在此前沒有任何可疑的地方？」

「沒有。兩點的時候你們也在攤位，亦見過盒內燈飾，當時怪盜模型還在裡面啊。」

「換言之你的想法是，怪盜模型一直放在盒內，直至盒中布景著火，模型就換了別個……」少女平淡說：「真是不可思議的魔法，究竟是哪一刻換成別個的？著火的時候？還是熄火之後？中途你有留意裡面模型的樣子嗎？」

Andy想了想，答：「當時盒內只看到黑煙，加上展館燈光黯淡，看不清楚裡面。」

少女點頭：「可以看看現在調了包的那個模型嗎？」

Andy指向桌上燒焦的盒子和模型，說：「妳喜歡的話拿去都沒問題。」

少女把模型拿上手觀察，問：「你不覺得這東西跟怪盜模型有點相似？」

「怎麼可能！而且真的模型被無人機拐走了，這個自然是假的。」

「不過怪盜模型並非獨一無二吧？畢竟是3D打印的。」

Andy嘆道：「確實造了好幾個，但都不是那焦炭模樣的。」

「也許偷走模型的方法與盒子無端起火有關。」少女順便打開熏黑的塑膠盒子仔細檢查，翻找佛寺模型的殘骸。「找到盒內唯一的機關了。」

少女打開手掌，裡面是一顆小燈泡。

8

另一邊廂，白柳兄弟與米菈姬正在cosplay專區收集情報。

「咦，又是那個肥保安啊。」哈哈指向場館角落，見到一名保安正拿著對講機對話。哈哈好奇說：「讓我偷聽一下他在聊什麼。」

相隔十數米，哈哈聚精會神傾聽，唸唸有詞：「聽說話語氣，對方好像是肥保安的上司呢……報告狗狗在大堂花槽發現膠袋……MMA什麼……」

白柳嘗試翻譯哈哈的話：「看來小狗和保安人員有關，不過MMA是……綜合格鬥技？」

哈哈搖頭表示聽不清楚，之後再嘗試偷聽也只聽到什麼救護員、警察、記者之類，斷斷續續，不知關乎何事，但感覺事態不簡單。

同一時間，米菈姬到處尋找無人機的目擊情報，剛好找到個最近距離目睹無人機起飛的男子，名叫David。

「妳們想知道無人機的事喔。」David輕佻說：「當時啦，我在更衣間和朋友聊天，突然聽見嗡嗡聲，無人機就在旁邊起飛了！」

米菈姬問：「所以無人機原本就在更衣間裡面。是誰放在那裡？」

「誰知道？也沒見到誰在操控，說不定是自動操作呢？」David聳肩說：「而且更衣間本來就像雜物房，大家把出cos的雜物寄放在那，誰放了什麼根本沒有人留意。」

「說的也是。」米菈姬把玩手上的水晶球，想到一個點子。「白柳、哈哈，不如我們去現場看看吧！」

「米菈姬，那裡可是男更……」但白柳說到一半就被米菈姬拉走了。

哈哈和David亦緊隨其後，當然眾人很快就被叫停。

「站著。」門口一斗篷男子說：「裡面是男更衣間，你們是不是跑錯地方了？」

白柳感到不好意思：「我們想到男更衣間確認一些東西……雖然是個奇怪的請求，但可否通融一下讓我們看看？」

David幫忙遊說：「反正也沒人在裡面換衣服吧，頂多是弄假髮和化妝……啊，不過就算換衣服，給幾位漂亮女生看我們也不介意，呵呵。」

四大天王之一的增長天王說：「我不是管理員，能否進去由不到我作主，只是我沒見過這樣奇怪的請求。」

「凡事都有第一次嘛。」說服增長天王後，David興高采烈對男更衣間裡面的人大叫：「各位手足，有美女來參觀喔，別嚇壞她們。」米菈姬等人入內，確實惹來注目，但就僅此而已。

隨後David走到一個堆滿紙皮箱的角落，指向裡頭說：「就是這裡，無人機就在紙盒後面升起的，當時好像還掛著人偶呢。」

「原來如此，隱藏得不錯喔。」米菈姬從羽毛手袋拿出手提電筒。「嘿嘿，為了這種狀況我特地帶了它來。」

哈哈好奇，蹦蹦跳跳追問是什麼；於是米菈姬按下開關，照出一陣紫光。

「紫外光燈？」白柳說：「這裡又不是發生血案，還是妳打算檢查指紋嗎？」

米菈姬笑道：「剛才我的Higher Self告訴我，真相隱藏在堇色當中，肯定沒錯。」

「呃……Higher Self即是類似靈魂的意思吧，妳的靈魂好像無所不知呢。」

「總之先玩玩看啦。」

米菈姬拿著紫外光燈往牆壁、紙盒亂照，確實照出一些污漬。哈哈看見有趣，嚷著要玩，便撲上去搶走了電筒。米菈姬不服氣搶了回來，二人你拉我扯，David看得心裡暗笑，白柳只好分開二人——

「哇哇啊！」

結果哈哈抱著電筒一同滑倒，翻倒紙袋，跌出「犯罪預告」的信紙，紫光燈剛好照在信紙上……

「——這是！」

白柳和米菈姬異口同聲，想不到真的說中了。

9

按照約定的三點半鐘，阿牛等五人來到cosplay專區的空地圍圈坐下，交換情報，打開場刊地圖重新整理資料。

美少女偵探說：「畢竟我們不是警察，搜查方法稚劣，所得情報亦不完整，但我相信我們手上的資料已經足夠把事情的來龍去脈推理出來。」

米菈姬打趣說：「好像眞的覺醒了偵探技能呢。」

少女搖搖頭道：「不，實際上我只是個普通人，對於今天發生的事情還有很多地方無法理解，因此我們才聚在這裡一起商量、一起思考。」

然後少女拿起鉛筆在三樓地圖畫下記號，並簡單記錄一連串怪事發生的次序。

一、哈哈發現紙袋藏有犯罪預告信。

二、三樓大堂傳來狗吠聲。

三、場內男廁有人失去知覺，由救護員送離場。

四、在相同男廁外，Andy攤位的透明盒子起火。

五、路人用水桶以及滅火器撲熄火警，之後Andy發現盒內的怪盜模型遭調包。

六、Cosplay專區的男更衣間有無人機升起，機上綁著的人形模型與失蹤的怪盜模型一模一樣。

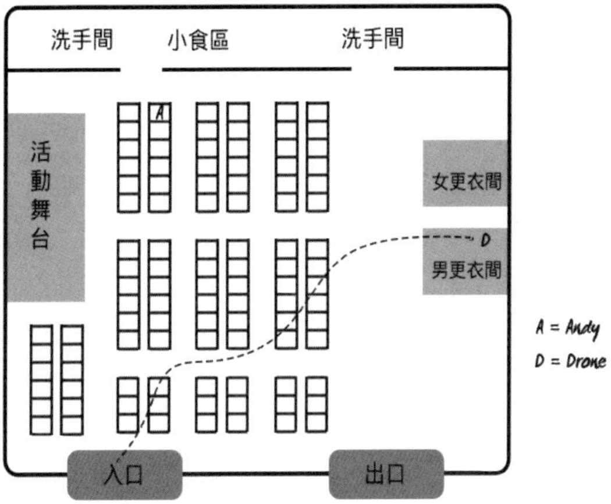

七、無人機繞過入口的牧羊犬，飛離會場。

八、警察介入。

白柳苦笑說：「再看一次還是覺得不可思議，我們眞的能夠解開謎團嗎？」

少女說：「一連串離奇怪事交織出錯綜複雜的迷宮，我們被掉進迷宮內也許會手足無措，但只要一步步來就好。步驟和策略十分重要，先由最簡單的謎題開始吧，你們有什麼建議？」

哈哈舉手道：「那封犯罪預告信十分可疑！究竟是什麼意思？」

——密室內的人，我要拿下了。

白柳答：「『密室內的人』會否指男廁內倒下的人？」

少女用菸斗敲額：「是或否都說不準，現在沒有足夠線索。」

「那不如先討論更加切實的東西吧。」阿牛

說：「就是警察，爲什麼有那麼多警察在場？不可能是因爲模型被盜，在更早之前就應該有人報警了。」

白柳說：「可能跟男廁的事情有關，你看救護員都來了。」

「但救護員離開後，外面的警察卻變得更多。這代表事情還沒有完結。」

「更正確的說法是『案件』尚未結束。」少女偵探說：「警察的介入意味著有『罪案』發生，我們應該先找出『罪案』的本身是什麼，而我認爲答案就在那隻狗身上。」少女又問阿牛：「你不是說過同人祭禁止攜帶寵物進場嗎？」

「唯有工作犬例外。但我看牠不像是導盲犬吧，看牠警戒性高，又吵又吠，跟導盲犬安靜的形象相差很遠。」

「對呢，牠是瑪連萊犬，也是常見的工作犬，廣泛用於護衛、追蹤，還有緝毒。」

白柳疑惑：「咦？但牽著那牧羊犬的不是警察喔。」

「不一定是警犬，也有商營的毒品搜查犬服務。」

「哈哈說過那小狗是會場保安喚來的……原來是買了服務。」

哈哈大叫：「即是有人販毒囉！」

「慢著。」阿牛看法比較審慎：「這樣的推理未免太過『跳躍』。尤其美少女偵探說過，一連串怪事的根本在於『罪案』，『罪案』的內容決定之後的推理方向；萬一猜錯，第一步就走錯方向，之後想走出迷宮就困難囉。」

米菈姬說：「我明白阿牛會長的意思。單憑牧羊犬的品種來斷定有人販毒的話確實過於武斷，如果再多一個佐證就好了。」

「佐證、保安員、小狗……」少女靈光一閃，道：「你們記得哈哈偷聽保安的對話內容嗎？裡面有個奇怪的詞組『MMA』，大概就是你們想要的佐證吧？」

MMA、和毒品相關的……

少女解答：「MDMA。當時保安不是這樣說嗎？」

哈哈歪頭，問：「什麼MDMA？好像肥保安說的話喔。」

阿牛答：「即是搖頭丸，俗稱『E仔』，主要成份是MDMA。」

少女續道：「如此一來，第二點的狗吠聲就相當於小狗找到藏有搖頭丸的小包，果然在會場內有毒品交易。」

阿牛臉色一沉：「那麼廁所倒下的人不就可能跟濫藥有關嗎？救護員和警察接報到場也不意外啊。」

「再想想在門口擋路的瑪連萊犬，當時牠向會場上方吠叫，而那裡就只有無人機和被盜的模型——模型內肯定藏了毒。」少女凝重宣告：「這不就跟另一宗盜竊案連繫起來嗎？那麼犯罪預告信的意思就呼之欲出了。」

「密室內的人，我要拿下。」阿牛驚道：「這是要偷走盒內人形模型的預告信！」

「況且信封是在Andy的同人紙袋裡發現的，比起廁所的男人，與Andy的手辦模型明顯有關，這個推斷更加合理。」

米菈姬不解：「爲何要寫預告信去偷走模型？若果模型內藏毒品，那毒販又是誰？」

少女答：「無人機飛走了，藏有搖頭丸的膠袋亦沒有見過，要找出販賣的人有點困難……相反要找出偷走模型的人就簡單得多，至少我們手上有犯罪預告信。」

阿牛問：「莫非妳知道是誰寄出犯罪預告？」

少女沉默，雙目卻炯炯有神；又是這種熟悉的感覺，阿牛想起遊戲中第一次與美少女偵探相遇的情境，在茫茫人海中準確找出犯人，就如米菈姬曰：「福爾摩斯附身了。」

10

美少女偵探旋轉手上菸斗，繼續推論：「事實上，能夠寄出犯罪預告信的嫌疑人不多。」

白柳自嘲說：「是我太笨了嗎……感覺會場內所有人都有機會把信丟到哈哈的紙袋裡……」

「那是因爲白柳小姐沒有考慮犯人寄信的目的。至少該問，誰是收件人？」

「既然是偷走怪盜模型的宣言，那應該是向模型攤主下的戰書……」

「正確。」少女說：「可以想像，犯人打算將預告信混進商品之中，待客人買貨打開紙袋檢查時便會發現那封預告信，一併通知攤主與其他人。」

白柳問：「但犯人爲何不直接放到攤位桌上，而是選擇藏在商品裡面，用這麼迂迴的方法通知攤主？」

「製造時間差。直接放在桌上很快會被發現，剛才到過攤位的人都會被懷疑。不過如果太隱密的話可能又找不到預告信，因此犯人才選擇放進偶像團的應援套裝，畢竟音樂會快要開始，仍會有一批客人光顧……可惜他還是犯了錯，偏偏選中哈哈。」

白柳皺眉：「哈哈錯了嗎？」

「剛才我說犯人必須把信藏在攤位的商品當中，那麼哈哈的紙袋是什麼時候出現在攤位上的？」

「今早送給哈哈之後就不在了，直至下午我們集合的幾分鐘，紙袋又回到攤位。」

少女舉起左手代表攤位，右手代表哈哈的紙袋：「今早紙袋並無發現預告信，換言之，兩者重疊的時間正是犯人寄放犯罪預告的唯一時機。」

「啪」一聲左右手重疊起來，少女繼續解說：「下午兩點，哈哈與白柳小姐帶同紙袋回到攤位，隨後我和阿牛先生來到，米菈姬小姐亦在。剛好當時沒有其他客人逗留，只有我們擠在攤位前；紙袋當時正被我們包圍，是個半封閉的空間，所以能夠下手而又不惹人注意的只有七個人。」

「七個人……」

阿牛代答：「就是我們這裡五人，加上Andy和Ben。」

白柳有些困惑，而米菈姬則比較冷靜，拿出紫光燈告訴少女與阿牛：「其實我們在預告信上還發現了新的線索。」

於是哈哈拿出犯罪預告，用紫光燈照著信紙背面，赫見一個螢光污漬浮現信上，約莫指頭大小。

「偵探姐姐，這線索是我發現的喔，對破案有幫助嗎？」

少女睜大眼睛，深吸一口氣，反問哈哈：「發現污漬前有誰碰過信紙？」

哈哈搖頭：「我連白柳都沒有給他看呢。」

「這確實是個大發現，畢竟會場內最先想起的螢光染料就是這個。」少女伸手往紫光燈下，手腕同樣浮現出相同顏色的印記——入場手印。

哈哈問：「難道是犯人寫預告信時不小心留下的污漬？」

米菈姬說：「又或者是哈哈小弟不小心留下的。」

少女搖頭：「大概不是哈哈，哈哈全身緊身衣，印記可沒有外露。」

「對啊，我每次進出會場都要脫下手套，麻煩得很。還好出入五、六次後工作人員都認得我和白柳所以沒再檢查。」

「不過哈哈有打手印並無法完全排除他是犯人的可能性。只是，疑犯當中有兩個人能夠排除在外——Andy和Ben，他們都有員工入場證，不用購票打手印，所以他們不是寫信的人。」

阿牛面色一沉：「那麼犯人就在我們五人裡面囉。」

米菈姬叫嚷：「是誰的惡作劇，趁現在招供可以慢慢商量喔！」

哈哈還擊：「也可能是妳這個女巫，哼哼。」

但少女否定：「不是米菈姬。想想信中提及要盜走的東西最後出現在哪？男更衣間，女生可進不了裡面。」

米菈姬笑道：「那就不是我和美少女偵探，相反可能是白柳兄弟喔，畢竟有四大天王守門口，僞娘也騙不了他們。」

「沒錯，偷走藏毒模型的犯人就是阿牛先生、白柳小姐和哈哈弟弟，你們三人其中之一。」

「欸欸欸！」白柳忽然失態大叫，滿額冷汗。「可、可是，若然不是單獨犯案，也不一定需要男生把東西放到更衣間內啊。」

「不，犯人單獨犯案的可能性很高。」少女心想。「事實上寄信的人設置了不少自動裝置，都是單獨行動的證據……咦？」

此時哈哈「啊」的一聲，雖然慢了半拍，但好像想通什麼，全身顫抖捉緊旁邊白柳的手。

少女沉思：「爲何白柳和哈哈的樣子這麼可疑？莫非他們是犯人，或者知道誰是犯人……」

少女恍然大悟，便質問白柳：「你說謊了吧？」

「哇啊！我說謊了嗎？」

眾人焦點集中在少女與白柳身上。這十數分鐘少女已經展示出驚人的洞察力與分析力，足以令在場任何一人折服。恍若從推理小說走出來的主角般，將凌亂的𪟝線撫平、抽絲剝繭，一步一步迫使犯人露出馬腳……可是當矛頭指向白柳時，看著楚楚可憐的他，眾人都不知該相信哪邊。

「白柳小姐，還記得今天早上嗎？頭髮沾濕但雨傘卻乾爽。當時你說雨傘在場內買的，這是謊言。」

白柳臉紅辯道：「爲、爲什麼又提起今早的事情？不是已經完結了嗎？」

「還沒有完結。在離開迷宮之前，誰人都無法停下腳步。」少女說：「你弄濕衣服的眞正原因，果然還是和我之前所說一樣，是因爲洗手間的喉管破裂。」

「不……不是喔。妳有什麼證據指控我在撒謊呢？」

「沒有證據。」少女說：「相反，白柳小姐要證明我說錯卻很簡單，只要帶我們往一樓購買伸縮傘的地方看看便行。」

「太、太卑鄙了……爲什麼要我證明自己清白呢？」

阿牛說：「可是這關乎事情眞相。如果眞的沒有撒謊，斬釘截鐵回應美少女偵探就好。」

眾人凝視白柳，白柳眼神游離、手足無措，良久才低頭說：「那是不可能的……因爲雨傘不是在場內買。偵探小姐說得沒錯，我是在洗手間弄濕衣服的。」

白柳放棄抵抗，只默默望著少女；白柳猜到少女已經知道二人的祕密，靜待少女解說。

「當時我想不通你們爲何要隱瞞在廁所弄濕衣髮，但現在我知道了。你們要隱瞞的，是曾經到過二樓洗手間這件事才對。

「今天動漫展在一樓和三樓，我們亦約在三樓集合，爲何偏偏要去沒有半點關係的二樓洗手間？而且不只早上那次，回想起來，你們經常進出同人祭場館，哈哈剛才也說過至少進出了五、六次……那又是爲什麼？三樓的洗手間與二樓有什麼分別？答案只有一個，就是三樓洗手間全部都有四大天王把守。

「要逃避四大天王的原因也只有一個，妳們本來就是女兒身！因某些關係妳們要使用『僞娘』的設定來活動，是天生的女兒身假裝成男性再裝成美少女，難怪我不及白柳小姐漂亮。」

白柳嘆道：「沒辦法……女性coser穿得越少，追隨者就越多……但我不習慣那樣，只好裝成僞娘至少不用賣弄身材……要在這圈子打拚也很辛苦呢。」

白柳靠近哈哈，溫柔地脫下她的面具：「哈哈是我的妹妹，抱歉姐姐牽連了妳一起僞裝成僞娘。」

「姐姐不用道歉喔，我也是喜歡才玩的，哈哈。」

哈哈舉手輕拍白柳的頭，大概兩姐妹也有自己的難處；現在不但脫下了外表的面具，二人亦放下包袱，無須再用假身分示人，畢竟白柳還是不喜歡說謊的感覺。

「咦！」米菈姬打破了溫馨氣氛。「所以白柳和哈哈的祕密就是女扮男再扮女裝？換言之，寄信的人不就是……」

少女說：「當我提出犯人是男性的時候，白柳和哈哈神情慌張，彷彿知道答案……不對，她們當然知道，因爲她們自己都是女生，知道我們五人當中只有一人是男生。」

少女緩緩站起，輕拍衣襬，用放大鏡指向阿牛說：「就是你把犯罪預告放進哈哈袋內，然後偷走藏毒的模型！」

11

「等、等等！」阿牛慌忙站起，雙手交叉胸前。「爲什麼我要偷走模型啊！而且我怎樣在模型盒著火的時候偷走它？根本不可能，當時我還跟大家待在一起呢。」

白柳亦站起來調停：「阿牛先生說得沒錯，從收到犯罪預告那一刻開始我們就一起行動，他應該有不在場證據。」

其他人也十分緊張，氣氛詭異。然而少女輕聲否定：「誰說一定要在預告之後犯案？犯人早就偷走了模型，犯罪預告只是掩飾作案時間的道具罷了。」

阿牛驚問：「美少女偵探，妳知道自己在說什麼嗎？怪盜模型一直放在盒內，我們更親眼確認過模型燈光呢！誰都沒有偷走它啊！」

「不，那時候我們看到的是假貨，已經遭人調包。」

「妳意思是換個一模一樣的放到盒內？這樣做有什麼意義？」

「與犯罪預告相同，同樣用來誤導犯人盜走模型的時間。」少女借來模型展示給眾人看。「相比犯罪預告，這模型設計更加精巧，懂得變成別的模型來毀滅調包的證據。」

「那模型不是魔法少女，怎懂得變身？」

「隱色染料——遇熱後變成別的顏色，而且無法還原。」少女解說：「假如將怪盜模型的衣服變成另一種顏色，臉上的面罩與臉部一同變成橘色，整個模型的感覺就會煥然一新。」

「但我可不認爲換了顏色就能變成別的模型，甚至能騙過模型的主人。」

「還有其他讓模型變形的方法，例如用水溶性物料支撐模型關節，遇水即破壞結構；而且模型本身都燒至毀容，人形姿勢多少有變，相反我還覺得這個燒焦的模型保留著原來的輪廓呢。只不過同時又有無人機從上方飛過，人們才沒聯想到燒焦的原本也是個怪盜模型的複製品。」

聽著聽著，阿牛不禁抓狂反駁：「那是妳的想像力太過豐富，什麼隱色染料，什麼偷龍轉鳳，但妳沒有盒內東西遭人調包的證據吧？說不定是量子轉移趁盒子著火時偷走模型啦！」

「我有證據。」少女拿出一個手指頭大小的玻璃球。「這是火警後在盒內殘骸找到的燈泡。」

「有什麼特別？我們都知道模型布景有燈光裝置。」

「特別在於這是個白熾燈泡，即是鎢絲燈。同人祭攤位沒有電源供應，只能用上USB供電的燈飾，十之八九都是LED燈，甚至你在市面幾乎不會找到使用USB供電的白熾燈，Andy又怎可能特意選用這種白熾燈泡作燈飾？更何況白熾燈不適合放在木製布景內，只要將燈泡緊貼在木材上半小時，熱力就足以令木材表面起火——這簡直是自焚裝置的最佳材料，只有犯人才會這樣做，因此這顆白熾燈泡正是犯人調包的證據。」

「說回來，你跟Andy買了相同的飲料也是爲了在飲料下藥，調走他好讓自己看店吧。說不定早上兼職的那個人亦是你在網上假冒報名的，你對Andy的時間表瞭如指掌，有充分機會換走盒內模型和燈泡；而且你今天揹背囊，準備無人機和調包的模型亦沒有難度。」

強而有力的指控，說到底今天是第一次網聚，現實中大家本來素不相識，說不定阿牛眞的是個罪犯？信賴的天秤漸漸傾向美少女偵探，阿牛雖然感到詞窮，但不能沉默下去，不然就是認輸。

「美少女喔，假如妳眞是大偵探的話，妳一定知道爲什麼我要偷走模型，最後又如何把模型運送到外面吧？」

此時少女的腦袋發熱，不消半秒便答：「起因是販毒的事情敗露，你要在人贓並獲前把毒品送離現場，於是利用預先設置的自焚裝置和無人機把藏有搖頭丸的模型送走。」

無人機的確能依靠預設程序自動起飛，但要在會場內左穿右插，又繞過緝毒犬穿越大門，似乎須手動操作。

少女續道：「當時阿牛先生用電話拍攝無人機，其實是在控制無人機飛行才對吧？利用手機ＡＰＰ遙控無人機逃離緝毒犬的追截，成功離開會場，最後使用ＧＰＳ定位指示無人機飛往預設的地點。」

少女深呼吸，指向阿牛說：「以上一切就是我的推理，如果有破綻就反駁我吧……不然，阿牛先生，你就是牽涉在毒品交易的其中一人！」

突然的宣告甚至引來了他人注意，更有個穿保安制服的人前來，是哈哈口中的肥保安。

「好像聽見有人說什麼毒品，就是你們嗎？」

阿牛目瞪口呆：「咦？真的有人賣毒品？」

但肥保安盯著阿牛，冷言冷語說：「那青年生死未卜，你這邊卻跟女生玩得挺開心不是嗎？不如做個好市民跟警方合作，我想他們對你很感興趣。」

12

生死未卜？

那個送上救護車的人？

氣氛沉重起來，阿牛滿頭大汗，兩個警察正前來搭話。

「不用緊張，很快就辦妥。」警察叫阿牛拿出身分證登記，問：「你的名字是？」

「牛、牛、牛、牛北辰……」

「牛先生，麻煩你跟我們走一趟，就例行公事而已。」

阿牛惶惑：「真的要我協助調查嗎？我沒有犯事啦，不會是我啦。」

肥保安亦在旁催促：「合作一下對大家都有好處，快跟警察走！」

「不、不要啊啊啊！」

最後阿牛還是被帶走了，剩下四位不知所措的少女。沉默良久，始有人吭聲。

白柳問：「眞的是牛先生幹的嗎？而且還弄出人命……但我覺得他不是壞人啊……」

哈哈點頭：「會長平日對我們不錯，雖然對美少女偵探特別好。」

少女喃喃道：「我也不知道，我只是把推理的結論說出來……」

「但妳的推理有個漏洞。」說話的是米菈姬。「妳的主張是由於販毒曝光，於是阿牛將毒品運送離開。但妳看看時間線，犯罪預告已在緝毒犬吠叫之前被發現呢！難道搖頭丸還沒有被發現，阿牛就準備將毒品運送離開嗎？因果倒轉了，他沒有守護天使不懂得預知未來啊。」

「也許……在更早之前已經嗅到警察的氣味，阿牛先生需要提早撤退。」

「妳眞是這麼認爲？不用問天使也知道妳在說謊。假如會長眞的牽涉販毒，那爲什麼今天要帶我們來玩？」

少女無言以對，她亦不願意相信自己的推理，內心掙扎，續說：「可是眾多事實都能間接證明阿牛先生就是偷走模型的犯人，但又覺得哪裡不對……好辛苦……果然現實不像虛擬世界，也不像推理小說，有太多的可能性了……」

米菈姬道：「會長是北極星，與我一樣是星際種子，不可能做出傷天害理的事。妳再審視一遍今天的所有事情吧，一定尙有線索妳還沒發現。」

由少女與阿牛碰面開始，椰樹、海風、洋紫荊、北極星……

「咦？」少女問：「爲何妳稱呼阿牛先生作北極星？」

「北極謂之北辰嘛。」

少女難以置信：「爲什麼……他知道我的名字？」

——北極星才是我的名字。跟其他星星不同，北極星無論春夏秋冬，千個夜晚都在夜空照耀。

少女把今早阿牛對她說的同一番話重複一遍，並取出簽名會的畫冊，內頁正好有少女的全名：闞千夕。

米菈姬說：「北辰與千夕，北極星與千個夜晚。會長是什麼時候知道妳的名字？是約會之前收集了個人資料嗎？抑或一年前一起玩遊戲就已經知道？

少女搖頭，喃喃道：「大概在很久以前，甚至早於我們在網上遊戲認識……」

「爲什麼？」

「畢竟他是乖舛先生。」

「乖舛，」米菈姬說，「這是會長沿用多年的遊戲暱稱，看來有點面熟……原來如此！」

乖是千北，舛是夕牛，乖舛拆字便是千夕與北牛。

少女苦笑點頭：「我記起來了。中學時確實有個笨蛋喜歡唸詩很造作，又經常偷我的東西很討厭，小時候都不知他爲什麼要針對我。」

「就說會長一直對妳虎視眈眈。」

「只是沒有想過，十一年後他還是那麼笨。」

千夕終於解開心結，整件事不過是阿牛自編自演的一齣怪盜戲碼，更指定自己要當女主角的偵探；可惜最後弄巧成拙，遇上有人販毒變成真正的嫌疑犯。

米菈姬笑言：「平均十一年的黑子週期影響人們悲歡離合，就把今天發生的命名作『太陽黑子怪盜探案』吧。」

——請問闞小姐在嗎？

兩位警察前來，打斷她們對話，告訴千夕：「剛才妳的朋友給了證供，但好像有點古怪，所以想請妳來確認一下。」

千夕問：「需要我作供麼？」

「不是什麼嚴重的事，還是妳有什麼不方便？」

千夕暗忖道：「這可不妙。若然我把知道的和盤托出，難道警方會相信阿牛只是貪玩而偷走模型、並且對模型內的毒品毫不知情嗎？但如果我替阿牛隱瞞，證供跟阿牛的有矛盾，可能對我們更加不利。」

說實話就會令阿牛被警方懷疑，說謊則連自己都受牽連。千夕心中苦惱，到底該怎麼辦？有沒有方法能夠讓阿牛開脫，同時又能說明一切事情的「謊言」？

「啊。」

千夕急步回頭問白柳：「妳能告訴我今早二樓男廁的狀況嗎？」

「不只是我喔，其實哈哈也在場，她應該留意得更多。」

哈哈答：「對了！今早也看過肥保安，不知為何在男廁門前鬼鬼祟祟、來回踱步、唸唸有詞，說『什麼這樣就好了』、『千萬別惹麻煩』之類的。」

「果然跟我猜的一樣！」千夕深吸一口氣，雙頰通紅，充滿自信對警察說：「走吧，我會把『眞相』告訴你們。」

13

我隨警察來到員工休息室的門前，碰見阿牛剛好從裡面出來。他對我笑，但身後警員馬上催促他前行，似乎不想讓我們交談。

接著，門被打開，裡面傳來男聲：「闞小姐請進。」

果然是這樣，我沒有把姓名告訴給警察，但他們卻能說出我的名字，原因只有一個。

這時候陪伴我到場的警員停下腳步，指示我與房內男士單獨見面。對方西裝筆挺，似乎是個菁英公務員，大概是警方的人。他友善對我說：「隨便坐，就簡單閒聊幾句罷了。」

我點點頭，坐在他對面，看著他微笑介紹自己。

「我是Eddie。」他稍微打量我的衣著，說：「很精心的打扮，妳喜歡福爾摩斯對吧？」

「對。」

「聽說妳知道些有趣的情報，可以告訴給我嗎？」

很好，反正我也迫不及待。我深呼吸，一口氣說：「同人祭的會場有人販毒。瑪連萊犬，那是很稱職的緝毒犬，我的朋友從保安員口中聽見牠在大堂找到一包搖頭丸，不難想像送上救護車的人跟濫藥有關。」

啊！雙頰好燙，甚至能聽見自己的心跳聲，比掛鐘的秒針跳得更快。太有趣了，他睜大眼睛盯著我，像是看到外星人一般。

「看來保安請來的緝毒犬比他自己更稱職呢。而且妳也知道得挺多的，莫非妳認識賣搖頭丸的人？」

「不認識，但我能推理的事情比起用眼睛看見的更多。」我盡量用最平淡的語氣解說：「瑪連萊犬對逃脫的無人機有強烈反應，更準確來說是掛在無人機上的模型，那是唯一可以隱藏毒品的容器。即是模型裡藏有毒品，而模型的主人就是毒品的賣家。」

「他在同人祭擺攤只是掩飾，假裝接受怪盜模型的預訂，實際上是毒品交易的暗號；先在攤位付錢，再換別的地方交貨掩人耳目。可惜天網恢恢，最終被緝毒犬找到搖頭丸，更有人在廁所濫藥昏倒。賣家知道東窗事發，不得不按照原定計畫企圖脫罪。」

Eddie的眼神看來對我的話相當感興趣，他問：「什麼脫罪計畫？」

「就是模型被盜的鬧劇，全部都是他自導自演的。」

我在撒謊，但如果那笨蛋因爲想討好我而被懷疑成販毒的話，我內心也不舒服。

整件事情，我要把他的出現完全抹掉。

我繼續解釋：「賣家虛構出一個不存在的賊人偷走他的模型，即使在模型裡搜出毒品也有機會脫罪。當然，要是無人機能夠順利將毒品送走，這樣警察更沒有證據逮捕他，他的計畫就成功了。」

Eddie反問：「爲何他不把搖頭丸丟棄，丟到廁所裡沖走就好？搖頭丸也不是什麼高價的毒品。」

「因爲賣家也是被人利用的，是犯罪集團的一顆棋子而已。」我驚訝自己竟然謊話連篇，而且不能有破綻，我要繼續說下去：「他代售毒品，卻又害怕弄掉搖頭丸會被背後的犯罪分子追究責任。」

「那麼他是如何利用無人機將毒品運送離場的？」

白熾燈的起火裝置、變色的模型、無人機的操作——我把所有事情推卸到某個人身上。

「那人一口咬定模型遭人調包，但明明只是模型變了色，他沒理由看不出來，分明在說謊。」

不對，現在我終於明白他爲何能斷定模型不一樣，那是因爲他找不到裡面的搖頭丸。但現在只能將所有事情推卸給他，反正他與阿牛同樣能出入男更衣間，亦能隨意設置展示盒的燈泡。唯一不能提及的就是犯罪預告，那是阿牛與案件有關的唯一證據；幸好只有我們看過信紙，只要不說出來便沒有人知道。

「眞是神奇……」

Eddie聽完我的推理後吐出這四個字的評語。難道我說了什麼奇怪的話被他識破了？笨蛋啊，你也是這樣作供，對吧？

「女孩，妳還眞是把偵探的角色扮演得很徹底。那麼妳認爲妳朋友與賣搖頭丸的有關嗎？」

再沒有猶豫的餘地，阿牛在聰明的時候還是很聰明，他一定跟我擁有相同想法。

「初時我以爲阿牛知道什麼，但後來想了一想，果然他與販毒的事情完全無關。」

Eddie不以爲然，看來單靠這些不足以說服他阿牛與本案無關；始終對方是大人，更是專業的。不過這樣就好，這樣才有資格當我的對手。

「Eddie先生，我有證據證明在場內賣藥的只有一人。」

這是最後的賭博了，但我不會猜錯。

「請警方翻查昨今兩天二樓大堂的閉路電視，因爲二樓男廁就是攤主交易毒品的地方。」我喘著氣說：「只要你問一下會場保安就會明白。他今天召喚毒品搜查犬，想必是昨日已經察覺到場內有異，卻又害怕影響活動所以不敢報警。在這種情況之下，假如他知道二樓廁所有人交收搖頭丸，他會怎樣做？」

「他把廁所的喉管弄破，希望藉此警告販毒的人收手。他眞是個怕麻煩而且不稱職的保安，最後不但無法阻止賣搖頭丸的，更弄出人命意外，無法隱瞞之下唯有報警。」

「所以那位賣模型的攤主，他在三樓會場擺攤暗中買賣搖頭丸，同時又要找時間換地方交貨，在廁所將搖頭丸交給買家，一人分飾多角，從頭到尾只有自己一手包辦交收買賣，沒有他人協助怎會有共犯？」

沒錯，要特意逃避目光到二樓男廁的不只是白柳姐妹，還有Andy，就是他賣搖頭丸的。

「只要警方翻查閉路電視，肯定會發現同一個人經常出入二樓大堂的男廁，那就是證據。那位叫Andy的才是會場內唯一的犯人！」我告訴Eddie：「利用Andy的那些不法之徒很聰明，大概沒有在會場露面，但你們一定可以從Andy口中找出眞正的狐狸尾巴，而不是浪費時間在我們身上。」

Eddie愣住數秒，始笑道：「不好意思，看得入神，以爲眞的在看推理劇，這就是你們說的cosplay嗎？但大致上妳說得沒錯啊，很聰明，其實我們已經翻看過二樓的閉路電視，知道那些搖頭丸是誰賣的。叫妳和妳的朋友來只是想看看你們跟那位攤主有什麼關係而已。」

他也在說謊，明明就想測試我和阿牛的口供是否一致。

我問：「那我可以離開了嗎？」

他點頭：「嗯，謝謝合作。」

14

已經半個小時，不知千夕在裡面跟那警察說了什麼？

我躺在門外梳化，回想今天發生的一切。千夕眞的很聰明，她把我設計的謎題全部破解。我故意把預告信放在哈哈的袋裡好像太過小看她呢。可是事情也出了些意外，沒想到用擲飛鏢亂選一個攤位來設計謎題也會選中個賣搖頭丸的。作爲補償我已將知道的盡量告訴了她，「闕小姐」便是最後的提示，我的遊戲還算公平吧？接下來就看她能否解開額外關卡……不，她一定沒問題，她的智慧在現實世界亦能完美發揮，甚至超乎我的想像。

希望她能夠享受今天的遊戲就好……

呼……呼……

不知什麼時候睡著了，夢見中學的日子，一如既往偷了那女生的作業簿，但她總有方法找到我。然後她一手抓住我的肩，大喊我的全名。

——牛北辰！

「哇！」我赫然睜眼。「千……美少女偵探？」

「怎樣叫也沒差，反正你眞的又給我添麻煩了。」十一年後的千夕在我面前責難。

「警察他們有說什麼嗎？」

「沒，反正搖頭丸跟你無關吧？」

「嗯……感謝啦。」我伸了個懶腰，正當打算離開的時候，千夕在身後說：

「你的電話不要了？」

摸摸口袋，不知何時掉了電話被她撿起。見她的手指快速掃在螢幕，奇怪呢……

「你在想爲何我知道開鎖密碼？」她說：「0726，今天是我生日。」

果然她都記起……

「喔？爲什麼你臉紅了？果然你的手機都用來看性感美女的相冊和色情照片。」

「別亂說，妳有什麼證據！」

「這次也是美少女的直覺。」千夕嫣然笑道：「以後你只看我一人還不滿足？」

〈太陽黑子少年少女〉完

來自地下

——冒業

1

列車鑽進指定停泊位後漸漸減速，直到靜止。

當它完全停下來，駕駛室內的車長林浩然終於放鬆神經，雙手移離控制面板。縱使已有超過十年的駕駛經驗，但因為去年曾發生回廠車偏離路軌撞損設備的意外，浩然每次開車回廠都總是膽戰心驚。

但現在還不能休息，他須要檢查車內還有沒有人。儘管在柴灣站已經做出廣播，車站助理也應該有去「清客」，但難免有漏網之魚，一些睡著了的乘客偶爾會被一同帶回來。

浩然一打開駕駛室通往車廂的門，就因撲鼻而來的異味皺起眉頭。只見地面有一大灘深褐色的液體，聞起來甜甜的，應該是可樂。雖然港鐵禁止乘客在車廂內飲食，甚至做出檢控，但世上總會有人不聽話。

「真麻煩。」

他不想弄髒鞋子和長褲，於是回到駕駛室，將列車側門通通打開。這樣他就能越過第一卡的「沼澤」進內。

最初六卡車都沒有半個人影。但當走到第七卡時，浩然瞄到遠處的座位似乎坐著一個人。原本只是以防萬一的既定程序，沒想到真的有人。他一面搖頭嘆息，一面朝著人影走去。

那人穿著墨綠色的外套和淺藍色牛仔褲，體形應該是男性。因為戴著棒球帽、太陽眼鏡和口罩，幾乎無法看到臉。

男人的頭無力地向前傾，似乎睡著了。一想到要費工夫將這男人送回已付費區，浩然就不禁呻吟。

他走上前拍打男人的肩膀。

「先生？」

對方沒有回應。

「先生？」

這時，他察覺到外套底下、男人胸口的異樣，嚇得縮開手往後退。

一把刀深深沒入男人的心臟位置，血液從刀的周圍滲出，在衣服布料上擴散。

「我的天……！」

一想到自己剛剛碰了這東西，浩然就感覺到五臟六腑在翻騰，嘔吐感湧上喉嚨。

他連忙掩住嘴巴，跌跌撞撞地奔出車卡外。

這是他第一次近距離接觸屍體。

2

晚上八點，柴灣車廠一反常態地熱鬧，路軌上人來人往。警方封鎖了車廠出入口，由兩名軍裝警員駐守。鑑證人員在伏屍之處附近走來走去，有的在拍照，有的小心翼翼地將證物收進透明膠袋中，有的則在檢查血跡反應和指紋。

重案組督察鄭家宜扶正眼鏡，面無表情地打量著正被很多人「照料」的男人屍體。屍體胸口上的刀子完美地刺穿心臟，明顯是致命傷。

警方在男人口袋內的銀包找到一張身分證，上面的照片與屍體的臉吻合。死者叫陳漢文，今年五十五歲，香港永久性居民。

憑著身分證號碼，重案組已迅速獲得男人的基本資料：陳漢文目前無業，居住在天水圍天龍邨一個三至四人單位。天龍邨屬於公營房屋，陳漢文一開始連同妻兒一起入住。後來婚姻出問題，兩夫婦離婚，妻子帶同兒子一同離去，單位只剩下陳漢文一人。根據房屋署規定，陳漢文屬於「寬敞戶」[1]，必須遷出。可是陳漢文冥頑不靈，拒絕離開，調遷陷入膠著狀態。

1 寬敞户：香港公共住宅依每户人口有一定分派標準，住宅面積超過標準者爲「寬敞户」。

「師姐！」一名鑑證人員走向家宜。「我剛才將死者的車票和八達通拿給港鐵人員檢查。八達通已經整整一個月沒有用在交通上。車票售價五元，只能乘搭一個站，記錄顯示是在朗屏入閘。」

「八達通的餘額是多少？」家宜問。

「二百二十九元。」

事件一下子就出現兩個疑點：第一，八達通收費比單程票便宜，既然還有餘額，為何要買車票？第二，死者住在遙遠的天水圍，車票也只夠從朗屏坐一個站（包括天水圍），為什麼屍體會出現在港島線的列車上？

「師姐！」

又有人來找家宜。一名軍裝警員臉帶困惑地走過來。

「外面有一名非警務人員想進來，他聲稱認識妳。」

這句話令家宜眉頭蹙緊。

「那人是誰？」

「他說自己叫李承軒。」

聽到這名字，家宜不禁嘆了一口氣。

「帶他過來。」

不一會，一個男人笑咪咪朝家宜打招呼，開朗的語調與現場沉重的氣氛形成強烈對比。

「嗨，Jane，許久不見。妳已經爬到這麼高啦。」

「晚安，Alex。」家宜面無表情地回答。「你在這裡幹什麼？」

「我原本在附近玩Pokémon GO，努力打超夢塔。一看到警車的閃燈就知道有案件發生，挑起我的舊職業病，於是過來看看。」李承軒滿不在乎地說。

承軒以前待過電腦罪案組，家宜剛加入重案組不久就跟他一起辦過案。後來該部門改組成科技罪案組，承軒被調到初步支援小組數年。家宜有聽說過承軒幾年前離開警隊，加入了某間獨立調查公司，但從沒想到會在這裡重逢。

儘管承軒已經四十多歲，但看起來依舊年輕，不但打扮休閒，還染了深紅色頭髮，而且沒戴眼鏡，身形也頗爲健壯。

紅髮男子瞇起眼，彎腰打量著死去的中年漢。

「原來如此，在回廠的列車發現屍體。」他喃喃低語。「有沒有進展？」

「我們剛發現了疑點。」

家宜將八達通和車票的事告訴承軒。他原本一派輕鬆的臉頓時變得嚴肅。

「眞巧，這可能跟我正在調查的對象有關。」

「什麼對象？」

「妳剛才說過，這位陳先生已經一個月沒用八達通搭車，身上的車票只能搭一個

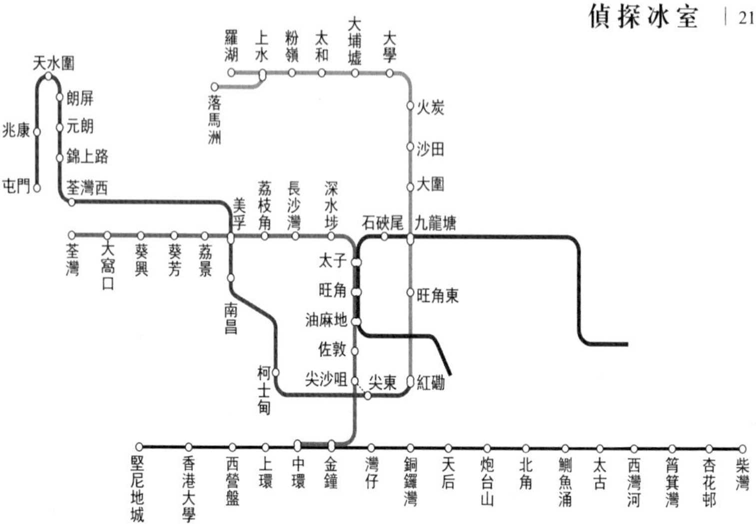

站，而且在新界的朗屏入閘吧？可是他人卻出現在香港島。我推測他根本不是在朗屏上車，車票原本也不是屬於他的。」

「什麼意思？」

「著名的省錢大法：交換車票。」

承軒一邊說一邊拿出手機，打開港鐵的車費計算網頁。（見上圖）

「假設這位陳先生從金鐘出發，經荃灣線、西鐵線前往天水圍，車費將會是……十九元六毫。但是，如果剛好有人想從朗屏出發到灣仔，兩人在已付費區逗留的時間重疊而又認識彼此，他們就可以買一張最便宜的車票入閘，在某個地方交換車票。這麼一來，陳先生就手持一張從朗屏入閘的車票，順利在天水圍出閘；另一人則手持一張從金鐘入閘的車票，在灣仔出閘。最終各人只須支付五元，是原來的四分之一。」

家宜本來還在後悔自己隨便將調查內容告訴

18：00	Louis	七仔附近
18：30	Vera	OK附近
18：45	Sam	行人管道中間

已經是局外人的承軒，沒想到對方一下子就交出有用的線索。

自從地鐵（香港地下鐵路）與火車（九廣鐵路）合併爲港鐵，就一直遵從香港政府實施的「可加可減機制」，每年檢討票價一次。結果港鐵車費一直有增無減，班次卻多次延誤，很多人大爲不滿。有人爲了反抗，將大量違反《香港鐵路附例》的省錢方法放到網上供人參考，交換車票便是其中之一。

「陳先生手上的顯然是交換過後的車票，那交換者很可能是他生前的最後目擊者。」承軒似乎忘了自己早已不是警察中人，依然是一副辦案者的口吻。「看來要仔細調查死者的手機。」

「說到手機就有趣了，」家宜說，「這位陳先生有兩部手機。」

「兩部？」

承軒揚起眉毛。

「沒錯，更奇怪的是一部設有密碼，另一部則沒有。在沒有密碼的那部裡面，我們找到一份備忘錄。」

家宜在自己的藍色Nokia手機打開一張圖片，遞給承軒過目（見上圖）。

「這看起來像是行程表，左邊是時間，中間是見面的人，右邊是地點。」承軒若有所思地說。

「沒錯。」家宜推高眼鏡。「點擊那些人名會出現他們的電話號碼。」

「即是說可以聯絡上這些人？」

「沒錯。」

假如陳漢文是在今天跟三人見面，那他們就是非常重要的目擊者。特別是叫Sam的男人（應該是男的），見面的時間跟發現屍體的時間相差只有約一小時。

「已經有伙計在嘗試聯絡這三人，稍後應該會找他們問話。」家宜說。「現在我們先拜訪另一個有可能目擊到陳先生的人。」

「誰？」

家宜伸手指向車廠外面、遠處的黑夜。

「柴灣站的波板糖[2]人。」

3

柴灣車廠雖然位於杏花邨站旁邊，但港島線的終點是更遠的柴灣站。回廠的列車到達那裡之後，車頭顯示屏上的目的地會改成「回廠」，「清客」完畢便向西面離開。

負責「清客」的是俗稱「波板糖人」的車站助理。

身穿黃色港鐵職員制服的梁世滔顯得心不在焉。他任職已經兩年，這是第一次被重案組探員問話。

「你就是七點四十分負責爲列車『清客』的人？」鄭家宜開口問。

「是我。」世滔戰戰兢兢地說。「我每天『晚繁』之後的時間都在這裡當值。」

「晚繁」是指五點至七點的晚間繁忙時間，爲了應付下班和放學的人流，這段時間港鐵會加密班次。「晚繁」過後則會進入非繁忙時間，多出的列車將會停止服務，部分會回廠。

「你有沒有發現車上還有人？」李承軒問道。由於世滔以爲他也是便衣探員，他的發問跟家宜一樣帶有強制力。

「當然沒有，否則我就不會通知車長開車。不過如果你問我是否百分百肯定車上沒人，我很難回答你……人總會看漏眼。」世滔不安地開始搓揉雙手。「我倒是記得車裡有人不小心掉了一杯可樂，地面很髒。」

這跟車長林浩然的證詞一致。

家宜對這畏畏縮縮的男人行注目禮。雖然很難相信他會看不見一個成年男性還在車內，但從目前的線索可見，陳漢文是從這裡一起被送往柴灣車廠。也許有人設置了

2 波板糖：即是棒棒糖，在香港專指一大片圓形漩渦紋的那種。

某種障眼法令他誤以為車內沒人，也可能只是剛好沒看見罷了。

港島線目前使用俗稱M-Train的現代化列車，屬於翻新版本的英國都城嘉慕列車，自一九七九年已經投入服務。這些列車全部都沒有安裝閉路電視，因此車內的狀況並沒有詳細記錄，只能依靠站內的閉路電視系統記錄和人證去窺伺一鱗半爪。

「謝謝你，稍後可能需要跟你錄一份正式口供，希望你到時合作。」

接著，眼鏡女子跟紅髮男子舉步離開月台，踏上前往車站大堂的扶手電梯。

「妳怎麼看？」承軒俯看家宜，問道。

「不排除屍體是在車廠才被運上列車，但我覺得機會不大。」

「同感。」

這時，家宜的手機發出訊息提示音，她打開一看，鏡片後面的眼眸隨即生氣勃勃。

「有伙計已經成功聯絡到那三人。Alex，我想打鐵趁熱，有興趣跟我一起去嗎？」

「好啊，反正我很閒。」

「超夢塔呢？」

「遲點再打也不遲。」

「堂堂男子漢，竟然可以放棄玩到一半的遊戲陪女孩子兜風。當你女友一定很幸福。」

家宜忍不住調侃他一番。附近沒有下屬，她可以暫時卸下嚴肅的面具。

「首先，我要有女朋友。」

承軒攤開雙手。

4

Louis全名盧逸忠，是一名住在灣仔廣德大樓的中文大學工商管理系學生。他戴著方框眼鏡、頭髮染成帶點金黃的深褐色，穿著印有大學學系標誌的T恤，是再平凡不過的大學生。

「我媽還在上班，她是醫院護士。至於我爸……他不在香港。」在打開門讓鄭家宜和李承軒兩人進屋時，他補上了一句。由於他超過十八歲，早已無需監護人陪同。

「你認得這人嗎？」

家宜將手機遞向逸忠，螢幕顯示著陳漢文身分證的大頭照。

逸忠搖搖頭，這反應令家宜和承軒面面相覷。

「盧先生，我們有消息指今天晚上六點，你與這人相約見面。」家宜瞪著逸忠嚴厲地說。「你眞的不認得這人？」

逸忠全身抖動了一下，目光游移不定。

「我的確在六點約了人，但不確定是不是這個人。」

事情越來越古怪了。

「願聞其詳。」家宜雙手抱胸，緊盯著男孩不放。

「大概一個月前，我在網上認識了一個人。他說會提供交換車票的服務，只要每月給一百五十元，就可以享用服務，到時每天車費只需五元。」

「服務……」

聽到這話，承軒火速拿出手機，打開一個網頁。

「是這個吧？」

那是一個網上論壇。

「沒錯。」逸忠點點頭。

對此，承軒彷彿中了頭獎似的，非常雀躍。

這些反應家宜全看在眼內。看來交換車票就是承軒的調查對象，難怪他之前一聽完家宜解說車票的疑點，就馬上有結論。

交換車票雖然很有效，但同時非常麻煩。因爲兩個人須準時在相約地點進行交換。可是工作總是存在不確定性，隨時加班，列車又可能延誤，加上香港人總是把每天行程擠得滿滿的，無法久留。一旦其中一人無法前來，另一人就會拿著一張五元車票困在已付費區。

可是，如果有專人提供這項服務呢？由於這人沒有別的事要做，交換時間和地點就會變得較有彈性了。

「過去一個月，我不論上學和回家都會跟這人相約在中環站等。」

中環站！太合適了！

家宜不禁在心裡喊道。

它是港鐵最巨大的車站之一，同時連接著港島線和荃灣線，光是已付費區已經有三層，還跟附近的香港站連接，可轉乘東涌線和機場快線，地理既方便又有大量不起眼的位置可以從事這類活動。

「那人十分可靠，就算我遲了一點都依然會在指定地點守候。」逸忠說道。「可是，因爲他一直戴著棒球帽、太陽眼鏡跟口罩，我從不知道他長什麼樣子。可能是爲了被駐站警察或港鐵職員發現時方便脫身，和不會被閉路電視拍到樣子吧。」

「那你記得這人今天的打扮嗎？」家宜問。

「好像是……深綠色的外套。其他的我不知道，一開始覺得他蒙著面很詭異，但過了一個月已經慢慢習慣，不會再留下深刻印象。」

陳漢文被發現時確實穿著一件深綠色外套，同時也戴著棒球帽、太陽眼鏡及口罩，跟逸忠見面的人很可能就是他。

「你買了怎麼樣的車票，又換來了什麼車票？」

「我放學後在大學站買一張到大埔墟的票，在中環與那個人換成銅鑼灣出發到灣仔的票，之後我直接回家。不過如你所見，家裡只有我一人。」

中文大學附近就是大學站，而逸忠住在灣仔，他的說法從表面看來並無不妥。

可是，在陳漢文身上發現的車票是在朗屏站入閘，而不是大學站。它不可能是逸忠原本的車票。這代表與逸忠見面後，陳漢文還跟別的人進行了交換。

原本只想確認陳漢文死前的行蹤，看來事情遠遠比想像中複雜。家宜不禁咬住指頭。

「盧先生，謝謝你。但很遺憾，我們稍後將知會港鐵關於你的違例行爲。港鐵很可能要求你補付相應的車費，甚至罰款。」

「既然被逮到就沒辦法，我會認命。」逸忠豁達地笑道。

5

「過世的陳先生似乎很出名。」

拜訪盧逸忠之後，兩人一同乘上鄭家宜的寶馬，出發前往那位叫Sam的男子位於西營盤的居所。

當汽車在告士打道奔馳時，副駕駛座的李承軒百無聊賴地用手機打開Google的網頁，將「陳漢文」輸入搜尋欄，得到了意想不到的結果。

原來陳漢文半年前曾經在港鐵車廂內跟其他乘客爭執，過程被人用手機拍下並上載到YouTube，引起廣泛討論，影片的收看次數超過五十萬。網上的「起底組」很快就找到他的姓名和住址，還知道他離過婚、沒有工作和領取綜援[3]。一眾網民隨即以毒辣的語言對他進行全方位的「評價」，最多用到的字眼自然是「中坑[4]廢老[5]」。

「這令我想起十幾年前的『巴士阿叔事件』[6]。」

承軒興致勃勃地將iPhone螢幕轉為橫向顯示，打開名叫「港鐵持刀怒漢」的短片。影片一播放，大量粗言穢語立即響遍整個空間，手持方向盤的家宜不禁皺起眉頭。

在片段中，陳漢文公然在車廂內拿出水果刀削蘋果皮，蘋果皮掉到地上又沒有收拾好，引起旁邊的年輕女孩不滿。女孩出言相勸，卻被陳漢文惡言相向。在爭執過程中，陳漢文一度舉起刀子威嚇，女孩害怕得發出尖叫。旁邊一名男子看不過眼，擋在女孩前面跟持刀的陳漢文四目相對。三人僵持了好一會，其後列車到達銅鑼灣站，陳漢文終於放下刀，拖著手拉車離開車廂。

3 綜援：綜合社會保障援救計畫（CSSA）的簡稱，是香港社會福利中的一項補助。
4 中坑：粵語中對中年男性的暱稱。
5 廢老：粵語中諷刺老年人的稱呼。
6 巴士阿叔事件：二〇〇六年四月二十七日，在香港一輛巴士上發生的一場口角衝突，過程被旁觀的乘客錄下上傳到網上，引起社會關注。

「這把刀……」

承軒瞇起眼湊近螢幕。

「……跟刺在屍體胸口的那把同款。凶器原來是他自己持有的！」

「爲什麼住在天水圍的他要到銅鑼灣去？」

身爲駕駛者的家宜雖然沒看短片，但也聽到影片傳出的到站廣播。

「根據那些網民的討論，似乎是因爲分開的妻兒住在那裡。妻子後來向法庭申請禁制令，陳先生無法走近他們所及的五十米範圍內。但他仍繼續在銅鑼灣出沒，也許是不肯放棄吧。」

「爲了幫補車費，就經營起交換車票的服務，令自己每天都可以出發到銅鑼灣。」家宜推測。「那短片會不會跟行凶動機有關？」

「妳指凶手可能是這事件的目擊者，像是片中的女生或男人？或者是在看完短片後覺得要替天行道的人？」承軒以微妙的笑容搖搖頭。「不可能吧。香港人哪有這個膽量？」

家宜也露出苦笑。

「說的也是。如果眞的是這樣，嫌疑犯就是看過短片的幾十萬人了。身爲警察的我可吃不消啊。」

6

Sam是一位三十五歲男性，名叫何希萊，跟妻子和幾歲大的女兒一同住在西營盤正街的一個單位內。

希萊示意鄭家宜和李承軒先坐下。拜託妻子帶同女兒進入睡房後，他就坐到兩人對面。

「我在朗屏一個社區中心上班。原本我住在那裡附近，但結婚後岳父很好心地把這單位送給我們，自此上班就要長途跋涉。」希萊說。「車費負擔沉重，我想省錢，所以才找人交換車票。」

跟盧逸忠一樣，他從來未見過交換者的相貌。

「你認得這人嗎？」

按照慣例，家宜展示陳漢文的照片讓他認人。

看到照片，希萊臉色一沉。

「就是那個半年前拿刀恐嚇女生的中年人吧？」

「你也看過那段影片？」承軒問。

「不是，我就是拍下影片的人。」

「什麼……？」

家宜和承軒異口同聲喊道。

剛剛在車上才看完影片，沒想到這麼快就遇上拍片者，世界眞細小。

「那天是週末，我正準備到北角見朋友，途中遇上了這件事。」希萊表情複雜地說。「沒想到影片會爆紅，我又剛好在YouTube申請了廣告，結果獲得一筆意外之財。」

陳漢文被這段影片弄得身敗名裂，有可能因此對拍片者懷恨在心。他會不會拿著刀去算帳，結果反被殺呢？

家宜很快就放棄這個想法。陳漢文的交換服務經營了一個月，跟希萊已經見過很多次面，爲何偏偏選今天下手？

「你是晚上六點四十五分在中環站進行車票交換，取得從上環出發到西營盤的車票，對吧？」

「是的，妳說得沒錯。之後我大約七點十四分就回來了，我太太可以作證。」

這麼一來，陳漢文身上那張從朗屏站出發的車票，應該就是來自這男人，只要對照一下指紋就能確定。

「最後想問一下。」家宜邊扶正眼鏡邊說。「你怎麼看陳漢文這個人？」

希萊陷入一陣沉思，然後回答：

「用刀威脅人雖然很過分，但他會情緒失控應該是有原因的吧。之前看到網上有人把這人的生活細節挖了出來，他的日子似乎並不好過，既沒有家人又沒有朋友。不過這類人最棘手的地方，在於他根本不覺得自己需要人協助。」

眞不愧是社工。家宜想。

7

離開何希萊的居所後，鄭家宜和李承軒兩人再度坐上車，前往最後一人——名叫Vera的女性的住處。這次車途較遠，目的地是新界的大埔墟，Google Map顯示需要約半小時。

「你怎麼看？」

家宜一邊凝視著前方被黑夜浸沒的街道，一邊問。

「他爲人老實，也很樂於助人，而且很爽快就承認自己是拍片者。」承軒若有所思地說。

「也可能是：假如事後被警察檢查銀行戶口時發現來自YouTube的收入，就百辭莫辯，於是決定一開始就從實招來。」

「的確，不過在線索不足的情況下，總有懷疑一個人的理由。這樣下去沒完沒了。」承軒雙手攤開。

「目前還看不出謀殺案是臨時起意還是早有計畫，所以我先作最壞打算，假設一切都是計算好的。凶手也許連我們問話的內容都模擬過了。」

「這倒也是。」紅髮男子換上一本正經的神情。「只不過，在見完何希萊之後，事情已經明朗了很多。」

家宜點點頭，說：「他住在西營盤、在朗屏上班。叫Vera的女子則住在大埔墟，而她應該是在上環或者香港大學站附近上班。」

「死者陳漢文經營的是四人的接龍式交換。」承軒說。「他在銅鑼灣站入閘，先跟學生哥盧逸忠交換，取得從大學站入閘的車票。然後用它來跟Vera交換，得到從上環站或者香港大學站入閘的車票。最後跟社工何希萊交換，取得從朗屏站入閘的車票。三次交換均是在中環站內進行。」

「要同時配合三人的到達時間很麻煩，不是無業還眞的做不到。」

這時車子進入了西區海底隧道，照明系統令前路變得形同白晝。

「Alex，陳漢文的『業務』就是你在調查的東西吧?委託人應該就是港鐵?」

「……」

家宜的質問令車廂內出現短暫的沉默，只剩下車輛運轉的聲響。

「基於保密協議，我不能說，更不能透露客戶的身分。不過妳的猜測很準確。妳只須知道我跟妳利害一致。我希望這事件可以結案。」

紅髮男子作出了不知道是「Yes」還是「No」的答覆。

「好吧。既然利害一致，而你又有空，不如動動腦筋當幫忙：你覺得發現屍體的列車是不是第一案發現場？」

「我傾向覺得不是。」承軒回答。「既然目前已確認有兩名目擊者，陳漢文死前很可能到過中環站。那麼，他只能在中環上車。儘管過了繁忙時間，乘客依然很多，兇手總不會笨到在那種地方下手吧？」

「如果車卡不是第一案發現場，即是說陳漢文是死後才被送上車，問題來了：如何能掩人耳目地把屍體運上去？陳漢文是成年男性，他身高大概一點七米，體重至少有六十五公斤，很難直接抬起，也不太可能僞裝成行李。」

「如果是我，因爲有持續去健身，所以體力不是問題……不過如何不引人注目才是重點。嗯……」

承軒想了想。

「既然是普通乘車，那應該是將屍體假扮成傷健人士或老人，用輪椅推進去。可是，這樣就要事先帶著輪椅入閘，很容易被站內的閉路電視拍到。如果是臨時起意殺人，不大可能會在附近找到輪椅吧。雖然車站設有緊急用輪椅，但不向職員求助是拿不到的。」

「我覺得輪椅這著眼點不錯。」家宜點點頭。「但它從哪裡來仍是個謎。目前有伙計正調查銅鑼灣站和中環站的閉路電視錄像，遲點也許會有發現。我們專心去拜訪三人中的最後一人吧。」

8

Vera全名莊鍾惠珍，是一名住在大埔錦山村的四十歲婦人。她身形略胖，神情開朗，總是面帶笑容。

「我在上環的辦公室當雜務，那公司是朋友開的。老公上班而兒子要上學，家裡平日一個人都沒有，於是我就去幫忙，賺外快之餘順便打發時間。」

現在惠珍也是獨自一人在家。丈夫仍在加班，兒子則跟朋友出去玩了。當便衣女警與同行男子按下門鈴時，她正在觀看無線電視的劇集《兄弟》。

「太太，妳今天是不是跟人約好了六點半在中環站交換車票？」家宜劈頭就問，試圖速戰速決。

「哎呀，被發現了。」

惠珍浮誇地掩住半邊臉。

「嗯，沒錯。」

「對方是什麼人？」

「不知道，我在網上認識的。只要事先付一百五十元月費，他就一定會出現。已經一個月了。他每次現身都會戴黑超[7]跟口罩，好像還有帽子。所以如果妳問我，我也不知道他是誰。」

這講法跟先前的兩人完全一樣。

「那麼，妳認識這個人嗎？」

家宜再度用手機亮出陳漢文的照片。

「這……是那個持刀怒漢吧！之前有朋友用WhatsApp傳了一條片給我看，我認得這張臉！」

一談及全城注目的八卦，惠珍就顯得很興奮。

「在現實有見過這男人嗎？」

「沒有啊。」惠珍斬釘截鐵地說。

「最後想請教一下，妳幾點回到大埔墟？」

「好像是七點四十幾分？我不大記得了。」

「能證明嗎？」家宜問。

「嗯……我順便在附近的ＯＫ便利店買了一袋五公斤金象牌茉莉香米，用八達通

7 黑超：墨鏡在香港稱作「黑超」。

付款的。我有保留收據。」

「稍後能給我們看看嗎？」

「沒問題啊。」惠珍若無其事地說。「話說回來，拜那段影片所賜，我才發現原來有多功能便攜式輪椅這種好東西。我還買了一輛送給我爸呢。」

「多功能……便攜式輪椅？」

家宜一開始以爲自己聽錯。

「嗯？你們不知道嗎？」惠珍一臉狐疑。「那個大叔當時拖著的手拉車，其實是可以變形的便攜式輪椅啊！」

9

「絕對不能小看師奶的情報分析能力。」

回到車上後，李承軒一邊用iPhone瀏覽網上購物服務HKTVmall的頁面，一邊欽佩地說。

「爲了令生活更便利，她們對生活產品有異常敏銳的反應能力。啊，找到了，就是這個。」

他將手機湊近鄭家宜的臉，上面寫著「摺疊式多功能輪椅」，並有可以放大的參考用圖片。

「不只凶器，連運送屍體的工具都是由死者自己帶進車站。如此準備周到，對凶手來說簡直是超方便的目標。」承軒連連點頭。「那大嬸慷慨地把輪椅的資訊分享給我們了。Jane妳覺得她還有嫌疑嗎？」

「當然有，理由跟何希萊一樣。」

「『藉著透露一些資訊令自己洗脫嫌疑』——這樣？」

「她也許是爲了殺死陳漢文才特地去調查那手拉車，發現它是可加以利用的輪椅。由於是死者自己的物品，無法用來追查凶手，即使被我們知道了也無傷大雅。」

「無時無刻地懷疑人的生活眞痛苦，但我同意妳的講法。現階段無法一口咬定誰是清白。」

家宜的手機突然響起，她放到耳邊接聽。

「如何？嗯，好。」

她把集中力都放到通話上，對方似乎在說些非常重要的話。

「明白。明白。謝謝你。」

她掛斷了電話，迎上承軒的目光，臉色凝重。

「屍體的初步調查已有結果。陳漢文是約六點至七點之間死亡。」

「六點至七點……這不就跟三人相約的時間重疊？」

「還有一點。」家宜說。「在銅鑼灣站調查的伙計說，他們檢查過閘口的閉路電視錄像，發現外表應該是陳漢文的男子拖著手拉車進內，時間是五點半。」

「這麼一來……幾乎可以肯定他是到中環站或之前，於鐵路系統內遇害。」承軒捂住下巴。「三人都聲稱當時見過死者，但全是蒙著臉的打扮。」

「沒錯。目前有兩種可能的解釋：跟他們見面的人不是陳漢文，或者有人在說謊，而凶手就在他們當中。」

10

除了死亡時間的推導，屍體的調查也發現死因是刀鋒破壞了心膜，令腦部缺氧死亡。手臂、膝頭輕微瘀傷，原因有待查明。

除此之外，警方在屍體的鞋底上發現一些蘋果皮屑和乾涸的蘋果汁，或者可用於檢驗死者站過的位置。

「我們整理一下線索吧。」

李承軒從背包中取出iPad，打開繪圖兼筆記軟件。

「陳漢文在一個月前，跟盧逸忠、莊鍾惠珍、何希萊達成協議，藉著交換車票省下彼此的車費。陳漢文約五點半於銅鑼灣站入閘。三人全部聲稱曾經從一個蒙面人那

人物／時間	17:30	18:00	18:30	18:45	19:15	19:40	19:48
盧逸忠		中環站，跟蒙面人見面	灣仔，回家？				
莊鍾惠珍			中環站，跟蒙面人見面				大埔墟站，在OK買米
何希萊				中環站，跟蒙面人見面	西營盤，回到家		
蒙面人		中環站，跟盧逸忠見面	中環站，跟莊鍾惠珍見面	中環站，跟何希萊見面			
陳漢文	銅鑼灣站，入閘		身亡？		身亡？		柴灣車廠，被發現已身亡
列車車長林浩然				從中環站出發往堅尼地城方向	從中環站出發往柴灣方向	到達柴灣站	到達柴灣車廠

裡取得所需的車票。七點四十分，列車到達柴灣站。七點四十八分，列車駛入柴灣車廠，接著車長林浩然發現屍體。殺死陳漢文的凶器是他自己的水果刀。初步推斷運送屍體到列車上的可能是他自己的摺疊式多功能輪椅，但目前輪椅在哪裡仍然不明。」

他用Apple Pencil在iPad的螢幕畫出數個方格，途中改成敲鍵盤，在方格內輸入文字，構成一個時間表（見上圖）。

鄭家宜端詳著時間表，側頭思考：

「單從到達中環站的時間看來，盧逸忠在三人中最可疑。他是最早的交換者，可以在中環站待上一小時，假扮成陳漢文跟兩人見面。何況他母親不在家，沒有人可以證明他六點半就已經回家。」

「不對，也有可能一開始的蒙面人是

<table>
<tr><th>車票／時間</th><th>交換前</th><th>18:00</th><th>18:30</th><th>18:45</th><th>交換後</th></tr>
<tr><td>銅鑼灣→灣仔</td><td>陳漢文</td><td colspan="4">盧逸忠</td></tr>
<tr><td>大學→大埔墟</td><td>盧逸忠</td><td>蒙面人</td><td colspan="3">莊鍾惠珍</td></tr>
<tr><td>上環→西營盤</td><td colspan="2">莊鍾惠珍</td><td>蒙面人</td><td colspan="2">何希萊</td></tr>
<tr><td>朗屏→天水圍</td><td colspan="3">何希萊</td><td>蒙面人</td><td>陳漢文</td></tr>
</table>

眞的陳漢文。他在中途被殺，凶手隨後喬裝成蒙面人繼續活動。所以，三人都有同等嫌疑。」

「的確。」家宜皺著眉頭。「麻煩的是四人最後都取得各自所需的車票。陳漢文那張從銅鑼灣出發的車票最後一定要在盧逸忠手上；何希萊那張從朗屏出發的車票最後則一定要在陳漢文手上。凶手即使要從中動手腳，最後也一定要符合這結果。」

「我們再弄一個圖表，整理出四張車票於不同時間在誰手上吧。」

承軒再度舉起Apple Pencil，在iPad新增了另一個檔案（見上圖）。

「這樣就清楚多了，不弄圖表眞的會混亂。」完工的紅髮男子一副大功告成的模樣。

「從圖表中可以看到，」家宜緊盯著iPad不放，「除了何希萊之外，其餘兩人在殺死陳漢文之後，必須化身蒙面人與後來的人接觸，否則交換連鎖就會被打破。」

「沒錯。」承軒附和道。

「蒙面人也有可能是外來的第五人。但這人必須事先對交換順序瞭若指掌，而陳漢文手機裡的資訊並不足以讓一個外人輕易上手。除非——」

她轉而瞄向身邊的男子，眼鏡透視出冷冽的光芒。

「——是原本就在調查交換車票活動的你。」

「……妳不是在懷疑我吧？」

承軒不由得身體後傾。

「開玩笑而已，別當真。」

「真是的，別嚇我啊。」他僵硬地笑了幾聲，然後像是想起什麼似地睜大了眼。「等一下，有個地方很怪。」

「怎麼了？」

「剛才拜訪的三人，好像不知道彼此的存在。」

「經你這麼一說……的確是。三人與陳漢文約好的時間不但不同，連見面的位置都不同，絲毫沒有見面的機會。」

家宜恍然大悟。

「那麼，假如其中一人打算殺死陳漢文，那人很可能根本不知道接下來要繼續交換車票，而會直接走人吧。照這樣說，最後一位交換者何希萊就很可疑了。」

「可是，發現屍體的列車是七點十五分在中環開出，社工大哥當時已經回到西營盤的家裡。」承軒對此做出反駁。

「他不一定要在七點十五分把屍體送上車，也可以在三十分鐘前——六點四十五分把屍體送上同一輛列車。那時列車往相反方向行駛，之後會倒回來，再朝著柴灣方向出發。」

「往堅尼地城方向啊……但這是不可能的。」

「爲什麼？」

「堅尼地城站跟柴灣站不同，列車要先經過調頭隧道，從二號月台轉到一號月台，然後才會再次開出。列車在進入隧道前會先『清客』。如此一來，發現屍體的地方便會是堅尼地城站而不是柴灣車廠。」

「雖然我想說可能職員看漏眼……但在柴灣站已經看漏了一次，連續看漏兩次未免太誇張了。」家宜無法合理化自己的假設，有氣無力地說。「好吧，再想想其他可能。」

「莊師奶最有嫌疑的地方，是她事先就知道陳漢文的手拉車其實是輪椅，可以用來運載屍體。也因爲看過影片，知道死者隨身帶著刀子。」

「可是，假設莊鍾惠珍是凶手，她的身形能假扮成蒙面人嗎？」這次輪到家宜擔當反駁的角色。「身高有差距，而且就算上半身進行了喬裝，長褲和鞋子也仍是女裝。這會立即被何希萊發現吧？」

「會不會兩人是共犯……？不對，那他們應該會試圖隱瞞交換車票的事，這是他們兩人跟陳漢文的交集點。」承軒搖搖頭。「最關鍵還是運屍，大埔墟很遠，莊鍾惠珍要在七點四十八分到達就必須在取得車票後立即出發。如果買米的是她本人，她不可能七點十五分仍在中環。」

「盧逸忠呢？與兩人不同，他連不在場證明都沒有。」

「可是Jane，妳不覺得這樣反而不可疑嗎？既然沒打算殺人，自然不會事先準備不在場證明。」

「也可能是捕捉到這種心理而故意不去準備。」

「……妳真的很多疑啊。」承軒一邊苦笑一邊聳肩。

「懷疑人是我的工作。」她理直氣壯地回嘴。

忽然，家宜目光變得呆滯，隨後又回過神來，露出嚴肅的表情，低頭凝視著圖表，似乎在思考著什麼。

「怎麼啦？」

眼鏡女子沒有理會男子的叫喚，繼續沉思。

「借給我！」

她奪去iPad和Apple Pencil，用力地在平板電腦上面振筆直書。

「我明白了！」

她粗魯地將蘋果公司的產品丟到承軒的大腿上，轉身扭動車匙，啓動汽車引擎。

「出發吧！」

「去哪裡？」

承軒一臉茫然。

「先開車，我會好好解釋。扣好安全帶！」

11

「打從一開始我就覺得很怪。」

鄭家宜空出一隻手扶正眼鏡，好讓自己能夠看清前路。她看起來非常激動，不時調整呼吸讓自己平靜下來。

「以陳漢文的頭腦，他有可能想到交換車票的省錢招數嗎？」

「只要懂上網就會查到相關資料吧。」李承軒沒什麼把握地說。「雖然網上並沒有教學講解接龍式交換這一招，要自行去構思。」

「我就當是他忽然靈光一閃。但有一點仍無法解釋，直到剛剛爲止我都完全沒有注意到。」

「是什麼？」

「你讀讀我在iPad上寫下的東西。」

承軒低頭一看，只見螢幕上顯示著兩條算式：

$$5 \times 2 \times 20 + 150 = 350$$

$$8.6 \times 2 \times 20 = 344$$

「這是什麼？」

「第一條是盧逸忠一個月的車費，假設他每個月只有二十天要上課，每天一來一回，而一百五十元是支付給交換車票的月費。」家宜說。「問題是第二條算式。你知道它代表什麼嗎？」

「這是……學生哥不使用交換車票服務的話，所支付的車費？啊！」承軒高聲叫喊。

「沒錯，學生乘搭港鐵有半價優惠，即使『過海』也只需八元六毫。但如果他參與車票交換，就不能買半價票了。因爲他的車票最後會由莊太太使用，她是成年人，使用半價票一被發現就要罰款，陳漢文用半價票入閘同樣會被抓。換言之，盧逸忠一旦使用這項服務，反而會多花六元。這根本不合理。」

「那最有可能的解釋是……學生哥並不是服務的使用者，而是提供者！」

「沒錯，他沒有假扮蒙面人，他一直以來就是蒙面人！他正用眞面目假扮顧

<table>
<tr><td>車票／時間</td><td>交換前</td><td>18:30</td><td>18:45</td><td>?</td><td>交換後</td></tr>
<tr><td>大學→大埔墟</td><td>盧逸忠</td><td colspan="4">莊鍾惠珍</td></tr>
<tr><td>上環→西營盤</td><td>莊鍾惠珍</td><td>盧逸忠</td><td colspan="3">何希萊</td></tr>
<tr><td>朗屏→天水圍</td><td colspan="2">何希萊</td><td>盧逸忠</td><td colspan="2">陳漢文</td></tr>
<tr><td>銅鑼灣→灣仔</td><td colspan="3">陳漢文</td><td colspan="2">盧逸忠</td></tr>
</table>

客！」家宜再也無法保持平靜，一同叫喊。「既然是蒙面人，他每個月就有四百五十元的額外收入，即使買正價票也是有賺的！」

「即是說，陳漢文才是顧客？那眞實的交換順序是怎樣？」承軒問。

「我已經更新了圖表，你自己看。」

承軒隨即用手指在螢幕上滑動，打開交換車票的流程圖（見上圖）。

「原來陳漢文才是最後的交換者！」承軒彷彿要從座位跳起來。「所以根本沒有人喬裝成死者，陳漢文打從一開始就不是蒙面人。學生哥只須謊稱自己是最早的顧客，令大家以爲蒙面人是陳漢文，就能製造陳漢文與他見面後仍活著的假象！」

「我們徹底被騙了。盧逸忠說自己不認得陳漢文，絕對是在說謊。對方可是他過去一個月幾乎天天見面的顧客。」家宜咬住牙，忿忿地說。

「但總覺得有點不對勁。」承軒已經冷靜下

來，雙手抱胸。「學生哥很聰明。除了想到用接龍式交換車票而令三人同時受惠，這次也想到透過僞造交換順序隱瞞自己才是經營者的身分。但假如他眞的要殺陳漢文，在地鐵站外面動手不是更容易僞裝成隨機殺人嗎？現在即使大費周章做僞證，他也仍然是嫌疑犯之一。成本和效用完全不對稱。」

「的確。」家宜點點頭。「說不定殺人是臨時起意，然後匆忙地想辦法掩飾。」

「況且，陳漢文跟學生哥相約的時間應該是六點四十五分之後吧，爲什麼會五點半已經入閘？這足足早了超過一小時。假如他沒這麼早入閘，那學生哥的僞裝就不成立了。」

「不論怎樣，盧逸忠絕對是交換服務的提供者，也肯定知道陳漢文已經死亡，否則不會花這麼多工夫掩人耳目。」家宜一副不在乎的表情說。「至於餘下的疑點，直接請教他本人就行了。」

她戴上藍牙耳機，單手操作固定在支架上的Nokia手機。

「是我，可能需要增援。」

12

鄭家宜、李承軒連同三名軍裝警員神色凝重地站在盧逸忠家門前，按下門鈴。

不久，木門後面傳來解鎖的金屬聲。門被打開，逸忠的臉露了出來，隔著鐵閘看著五人。

「阿Sir、Madam，請問有什麼可以幫到你們？」

逸忠認出了兩人，若無其事地打招呼。但當他發現兩人的表情以及後面的軍裝警員，臉色驟然發白。

「盧逸忠先生，我們懷疑你跟一宗謀殺案有關，希望你跟我們返回警署協助調查。」家宜鄭重地說。「我們已經發現你過去一個月一直在經營交換車票服務，你很可能是最後跟陳漢文接觸的人。因此，你是目前的最大嫌疑犯。」

「……」

逸忠一語不發，一隻手按在鐵閘上。

「進來吧。」他微弱地說，拉開鐵閘。「我會跟你們走，但在這之前，可以先聽聽我的自白嗎？」

他拖著無力的身軀緩慢地走進屋內。家宜和承軒面面相覷，帶著三名警員踏進門口，最後一位軍裝順手關上門。

「我的確提供了交換車票的服務。」逸忠低著頭說。「這不是純粹想賺錢或者省錢，我對港鐵壟斷交通網絡同時服務質素日漸下降、工程既超支又延誤感到很不滿，想與之抗衡。」

關於港鐵服務質素的問題，家宜也有同感。上個月十六日早上繁忙時間，港島線、觀塘線和荃灣線同時訊號故障，繼而連同將軍澳線受到影響，令上班族和學生叫苦連天。至於超支問題，已動工興建六年的沙中線又宣布將要追加一百六十五億的額外費用，其間更頻頻發生工業意外，工程監管備受質疑。

「我在網上提出接龍式交換的構想，引來不少人的討論，最終在十多個有興趣的人中，找到可以拼湊出最佳方案的三人。我沒打算擴大規模，這原本只是一場實驗。我打算事後分享成果，讓後人自行建立一個可以進行車票配對的平台。」

他抬起頭來，露出無力的笑容。

「要配合三人的到達時間眞的很麻煩，幸好我仍是學生，有必要時可以走堂[8]。爲了不被人記得長相以免惹上麻煩，每逢跟交換者見面我都會遮住面目。」

五人緘默不語，讓他繼續說下去。

「是的，我認得陳漢文。第一次在中環站與他見面時，我就認出他是那段短片裡面的持刀男人。但我對此沒什麼感覺，也完全沒有殺他的理由。」

「那你有殺他嗎？」家宜插嘴問道。

8 走堂：香港稱呼蹺課爲「走堂」。

「當然沒有。」逸忠身體微微發抖。「我完成兩次交換之後，就走到七仔附近的暗角去找他，時間是大約七點。只見到他臉朝下地躺在地上，當我走上前扶起他時，就見到胸口上插著一把刀……」

「不會吧……」

家宜以爲自己已經逮到凶手，從沒想過逸忠會承認自己是屍體發現者。

假如這番話屬實，那凶手究竟是誰？

「爲什麼你沒有報警？」承軒詢問道。「不對，你不單沒有報警。把屍體送上港島線列車的人就是你吧？」

「……那時候，我腦內突然有個念頭。」逸忠愧疚不已地握緊拳頭。「我想到可以把交換車票發起人的身分轉嫁給這具屍體。」

「你之前就知道他會提早入閘？」

「他許久以前就一直抱怨說自己很早入閘，卻要等上一小時才輪到他交換。每次去會合時，他都正在吃蘋果打發時間。他入閘的時間完全能讓人誤以爲他是交換車票的經營者。」

這是臨時起意的詭計，當時陳漢文已經在站內死亡。逸忠只能在這個基礎之上進行掩飾，於是他的行動出現破綻，繼而被家宜識破。

「下定決心後，我把那張從朗屏入閘的車票擠進他的口袋，取出可以讓我從灣仔出閘的車票。我讓他穿上深綠色的外套、口罩、太陽眼鏡和帽子。我把專門聯絡這些人的手機拿出來，取消了密碼，在那份見面備忘錄的最頂部加上自己的名字，把它擠進屍體的口袋。」

他將當時的行動細節娓娓道來。

「我將手拉車變形爲輪椅，把屍體放上去。我將他原本的外套蓋在屍體前面，這樣就看不到胸口上的刀柄。然後，我推著輪椅乘上列車。快到杏花邨時，乘客數量才開始減少。我趁著沒人注意，把屍體搬到列車的座位上，趕快下車。」

「爲什麼要運走屍體？」承軒問。

「爲了讓人覺得案發現場不是在中環站，如此身爲最早交換者的我就沒那麼容易被懷疑。」

「輪椅和外套現在哪裡去了？」

「我把它們留在杏花邨站月台的垃圾桶旁邊。」

要盡快派人到那裡查證。家宜心想。

「我再問一次，」承軒的語氣像極了審犯的警察，低沉而強悍，「你有沒有殺死陳漢文？」

「沒有！我也不知道是誰殺的！」逸忠終於抵受不住壓力，激動地大叫。

看來已經無法再從這年輕人口中問到什麼了。家宜發出一聲嘆息，對旁邊的軍裝說：「帶他走。」

13

三名警員把盧逸忠送上警車後離去。鄭家宜和李承軒目送漸遠的車尾燈，沉默不語，直到它完全消失爲止。

「到頭來，我們只逮到運屍的人，卻抓不到凶手。」家宜顯得有點洩氣。「辛辛苦苦破解了交換車票的詭計，結果還是得從頭開始……」

「會嗎？我倒不是這樣想。」

與家宜相反，承軒看起來十分從容，絲毫沒有挫敗感。

「你這是什麼意思？」

「根據剛才逸忠的證詞，當他到達現場時，屍體正臉朝地下躺著。」承軒指著自己的胸口。「而水果刀是從胸口刺進去的。換言之，當時陳漢文正以全身的體重壓在刀尖上。」

「難道你想說……陳漢文的死是他自己造成？」家宜滿臉驚訝。

「屍體的鞋底上不是沾著蘋果皮屑和果汁嗎？而屍體的四肢各有輕微瘀傷；由此推斷，陳漢文可能是用刀子削蘋果皮時，不小心把蘋果掉在地上，踩上去滑倒了。他向前傾倒時剛好刀尖朝向胸口，結果插進心臟。瘀傷是著地時撞到地板造成的。蘋果則在滑倒時因爲反作用力被推到遠處，也許被清潔工撿走了。」

「這不是謀殺……而是意外？」

「大概吧。這假說有待在中環站調查過後才能證實，特別是地上的蘋果殘留物。」承軒無奈地攤手搖頭。「其實如果屍體沒有被移動過，我們一眼就能輕易得出這結論。但那位學生哥的心血來潮，害我們繞了遠路。」

家宜頓時感到全身乏力。勞碌奔波整個晚上，結果居然得個桔[9]，凶手並不存在。

「陳漢文會紅遍全港，都是因爲沒公德心，在地鐵車廂內削蘋果皮。如今因此而死，也許會有人說這是天譴呢。說不定有人把他的名字寫進「死亡筆記」[10]啊。」承軒很不莊重地說。

他這番話，令家宜突然有個奇怪想法。

「Alex，你有沒有看過一部電影叫《意外》？」

「港產片？有聽過，杜琪峯執導？」

---

9 得個桔：粵語中指「一場空」、「空手而歸」。

10 死亡筆記：一部由大場鶇原作，小畑健作畫的日本懸疑少年漫畫。描述只要將某人姓名寫在「死亡筆記本」上，那麼這個人就會死亡。

「他是監製，導演是鄭保瑞。」執著於資料準確性的家宜馬上糾正。「這部電影講述古天樂是專業殺手，他跟他的團隊專門策劃一些僞裝成意外的暗殺行動。」

「Jane……妳該不會認爲這類暗殺集團眞的存在吧？」承軒一臉受不了似地說。「又不是拍電影。我知道『懷疑』就是妳的工作，之前的懷疑都有其道理，但這回實在太誇張了。小心不要走火入魔啊。」

被承軒這麼一說，家宜陷入沉思。

最後，她抬起頭扶正眼鏡，露出自嘲的笑容：「也是呢，這次眞的想太多了。」已經沒有留在原地的理由了，她打開私家車門。

「我準備回警署。Alex你要回家嗎？我可以送你，作爲陪我一整晚的謝禮。」

「謝啦，不過可不可以送到柴灣？我的車仍在那邊的停車場，再晚一點我就得付上一整天的費用了。」

「……你居然開車去玩Pokémon GO，究竟是有多沉迷？」家宜一臉訝異。

14

踏出家宜的車後，承軒向她揮手告別，然後轉身起步，前往柴灣的翠灣停車場。

一到達停車場，他很快就找到自己的白色Tesla，從口袋掏出遙控感應鑰匙解鎖，打開車門彎腰鑽進駕駛座。一關上門，他就全身癱軟在位子上，用力地喘息。

「……別那麼敏銳啊，Jane。」

剛才真的捏了一把冷汗。

承軒轉動脖子，目光落到旁邊的副駕駛座上。三小時前於此發生的事，依然歷歷在目。

這裡是陳漢文之死的真正案發現場。

家宜沒有錯，世上真的存在將謀殺偽裝成意外的殺手。但她一定沒有想到，那位殺手正是一直陪伴著她偵破案件的拍檔。

大約三個月前，承軒已經在跟蹤陳漢文，對他的行蹤瞭若指掌。陳漢文每天都會在固定時間乘搭港鐵到銅鑼灣，在妻兒的住處附近漫無目的地徘徊，一直到天黑才返回天水圍。

承軒在一個月前開始主動接觸陳漢文，邀請他乘上自己的車。承軒謊稱自己從網絡得悉他的煩惱，想開解他。自此承軒每天都偷偷地拍下兩母子的照片傳給陳漢文，了解他們的近況。久而久之，中年漢對他徹底放下戒心。

承軒成功化身陳漢文唯一的傾訴對象。中年漢滔滔不絕地將一切都坦白說出來。

承軒從他的口中得知，他正以盧逸忠的交換車票服務去節省車費。

於是，他以經過喬裝的外貌跟逸忠見面，成功獲得對方的協助。雖然逸忠對陳漢文並無恨意，但他認爲這人是對社會無用的「冗員」。陳漢文完全沒有任何付出，卻享受大量社會福利，使逸忠覺得他屬於社會不公的產物。

承軒早已從網上論壇的對話記錄知道逸忠憤世嫉俗的性格，但仍然花了很大的力氣才成功說服他。承軒讓他清楚知道自己無須動手殺人，只要聲稱自己發現屍體後把它搬離中環站。假如警方沒有看破交換車票的眞正順序，他們甚至可能會把矛頭指向其餘兩人，特別是半年前拍下影片上載到YouTube的何希萊。到時候連事先準備好的「搬屍者自白」都可以省下。

今日下午五點半，承軒開著白色Tesla來到銅鑼灣維園道，走出來迎接陳漢文，一如既往地進行照片交收。但承軒隨即說有急事，想借陳漢文的摺疊式多功能輪椅去搬東西，叫他先在車內等待。陳漢文不疑有他，爽快地答應。爲了取得照片，他乖乖地留在副駕駛座完全沒離開過。

獲得輪椅後，承軒穿上五十歲男人的衣裝，戴上用3D打印製成的仿眞人皮面具，扮成陳漢文在銅鑼灣入閘，讓閉路電視拍到自己。承軒在Tesla的副駕駛座前面安裝了數部小型攝影機，用了一個月的時間收集陳漢文的臉部數據，故此面具造得非常精緻。攝影機也用來記錄陳漢文的衣著供承軒參考。這位生活不富裕的中年漢衣褲鞋襪原本就沒什麼變化，準備相同的衣服毫無難度。

承軒以陳漢文的外表乘車到中環站，在七仔附近的暗角脫下面具，放下輪椅後離去，經荃灣線前往金鐘。在金鐘站，他向客務中心求助，聲稱自己在荃灣入閘時出錯，八達通沒有留下記錄，給職員扣錢後出閘。這樣他就成功拿著從銅鑼灣入閘的車票返回地面。

約六點，他從金鐘地面乘坐電車到銅鑼灣，返回Tesla的停泊處，拿出一袋蘋果送給等候多時的陳漢文作爲賠禮。陳漢文接過蘋果後，馬上取出隨身帶備的刀子削皮。承軒一把擒住持刀的手，往相反方向扭轉再用力一推，水果刀一下子就刺進了陳漢文的胸口。連血也未開始流，他已經嚇得昏死過去。

確認陳漢文死去後，承軒脫下屍體的外套，然後拿出車票沾上屍體的指紋。他還取走屍體手上的蘋果，在屍體的鞋底擦了好幾下，再把它裝進一個塑膠袋裡。

他用布遮住屍體，啓動汽車引擎，出發到天后。到達後，他把車和屍體留在帆船街，一個人走進港鐵天后站上車，再次來到中環站。

承軒在陳漢文原本跟盧逸忠約好的地方拿出蘋果，壓在地上用力推向遠處，製造滑倒的證據。其間他戴上跟逸忠完全同款的帽子、口罩和太陽眼鏡，等待逸忠來到。

到了七點，逸忠現身了。兩人交換了銅鑼灣入閘和朗屏入閘的車票。逸忠脫下外套、太陽眼鏡、帽子和口罩，連同手機一同交給承軒。承軒把它們收進背包內，坐上先前留下的輪椅，在前面披上陳漢文的外套，讓逸忠在後面推著。

兩人一同乘上七點十五分由中環站開出的M-Train。於是，車站的閉路電視就會拍到兩人的身影，令「盧逸忠將陳漢文的屍體送上列車」這件事更加證據確鑿。可是坐在輪椅上的並非死去的陳漢文，而是活生生的李承軒。

當列車停在天后站時，承軒獨自下車返回地面，再次乘上白色Tesla開往柴灣。私家車途經東區走廊，不用停站，車速也較快，自然比鐵路更早到達。

最後，承軒把車停在柴灣車廠旁，將何希萊的車票和逸忠的手機擠進屍體的口袋，並爲它穿上逸忠的外套、打扮成蒙面人。他揹起屍體偷偷潛入車廠，等待目標列車出現。他有定期健身，近年因爲職業需要，一直有用假人進行搬運屍體的訓練，早已駕輕就熟。車廠的保安也沒一般人想像中嚴密，去年曾經有人在裡面惡意毀壞了二十輛列車，至今仍未有人被捕。

逸忠的確在杏花邨站下車，也把輪椅和外套放在垃圾桶旁邊。但除此之外，他還把一杯可樂倒在車廂的地面上。如此就能誘使林浩然打開列車側門，讓承軒乘機把屍體搬上去，安置在車卡座位上。

浩然發現屍體的時候，它在那裡才不過幾分鐘。但現在所有人都已經相信陳漢文在中環死去，被列車載著運到車廠。

經過今晚錯綜複雜的破案過程，家宜大概覺得自己已經找到眞相。承軒故意在車廠現身，利用前警務人員的身分與家宜結伴偵查，就是爲了盡力去引導她推理出部分謎底。

逸忠的確是交換車票的眞正經營者，而且有推著輪椅送某個人上港島線列車。但這些都是承軒事先安排好的「眞相」，目的是僞造案發現場，令死因裁判法庭裁定陳漢文死於「意外」。就算沒被裁定爲意外，也只會由逸忠揹上黑鍋。逸忠並不知道承軒的眞面目，也無法證明有第三者存在，警方只會覺得他想找藉口脫罪。當然，承軒並沒有告訴逸忠他其實是最後的「保險」，而不只是把謀殺僞裝成意外的合作者。

15

「他們居然申請延長禁制令，眞是夠了！」陳漢文心情惡劣地抱怨道。

「一個二個都是這樣。老婆不准我接近他們，房屋署要我快點搬走，勞工處動不動就派人來介紹工作，那些只懂上網的廢青則只懂不斷落井下石。」

「眞的很過分呢。」李承軒面露苦笑。「都五十幾歲人了，找新工作根本不容易；即使找到，再過幾年就要退休，又會被人壓價，倒不如繼續領綜援。」

「就是嘛，這些人口裡說什麼社會垃圾、中坑廢老，其實換成自己也會這樣做。誰不想輕輕鬆鬆過日子？」

「啊對了，這是今天的份，我還拍了片。」承軒拿出手機，把兩母子的照片和影片傳送給漢文。

「啊，謝謝你。」

原本臭著臉的漢文隨即眉飛色舞，低頭按著手機。

「哎呀，阿彤已經長得這麼大了。」

縱使才一年沒見，兒子也早已出來工作，但他每次都會這樣說。

承軒透過Telegram[11]發送檔案給漢文。其實不用面對面也可以，但他謊稱Telegram是用一種叫NFC[12]的技術傳送檔案，兩部裝置必須要在近距離。對電子科技一竅不通的漢文完全沒半點疑心。

他們開啓了Telegram的Secret Chat功能，訊息不但經過加密，時限過後更會自動刪除。加上承軒使用另一部手機，事後並不會發現他曾經跟漢文通訊。

「謝謝你一直以來幫我這麼多。」

漢文道謝後打開車門，離開副駕駛座。正當想邁步離去時，他轟然滑倒，臉朝下的摔在地上。

「混帳！是誰把擀麵棍扔在這裡!?」

他一面搓揉著手肘，一面高聲咒罵。

承軒默默地凝視著五十五歲男子不斷縮小的背影，心想這將會是最後一次以平常心跟他見面。明天，他就要執行殺死這男人的任務。

究竟由何時開始，「社會」成爲了一個主宰人類道德的主體？反社會、社會的寄生蟲、危害社會安寧……每當指責一個人的行爲不對，人總愛搬「社會」二字出來。就像從前的智者動不動就拿「神」出來警惕世人。

當承軒在警務處工作時，不論公眾還是組織內部，都宣揚著警隊的任務是「確保社會安穩」。承軒從來無法理解這「社會」究竟是指誰、指什麼。似乎每次的指涉對象都不同，但大家卻毫無保留地接受各種「爲了社會」的講法，當成是同一回事。

離開科技罪案組後，承軒一直在思索「服務社會」的不同可能性。最後他發現一條可行的路，造就了現在的職業。

道德與法律從來不是等同，非法的事也可以是「服務社會」，他如此判斷。

想陳漢文死的，大概都是以「社會」的名義頒令執行死刑的「判官們」。

半年前，在短片「港鐵持刀怒漢」爆紅後，「暗網」裡一個叫Killbackers的地下募

11 Telegram：即時通訊軟體，強調隱私，可加密訊息。

12 NFC：近距離無線通訊（Near-field communication）的簡稱，讓兩個電子裝置可以在幾公分距離中通訊的電子協議。

資平台出現了買凶殺掉陳漢文的專案。眾籌殺人，承軒過去幾年都以此維生。在收到作爲報酬的比特幣後，他會在灣仔的Bitcoin ATM提款。最近比特幣價格跌得很厲害，現在一拿到錢就要盡快換成現金保値。

這不是天譴，是去掉二横的「人譴」，由地上的人們差遣地下的劊子手所施行。

承軒非常討厭基斯杜化．路蘭[13]的電影《蝙蝠俠：黑夜之神》[14]。蝙蝠俠只不過揹上雙面人[15]殺死五人的黑鍋，藉以維護雙面人的英雄形象，就被冠上「黑夜之神」（Dark Knight）的美名。眞正的「黑夜之神」，應該是願意弄髒自己雙手，默默地爲民除害的反英雄。這部電影會如此備受吹捧，他實在覺得匪夷所思。

由於錢是募集回來的，中間還經過加密貨幣，連身爲執行者的承軒都不知道誰付了錢。當中可能包括陳漢文的妻子和兒子；或許何希萊嘴巴說想幫助陳漢文，實際上是想他快點死掉；八卦的莊鍾惠珍可能也有份；盧逸忠之所以會幫忙，可能就是因爲他有買凶；當時被陳漢文用刀指嚇的女生和上前保護女生的男人也許有參上一腳；港鐵的高層和部分股東可能覺得陳漢文危害乘客安全，會對未來業績造成負面影響；甚至可能是一些市民或政府中人，覺得殺死這名「寛敞戶」可以「釋放房屋資源」。當然，「注資者」並不僅限於香港人。

「算了。知道也沒用。」

承軒搖搖頭，停止了無謂的猜測。

正如鄭家宜所說，候選人足足有幾十萬人。在這個世界，暗地裡想陳漢文死又不敢親自動手的膽小鬼實在太多了。

〈來自地下〉完

13 基斯杜化．路蘭：台譯克里斯多夫．諾蘭（Christopher Edward Nolan）。

14 《蝙蝠俠：黑夜之神》：台譯《黑暗騎士》（*Dark Knight*）。

15 雙面人（Two-Face）：原是一名極富正義感的檢察官Harvey Dent，後墮落。

李氏力場之欠交功課事件

——文善

1

「嘩，香港打風，會不會影響航班啊？我們回去的航班星期日晚到香港，李氏力場要星期一才有效令風球除下嘛。」女友在巴士上邊滑著手機邊「嘩」的一聲時，我立刻感到旁人異樣的目光。

雖說倫敦是個國際都市，但我們亞洲人臉孔本來就引人注目，女友還要這樣在巴士大聲講廣東話，不惹人側目才怪。在這次英國假期的尾聲，身爲推理小說迷，忍耐了女友整個旅程的食玩買後，我堅持要到貝克街朝聖，逛完福爾摩斯博物館後，正和女友乘巴士回酒店時，她在網上新聞看到香港打風的消息，正煩惱著會不會影響我們明天回程。

「笑什麼？」女友看見我在暗自地笑。

「沒有，」我笑著，「妳說起打風，我想起以前一個中學同學……」

「高幹欠交功課！」豬毛伏在桌上小聲說，可是他一直盯著黑板前。高幹不斷點頭向老師認錯，老師卻一臉無奈。

「放學留下來，沒做完不能走。」老師說，著高幹返回座位。

高幹的座位在我旁邊，他走過來時，豬毛立刻扮看課本。

「高幹，我跟你說啊，香港的中學只有掛八號風球才會停課。」他坐下時我對他說。

高幹只是靦腆地微笑點點頭，又繼續低頭看書。也許大家都同樣喜歡看書，讓我覺得高幹很親切。不過高幹什麼書都看，而我只鍾情推理小說。

記得九月開學的第一天，我一踏入校門便發覺氣氛怪怪的，操場上的老師比平日多。我們在上個學年期終已經知道升到哪一班，所以我優哉游哉地走到班房[1]，卻看到班主任已經坐在那裡，嚇得我還以爲自己遲到。

「聽說有插班生來我們班。」豬毛說。

「中四來插班？還要是我們A班？」我大感奇怪。A班是所謂的菁英班，就是成績最好的一群。明年就會考[2]了，學校竟然會在這個時候讓插班生入學。

「就是嘛，老師們都很緊張，恐怕是什麼大人物的兒子吧。」豬毛伏在桌上盯著班主任。

而當時高幹的出場也眞夠氣勢，校長帶著他來班房，而他的臉上也沒有一般中學生面對新環境的不安。只是——

「大家好！」他本來精神奕奕地笑著打招呼，但他一口普通話令班裡所有人釀起一片騷動。我看到他的表情掠過一絲驚訝。

「安靜！沒錯，他剛從內地來港，廣東話還不太好，大家要包容一下，讓他盡快融入新環境，知道嗎？」

高幹被安排坐在我旁邊，我們漸漸熟絡起來，不知道是不是因爲廣東話不大好，他話比較少，但人不錯。那時回歸才兩年，經濟很好，還未有沙士自由行中港矛盾[3]，大家也對這個初來甫到的新同學照顧有加。

我們爲他起了「高幹」這外號，是因爲有一次他要在測驗的日子請假。我們學校每個學期中每科均有四次測驗，本來學校的慣例是不能補考，只提高其餘測驗的比重來計算成績。一年兩個學期就有八次測驗，偶爾同學病了或因事缺席一次也沒有什麼大不了，只要在其他的測驗和考試追回就可以。但他母親特地來學校跟老師說，後來聽說學校眞的讓他補考，有關他父親是內地高幹的傳聞不脛而走，所以大家給他起了

1 班房：粵語中指教室。

2 會考：香港中學會考的簡稱。考生主要爲七年制中學正在就讀中五（對應台灣教育制度爲高二）的學生。因教育改革，香港中學會考由香港中學文憑考試取代，二〇一一年爲最後一屆香港中學會考。

3 沙士自由行中港矛盾：自一九九七年主權移交中國後，先後發生亞洲金融風暴和沙士（SARS）疫情，重創香港經濟和旅遊業；爲挽救經濟與民心，二〇〇三年中國和香港簽署《內地與港澳關於建立緊密經貿關係的安排》，港澳個人行（自由行）於同年七月始施行。後續卻因一系列隨之而來的負面影響造成社會反彈和中港間的矛盾。

個外號「高幹」，即是高幹子弟的意思。雖然後來他告訴我他父親在某個隸屬政府的學術研究機構工作，主要統籌內地官員到外地考察交流，所以並不是什麼高幹。

「不知為什麼連老師也覺得我爸爸是官。入學時表格要塡父母的職業，我只寫父親是『公務員』、母親是『商人』。」

我暗笑。校長和老師們大概以為高幹刻意裝低調。畢竟對我們來說，在內地當「公務員」總會給人一種特殊的感覺。不過大家也叫慣他高幹，他也沒有介意。

然而家庭那麼注重學業的同學，竟然會欠交功課。學校出了名的多功課，特別是中四，很多功課都集中讓我們溫習會考課程，週末的功課數量更驚人，只要稍一不愼，週末時打機過了頭，就很可能做不完。

高幹竟然欠交功課，而且昨天還是八號風球，又不能上街，高幹怎樣看也不像會蠢得以為今天也有風假，就「大安旨意」[4]在家打機還是做什麼去消耗光陰。

究竟發生什麼事，令高幹昨天沒有做功課呢？

2

「你就不要理他嘛。」小息時豬毛拉我去球場投籃時說。「他人怪怪的，你不記得上次在『桶螺灣』的事嗎？」豬毛模仿高幹的普通話口音說「銅鑼灣」。

復活節假期的時候，因爲豬毛期中考試成績好得到額外零用錢，我們幾個死黨約出來去銅鑼灣，往《Yes!》雜誌常常看到的那些時裝店「朝聖」，我也邀請了高幹，他二話不說答應了。

「好啊！我『瀨』了這麼久都沒有機會到處逛逛。」他指來了那麼久。

聽高幹說，他爸爸長期在內地，媽媽平日在家工作打理生意，也盯得他很緊，只有週末他媽媽回內地他才有自由時間。

爲了方便集合，我們先約在「大丸」等，可是等了大半個鐘頭還不見高幹的人影。那時候手機不是一般中學生會有的東西，所以根本無從知道高幹是不是因爲什麼事耽誤了時間。由於人是我約的，我只好在那裡繼續等，豬毛他們先去信和廣場[5]。

最後高幹遲了一個鐘頭才到，而且是和豬毛他們一起來。

「我們逛完信和，在街上見到他。」豬毛說。

高幹沒有解釋遲到的原因，只是一直低頭跟我道歉。

「算了，我還怕你出了事，既然你沒事就好。」我嘴上這樣說，但沒有逛到信和

4 大安旨意：表示過分放心而不加過問。

5 信和廣場（Sino Plaza）：商辦混合大樓，商場販售動漫、周邊、公仔模型、音樂，深受年輕人喜愛。

還是有點可惜。

之後豬毛提議到金百利去，大家興奮叫好，話音未落就一擁而去。

「爲什麼他們那麼高興？」高幹問。「那裡很有名嗎？」

「有名……女孩多。」我苦笑。金百利以賣女裝和精品爲主，男生去都是爲了看女孩。

我和高幹跟在豬毛他們後面，好幾次高幹差點跟丟，誰教他邊走邊四處張望。

「桶螺灣巧多人。」逛完金百利，我們去茶餐廳吃下午茶。我們五個男生擠在卡位時，高幹這樣說了一句。「還有『炸個』好好吃。」禾跟家人瀨桶螺灣，都只會去時代廣場和酒店的餐廳。」

「什麼嘛？鹹牛肉蛋治[6]又怎會是炸過的？」豬毛不明所以。

「他說『這個』。」我小聲說。恍然大悟的豬毛別過頭去，我一看就知道他是在偷笑。

之後在卡拉ＯＫ也是，當高幹在唱「原爛禾炸醫生巴羈放縱挨自由」[7]時，大夥不是低著頭就是掩著臉，從他們顫抖的身軀任何人一看就知道他們在偷笑。

我沒有跟他們一起笑，不是我特別正義認爲不該取笑別人，我只是好奇，他明明可以唱國語歌，爲什麼仍堅持用廣東話唱《海闊天空》？

盡興回家時，我正要乘地鐵回去，高幹說他也是，我便和他一起走。

「你家在哪裡？」我問高幹。說起來，我都沒有和高幹一起放學乘過車。

「壽臣山。」

「吓？壽臣山地鐵不到的啊。」

「啊，我乘到金鐘再叫人來接。」高幹從口袋掏出手機。

「那爲什麼你不乾脆叫人來銅鑼灣接你？或是乘的士也可以啊。」

「不大好啦，要這樣乘車才有意思嘛，這才像中學生。」

我們經過唱片店順道進去看看，他拿起梁詠琪的《短髮》ＣＤ。

「你喜歡梁詠琪？」

高幹不好意思地搔搔頭。「嗯，原來女生短髮也可以很好看……」

我不知怎樣回答，因爲我喜歡的是王馨平，梁詠琪給我的感覺太爽直了。

高幹只是靜靜地拿著ＣＤ去結帳。

到最後他都沒有說爲什麼遲到，那一個鐘頭，究竟發生了什麼事？

對豬毛他們來說，「桶螺灣事件」就是高幹約了同學無故遲到的事件，大家也就

6 蛋治：雞蛋三明治。

7 原爛禾炸醫生巴羈放縱挨自由：高幹的粵語不佳，歌詞其實是：「原諒我這一生不羈放縱愛自由」。

覺得他是個怪人，最後不了了之。但是我一直不能釋懷，總覺得其他人並不如我了解高幹，他們不明白，高幹不是那種會無緣無故遲到失約的人，所以他那天遲到，必定有不可告人的原因。

「桶螺灣事件」，再加上他今天竟然沒有交功課，我甚至開始擔心，高幹家裡會不會發生什麼事。

之後一張照片的出現，又再讓高幹成為同學間的熱話。

3

五月尾的時候，豬毛神神祕祕約我們放學後到麥記，還千叮萬囑我不能叫高幹來。在麥記他從書包拿出一本時尚雜誌，並翻到摺了一角的那頁。

「我在我媽咪的舊雜誌看到的。」豬毛說。

不用他指出，我也看到那張照片。這種時尚雜誌，常常報導那些什麼晚會、刊登那些名人合照。其中一張，是高幹和幾個大人的合照。高幹站在一個大叔和一個大嬸之間，看來是他的父母，而高幹爸爸熱絡地搭著旁邊男人的肩，照片底下的說明以「老友鬼鬼」[8]形容他們。另外還有幾張照片是高幹的父母，和一些熟口熟面的香港政府官員合照。從這些合照看來，高幹父母是這次活動的主人家。

「高幹上雜誌啊！」其他人都湊過來看那不算大的照片。報導內文顯示了這個活動的舉辦日期，和那次高幹要在測驗日子請假的時間吻合。難道他是要出席這個交流會而請假？而照片最吸引我注意的，是高幹身上的西裝。不是那種問阿爸借穿起來扮大人似的，而是度身訂造的，顯得高幹非常帥氣。本來在我唸的那所謂名男校，同學中有非富則貴的也不罕見，但以高幹內地生的身分，讓往後的事情走向意想不到的發展。

六月七日，颱風瑪姬吹襲香港，和上次八號風球不同，這次因爲是平日，大家終於有一天打風假。

「你猜高幹會不會欠交功課？」電話另一端的豬毛說。「他打風就欠交功課。」

「這太武斷了吧。」我邊說邊翻著手中的克莉絲蒂原文小說。「他也只欠交功課一次，而且剛好是八號風球的第二天罷了。」

這時我的目光偶然掃過老爸，見到他在看電視，剛好在播新聞訪問。

「豬毛！」看到電視的畫面，我不禁懷疑自己，否定豬毛的猜測是否太武斷。

「明天你可不可以再帶那本有高幹照片的雜誌回校？」

8 老友鬼鬼：在粵語中指很好的朋友、死黨。

電視中受訪的那個人，好像是什麼天文台台長還是副台長，我記得，就是和高幹一家合照的那個人。

第二天，我從豬毛的雜誌中，確認了那人是天文台台長。而天文台台長竟然和高幹的父親「老友鬼鬼」。我仔細看其他的照片，看來是一班政府官員打著什麼學術名義的交流晚會。在高幹家人認識的政府官員當中，有天文台的人當然沒有什麼好奇怪，高幹家住名人富豪聚居的壽臣山，既然母親是商人、父親又是內地政府人員，有那種人脈關係眞的一點也不奇怪。

不過——

這次高幹沒有欠交功課。

放學時，我、豬毛和高幹一起走出校門，剛好碰到高幹母親開車來接他。

「呀，你們就是我兒子的同學啊？」高幹的母親親切地笑著用普通話說。「如果不介意的話，讓我載你們回家吧……啊，不，如果你們方便的話，要不要來我們家，你們可以一起做功課溫習，晚飯後我再送你們回家？我也想認識一下我兒子的同學。」

好吧，我承認，我沒到過壽臣山的豪宅，加上對高幹的好奇，我便立刻答應了，豬毛也跟著接受邀請。在車上高幹母親把手機借我們打電話回家說在同學家吃晚飯。

高幹的家是一棟獨立屋，和我想像中的豪宅不同，裡面沒有金碧輝煌的裝修，清雅的設計反而有點像示範單位[9]，不像一個家。高幹的傭人給我們送上西餅茶點和汽水，我們就在客廳旁的大餐桌做功課。

「喂，高幹，你媽媽是做什麼生意的？」豬毛問。

「唔……很多不同的範疇，在內地有投資風力發電，最近在發展與氣象有關的科技，她來香港也是想以此爲基地接觸外國資金，還希望得到香港政府的資助。啊，對不起。」說著高幹走到一個像是書房的房間，我看到裡面放著很多台電腦，高幹開門的一刻，我聽到裡面傳來微弱的電話響聲。高幹接了電話，小聲地不知說了什麼，在裡面忙了一陣子才出來。

「不好意思，平日我都幫媽媽打理生意上的雜務，算是我的兼職。」高幹伸伸舌頭。

「對啊，」他媽媽突然冒出來，「相比補習老師或便利店，這種經驗在履歷上好看多了。」

「嗯嗯。」豬毛只是陪笑點頭。

「今天比較忙，辛苦你了。」她輕拍高幹的肩。「因爲昨天風假，很多與我們來往的窗口員工都沒有上班。所以今天要追回很多進度。眞是的，才打個颱風就要放假，對經濟影響不小，特別是香港這種氣候，每年有那麼多颱風，如果有辦法降低颱風強度，就能減少因風假造成的損失。各地的政府和商界都一定很歡迎這種技術。」

9 示範單位：粵語中的「樣品屋」。

對！應該研究減弱颱風的科技！」

她繼續解釋內地有怎樣多的科研人才，香港完全追不上，內地很快便能超越香港等等……

豬毛仍是那副一看便知他並不完全聽得懂高幹母親的普通話、只懂陪笑的嘴臉。而高幹有點不好意思地看著我，我微微搖頭示意他不要介懷，但是心裡卻不知怎地很在意那書房內的東西。

吃完像團年飯一樣豐富的晚飯，還有飯後的冰糖燕窩，高幹母親說開車載我們回家。

「謝謝阿姨的招待，不用麻煩阿姨，我們乘的士就可以了。」豬毛竟然能說得出那樣得體的話。高幹母親替我們叫了的士，我們打算乘到最近的地鐵站。

「高幹的家不簡單。」豬毛在的士上說，原來剛才他也不只是白痴地陪笑。

4

八月的時候，高幹再次在八號風球翌日欠交功課。

由於我們即將升上中五，即使暑假也要回校補課。那是八月尾，補課也接近尾聲，在我們打算享受會考前最後一個暑假時，颱風森姆卻很不合時宜地在星期日颳起八號風球。翌日是星期一，高幹並沒有做好練習試題回校。

「昨天不是颱風假嗎?既然在家爲什麼會沒有做功課的?」老師嘆氣。

高幹也學精明了,他說昨天不舒服睡了一整天。

當他回到座位時,我留意到豬毛只是伏在桌上盯著高幹,平常這個時候,他都會說些沒頭沒腦的話。之後的課我只看到他在筆記本上不知畫著什麼。

放學時,豬毛拉我去離學校有點遠的涼茶店,很明顯他不想給其他人看到。

「這是我剛才做的列表。」豬毛打開筆記本。「我從手冊的校曆表找回高幹欠交功課的日子,和打八號風球的日子。如果八號風球發生在平日,即是有風假的話,第二天高幹並不會欠交功課。他欠交功課的日子,前一天都是八號風球的週末。」

「這又怎樣?」我狐疑地看著他,連我這個推理迷也還沒解開的謎團,他竟然解開了?

「高幹的母親!」豬毛指著列表。「你看!他都是週末風假的第二天才沒有交功課!他母親不是說過嗎?工作日打八號風球停工停課,對經濟帶來重大損失。他說他母親在研究什麼和天氣有關的科技,我認爲,那個研究已經完成,可以說是個勁爆的技術。」

「什麼技術?」

「在香港外圍建立結界,讓颱風不能吹襲香港。」

「結界?」看見豬毛說的時候一臉認眞,我也不好意思取笑他。

「對呀，就像漫畫裡的。當然不是像漫畫人物般利用法力，我指的是利用風力或是什麼氣象技術，類似百貨公司入口那道風閘，即使打開大門冷氣也不會流到街外。他們製造的結界就像那道風閘，讓外面的颱風不能進來。」

不能否認，聽到豬毛用風閘作比喻，讓我不得不相信他的話還真有幾分道理。

「那都是他媽媽的事，和高幹沒做功課有什麼關係？」

「關係可大了！首先，我懷疑，建立結界的『裝置』就在高幹家。你記得那天高幹神神祕祕走進那個放滿奇怪電腦的房間嗎？那一定是用來控制裝置的，而裝置很可能就在高幹家的天台。你想想，要建立阻止颱風的結界，位於南區的壽臣山不是正好嗎？而且我們也看到了，高幹要幫他媽媽處理業務上的事。我認為……」豬毛把聲音壓得更低，並把身體再湊過來一點，本來我不想近距離感受他的汗臭味，但好奇他對「結界」的解讀，我也只得忍耐一下。

「我認為，在打八號風球的日子，他負責聯絡『買家』，安排『示範表演』。技術還在試驗階段，如果是週末掛八號風球，就是最佳日子來示範它能在上班日前阻隔颱風，即使是八號風球也能被擋開，讓市民如期上班上學，高幹在週末就是忙於當那聯絡人，和安排示範『結界機器』的事，結果沒時間做功課。」

雖然我覺得豬毛的理論很荒謬，不過心底裡，我是有一絲相信的。畢竟對從內地來港的高幹、他母親搞我們都不明白的生意，父親神祕地在政府機關工作，我們都知道得太少。

直到第二天的午飯時間。

我們都是到附近的快餐店吃午飯，當我在排隊時，剛好看到豬毛氣沖沖正要離開快餐店，他的表情十分難看。

「喂，龍友！發生什麼事？豬毛怎麼了？」拿了餐點，我走到坐滿我校學生的那個角落坐下來，龍友是D班的，也是攝影學會會長，所以我們叫他龍友。

「我前天出去銅鑼灣影颱風，看到你們班那個高幹帶著女孩去了五星級酒店。」

高幹和女孩去酒店？

「是啊，那個女孩長頭髮高高瘦瘦，也是中學生的年紀。真是的，高幹子弟就是不同，和女朋友約炮也上大酒店。不過豬毛一口咬定我看錯，說什麼高幹沒可能在銅鑼灣。」

當然了，豬毛對他的「結界論」充滿自信，龍友目擊高幹就等如推翻了高幹應該在家準備結界的「在場證明」。

「你有拍到照片嗎？」

「沒有啦，他們很快地跑進酒店，下雨嘛，我來不及舉機他們就進去了，我沒理由跟著進去，又不是私家偵探捉姦。」

的確，以高幹的家境，和女朋友上酒店翻雲覆雨不是問題，但是那天是週末，他媽媽應該在八號風球懸掛前就回去內地了，不，她的車有中港車牌，開車的話掛幾號風球也沒影響。既然他家中沒人，爲什麼不帶女朋友回家？這才是一般中學生的思路呀，怎會想到像電視劇一樣去酒店？

而且高幹沒有說過他有女朋友——其實這才是我最在意的。

午飯後我跑回學校，看到高幹一如既往坐在班房座位上，不過他不是在看書，而是不知在整理著什麼。

「高幹！」我走到他旁邊，他嚇得連忙把在看的東西疊好塞進抽屜。

「什麼事？」他掛著那招牌微笑問，但我覺得他正在隱瞞著什麼。

「啊，也沒有什麼，只是想問你前天放假做了什麼，連功課也沒有做。」

「……我都說了啦，我不舒服睡了一整天。」

下午兩節課之間，我趁高幹上廁所時，伸手到他抽屜看看他剛才到底藏起什麼。

唔……梁詠琪《短髮》ＣＤ、最新一期的《Yes!》、空白的無印筆記本，還有……一疊女學生的照片，一共十多張，每張都是不同的女孩。一些是女生穿著同一間女校校服的校園生活照，其他就是女生愛拍的那種沙龍照。

爲什麼高幹有這些照片？

趁他還未回來，我趕緊把照片放回原位，可是這些女孩的照片在我腦中團團轉著，害我下午的課都聽不進去。

「你覺不覺得今年八號風球特別多？」放學時我和豬毛一起走到地鐵站，他看著店鋪員工在清理打風過後的店門時，無意中說了一句。「我肯定有結界……」他喃喃說道，顯然還不服氣。

但正因他這樣無心的一句，雖然他那副臉容和身形根本與靈感女神沾不上邊，卻又眞的常常給他無意間說中核心。

事件的重點，不是爲什麼明明颳那麼強烈的颱風，第二天竟然那麼快復工復課，而是掛八號風球的原因。

我們以爲陰謀是平日不打八號風球避免停工停課，但如果換個角度想呢？

如果陰謀是，要在假日掛八號風球呢？

目前爲止，今年已經打了三次八號風球。

高幹和母親是去年九月才來香港的。

他們和天文台長關係匪淺……

高幹在八號風球下帶女孩到五星級酒店……

不同的女學生照片……

我不斷告訴自己這是巧合，但我能做的，只是等待下一個在假日的八號風球，才能證實我的推論。

可是九月中的颱風約克，雖然達到十號風球，但因爲是在星期四，第二天高幹也沒有欠交功課。

然而，到了二十六號星期日，我的機會來了。熱帶風暴錦雯吹襲，天文台在凌晨五點多掛八號風球，一大早我藉詞要還豬毛參考書而出門，但其實是到了銅鑼灣。

我到龍友說碰見高幹的酒店大堂等著，這種情況，只要大大方方裝著等人，酒店的人是不會理我的，可是也不能待太久，等了兩個鐘，中午過後前台的職員開始留意到我，我只好若無其事地看看錶，再走到公眾電話那邊裝作打電話。

在我扮打電話的時候，我看到那個正期盼著但又不想見到的身影。

高幹和一個女孩走進酒店，他們都沒有怎樣淋濕；他手中拿著兩件雨衣，颱風天，穿雨衣是比較明智的。

女孩留著一頭清爽短髮，並不是龍友說的長髮女孩。

我失神地掛上電話筒，雖然花了很貴的的士錢回家，但我竟然沒有肉痛的感覺。

我突然驚覺，這大概是我第一次最接近內地人那匪夷所思的世界。

5

第二天回校，高幹又沒有做功課，當大家對這已見怪不怪時，他給大家另一個震撼彈——他下星期會到英國留學。

「本來是打算會考過後才去的，但是剛巧媽媽心儀的寄宿學校有學生退學，簽證也出奇地快辦好……」高幹說時一臉歉疚，像是做了什麼錯事。「對不起，沒有一早跟你說。」

爲什麼要說對不起？難道他是眞心當我朋友嗎？那他爲什麼不告訴我他在幹的事？那也是「沒有一早跟我說」的事嗎？

「這個週末，是我在香港最後一個了，不如我們再去銅鑼灣玩好嗎？我訂了卡拉ＯＫ大房，大家一起來吧。」

「看看吧，我……那天有讀書會。」讀書會是眞的，只是那是在早上進行。

「不要緊，我們邊玩邊等你啊。」他突然捉著我的手。「你一定要來啊！」

「喂，爲什麼你對高幹那麼冷淡？」小息時豬毛問。「是不捨得他走嗎？大家都答應去啊，你就不要那麼掃興去什麼讀書會嘛。」

「大家也去？」

「是啊，那天去『桶螺灣』那幾個，還有一些貪高幹請客的人。」

「豬毛，快召集答應去的人，放學後去麥記！」豬毛呆呆地點頭，他應該是被我的認眞嚇到了。

我不反對別人貪小便宜，但起碼他們要知道那些錢是怎樣來的，他們更要知道，要去參加什麼人的派對。

放學後，我們十多人擠在麥記一角像是開什麼大會。

「高幹的身分，並不是我們想的那麼簡單。」我說。「我懷疑，他一家，就是今年常在假日掛八號風球的元凶！」

大家一同倒抽一口氣。

「喂，你要說結界的事？那可是我的學說啊！」豬毛站起來。

「不，我們以爲，政府爲了不停工停市，故意在非平日掛八號風球，其實是因爲某種原因，有人對天文台施壓，要在假日或週末掛八號風球！而高幹一家，和這不無關係。高幹總是在掛八號風球的週末沒有做功課，那表示他那天有不得不做、比功課更重要的事。但是龍友，還有我，都在八號風球的週末，看到高幹帶女孩到酒店。而且……」我說出高幹藏著很多女學生照片的事。

「那可能是高幹的女朋友們吧。」豬毛質疑。

「同一間學校那麼大膽？」我反駁。「重點是，爲什麼是週末？如果說，高幹因爲一腳踏很多船，連功課也沒時間做，那爲什麼平日掛八號風球就沒事？你們想想，週末對什麼人的意義較大？」

「大人。」我見沒人答就自己先說。「週末不用上班，特別是……政府官員。」

「啊！」豬毛總算想到了。「高幹的老爸，不是專搞內地官員來港『交流』的嗎？」

我點點頭。「高幹一家，其實是爲來港高幹提供『特別服務』的。透過高幹父親的機構，安排內地官員來港，其間可能安排『特別服務』，利用高幹中學生的身分招攬女學生。然而有時候，遇上特別人物，爲了減少被人撞破的機會，他們和天文台長串通，若時機可行的話，在週末掛八號風球，讓公共交通工具停駛，減少街上的人流。說不定，除了『特別服務』外，還有什麼祕密會面，高幹他們只是負責其中一環。」

我一口氣說了我的推理，其他人都無不讚歎。

「竟然有這樣的大陰謀！」

「回歸兩年就淪落到這樣！」

「太恐怖了！」

大家七嘴八舌地說著，而我則心情複雜，一方面因爲識破這個謎團而沾沾自喜，另一方面卻覺得被高幹出賣了，畢竟我一直當他是好同學。

6

星期六。

高幹從中午開始就在銅鑼灣的卡拉ＯＫ訂了房，說在那裡吃自助餐、唱歌後再去別處吃晚飯。但是其實所有同學都不打算出現，只是沒有告訴他。

我早上到旺角參加讀書會，那是一班推理小說迷組織的聚會，大家一起吃午飯後就解散。我正打算乘巴士回家時，肚中一股滾動的感覺襲來。

糟了，難道是剛才吃的東西不乾淨？

看來捱不到回家了，旺角到處都是麥記和快餐店，但是我才不要用那些店的廁所。近乎絕望的我想到，雅蘭酒店不是在附近嗎？雖然不是五星級，但總比麥記好吧。為了減少對屁股的衝擊，我踮著腳尖輕跳著到了雅蘭酒店。

放下負擔後，坐在馬桶上的我突然想到一些東西。

我為了上廁所來酒店，高幹會不會有其他一定要到酒店的理由？

八號風球的銅鑼灣，大約中午的時候……

啊！

我趕快擦了屁股，跑到地鐵站乘地鐵到銅鑼灣，來到高幹訂了房的卡拉ＯＫ。果然，大房內，只有高幹一個人在唱歌。

「原諒我這一生不羈放縱愛自由——」他在唱《海闊天空》。果然，這次他唱的，是接近完全沒有口音的廣東話。

為什麼我沒有留意到呢？

那天他字正腔圓地說要去「銅鑼灣」，而不是「桶螺灣」。

我抓住一名侍應，請他給高幹帶個口訊：「你是高幹嗎？你朋友有急事，請你去『大丸』救他。」

高幹眞的二話不說跑了出去，我跟在後面，看著他踏著俐落的步伐跑到大丸舊址。

「高幹！」我壓抑著愧疚，裝開朗地喊他。

「誒？你沒事吧？卡拉OK的人說……」

「啊，沒事了。」不能哭，而且錯的人是我。「走吧，回去唱K！」

回到K房，裡面坐著一名短髮少女——那天和高幹出現在酒店的那個女孩。

「你說同學們替你餞行，就只有他嗎？」女孩用北京腔的普通話說。

「不是叫妳不要來的嗎？」高幹對女孩說，說起來，這是我第一次聽他說普通話。

「不……不要緊啦，反正其他人也來不了，他們要補習，派我做代表。」我說。

「會考，沒辦法。」

「我跟他初中時就在一起了，過兩天咱們便一起去英國。」高幹上廁所時女孩跟我說。「他說我不懂廣東話會被你們笑，叫我不要來。我也不明白，在香港說普通話有什麼問題，現在連外國的店也有會說普通話的店員了。」

我看著女孩，高高瘦瘦的……

「咦？」

「怎麼啦？」

「妳是不是最近才剪短髮的？」

「是呀，他喜歡梁詠琪，說她短髮很好看。」仔細看，這女孩又眞有點像梁詠琪。

龍友和我看到的，是同一個女孩，只是剪髮前後。

高幹不是帶她上酒店開房，而是吃午飯。八號風球，很多店都不營業，要吃午飯，最可靠的，當然是酒店內的餐廳。

而高幹在八號風球去銅鑼灣的理由，我剛才確認了。

那天他遲到，因爲他迷路了，而且我們約在大丸等，但是大丸已經結業，在它結業後才來香港的高幹，並不知道地點在哪裡，但又不好意思說。爲了能和我們自在地到銅鑼灣玩，他竟然傻得利用八號風球、趁銅鑼灣街上沒那麼多人的日子，和女朋友去銅鑼灣到處走走來認路。但是他只有在週末才能這樣做，因爲平日他媽媽在家。

「他還說，颱風天街上沒啥人，大聲說不標準的廣東話也不怕別人笑。」

這樣的一個同學，我竟然說他一家是……

那天晚上分別時，高幹把一本無印筆記本交給我。「本來是想大家一起看的，但星期一你替我給大家吧。」

我翻開筆記本，裡面有我們的照片，每頁都有一些短語——是用筆記本製成的紀念冊。

「好精美！都是你做的？還是……」我看了高幹的女朋友一眼，手工勞作都是女孩子比較在行吧。

「不是我。」他女朋友搖搖頭。「而且我看他在做，便順道把我同學的照片給他，叫他替我製作一本給我的同學。」

所以高幹才會有一疊女學生的照片。

雖然男人老狗[10]，又在女孩子面前，但我還是忍不住抽了抽鼻子。這時我才發現，剛才卡拉ＯＫ和晚飯都是高幹出錢的，他又送我們紀念冊，而我卻兩手空空。

我突然想起，我還帶著早上參加讀書會討論的小說。

「呃，高幹，這個送給你作個紀念。」我把小說交給他，看到作者，我不禁失笑。

7

「為什麼會失笑啊？」女友問。「你送他什麼書？」

「諾克斯[11]的推理小說。」

看到女友一臉疑惑，我繼續說：「他最有名的，是在一九二八年提出的『推理小

---

10 男人老狗：粵語中「大男人」的意思。

11 諾克斯：全名羅納德．諾克斯（Ronald Arbuthnott Knox）（1888-1957），英國天主教神父，神學家和偵探小說家。

說十誡』，其中一條是：『故事中不可以有中國人』。」

「吓？這是什麼戒條啊！」

「那個年代，他們覺得東方很神祕，中國人往往懂得法術輕功。所以在講求邏輯的推理小說中並不能出現有特異功能的角色。」

她似懂非懂地點點頭，然後又在滑手機。

我中學的那個年代，像諾克斯一樣，我們都以爲，像高幹那種從內地來香港的人，背景神祕，都有某種「特異功能」。豬毛他們不知道我最後去了爲高幹餞行，我一直也不敢對他們說出事情的眞相。一來不想被發現推理錯誤那麼丟臉，二來反正高幹人都走了，那個欠交功課的謎團，很快便被會考的壓力蓋過——直到會考完結。那一年，和之後每一年夏天的颱風，都像在提醒自大的我曾經做過什麼而傷害一個人的名聲。當然，我也想過，當年事件的眞相只能解釋高幹爲什麼欠交功課，並不能否定颱風背後是不是眞的有陰謀——不過我這樣想只是爲了自己心裡好過一點。

大學的時候，豬毛傳了一個沒有什麼人知道的討論區的網址給我，那是很早期有關「李氏力場」的討論。

「我都說有結界啦！」他得意地說。

當我看到那個討論區後，我開始瘋狂在網上轉發「李氏力場」的討論，原來散播謠言是那麼容易。那時的我以爲，如果大家的注意力去了「李氏力場」那種無聊熱話，而忘記了某個曾經出現過的「爲高官提供特別服務」的謠言，那算是我對高幹的補償——說穿了也是讓自己好過一點的藉口。

現在的推理小說不僅有中國人，連喪屍也有了。現在的高幹，說不定眞的變成有某種特殊能力的人。

但至少，當時的高幹，只是一個想和同學們成爲好朋友的普通中學生，我相信。

突然，在地球另一邊享受著假期的我，懷念起在「桶螺灣」的週末時光。

〈李氏力場之欠交功課事件〉完

豪宅

—— 望日

上篇

疑犯就在裡面。

我站在審訊室的門外，心撲通撲通猛烈地跳著。

已經有多久沒有這種令人興奮、確實地活著的實在感呢？

大約五年了吧？我離開這個眞正屬於我的世界太久了，現在是二〇二幾年我都不大說得出來。

我會否回來，就要看這次盤問犯人的結果了。

我緊閉雙目，深呼吸了數下來穩定情緒。待心跳漸趨穩定，我用手指稍稍梳理一下蓬鬆的頭髮，直視著前方，展現出威武而自信的表情。

我踏前一步，猶豫了半秒到底要否敲門後，就用力推開了門，發出了「砰」的一聲巨響。原本低頭呆坐著的疑犯，吃了一驚地直視著我。

疑犯約三十多歲，頭上留有俗稱陸軍裝的極短髮，一臉倦容，目光散渙，身穿淺色、有點汗漬的T恤，外面套著顯然已飽歷風霜、有點殘破和褪色的深色男裝風褸[1]。

1 風褸：香港稱呼風衣爲「風褸」。

怎樣看，這個人都散發著典型生活潦倒的感覺。

然而由我開門至今，這名疑犯一直瞪著我，不，甚至是在上下打量著我。即使我沒有審訊經驗，也知道這樣下去有點不妙，遂裝作不爽地大喝：「這是什麼意思！」

「對……對不起。」對方被我嚇得戰戰兢兢地道歉，並連忙低下頭去。

很好，我佔回上風。

我保持著氣勢，走進這間用作審訊的會見室，把房門關上，一屁股坐到疑犯的對面。桌上這時已放有一個印著「Restricted（限閱文件）」字樣的文件夾，應該是我剛才在轉角處看到、那個比我早一步進來的小師妹放下的案件資料。

把資料就這樣放在桌上，不怕疑犯拿來當武器或自殺嗎？——我不禁產生這樣的疑問。然而這點行政上的事情我根本管不了，還是集中精神在這次審訊好了。

我沒接觸過這種檔案，翻開之時，內心同時泛起一絲興奮和不安。檔案第一頁是疑犯的個人資料和相片，應該是儲存在疑犯新近換領的「高智能身分證」內，但我連名字也未來得及看清楚，對方就率先開腔：

「那個人是我殺的，我就是凶手！」

這句話的聲量之大和尖銳令我意想不到，而且哪有疑犯開口的第一句話就是招供啊？在香港犯下謀殺罪是要終身監禁的啊！

我因著這突如其來的自白怔了一怔，對方見我沒有反應，這時竟換個說法，重複剛才的自白：「是我蓄意殺害死者的，你不用審問了，我全都招認。」

「住口！」這回我眞的不快起來而怒喝。我可不能讓這名疑犯破壞我回來的機會啊！

對方再次懾服於我的威嚴，暫時沉默下來。我提醒自己要保持冷靜，不能被疑犯牽著鼻子走，否則我就無法套取到我需要的資料。

我在想，這名疑犯會馬上認罪，肯定另有目的或藏著什麼陰謀，最大可能是爲了包庇眞正的凶手吧？對了，在過去五年間，我雖然被投閒置散，卻從沒有放棄過自己，一直把握無聊的時光來觀察身邊眾人的一舉一動，這種目光散渙的人我尤其見得多……

我敢肯定，這個人不是謀殺案的眞凶！

那麼，這個人到底藏著什麼祕密呢？

在正式提問前，爲免思緒和邏輯被打亂，我警告對方：「我問什麼，就答什麼，不准答多餘的話，知道嗎？」

疑犯點了點頭。我總算扳回劣勢，重新主導審訊，於是正式開始發問：「叫什麼名字？住在哪？」儘管這些資料已詳列在檔案內，但以我所知，程序上我還是要再問一次。

對方回復平靜，聲音也變得低沉地回應：「我叫嚴國文，住在神域皇殿。」

「噢！」我清楚記得這名字。「那是位於港島南區的豪宅，區內還有鳳凰熠燿、盤古帝峰、永恆十八巔等，我也曾住在附近的另一幢豪宅蕪臺薀邸[2]。」想起來，那已經是五年前的事了。

對方怔了一怔，我才想起我是來套取資訊，不是來閒聊，我似乎還未習慣這工作，說得太多了。我繼續審問：「現職是什麼？」

「我當辦公室的茶水散工。」

「月入多少？」

「唔……」嚴國文似乎對我的問題感到疑惑，看了我一眼後才回答：「平均一個月一萬八千元，但有時多、有時少，看當月開工的日數而定。」

現在當茶水助理的人工仍是這麼低，真可憐……我繼續問：「和死者是什麼關係？」

「死者是我的鄰居，她居於十七室，我住在十四室。」

「關係好嗎？」

「不錯。」嚴國文看來憶起了過去的好時光，有點感觸，嘆了一口氣才續說：「她年紀很輕，卻經常很晚放工，總是隨便買垃圾食物回來當晚餐。我看不過眼，反正我很早回家自己做晚飯，就建議順道替她多做一份。她的父母早逝，只有一個已婚的姐姐住在別處，根本沒有人照顧她，所以她聽到我的建議後很高興，還每月給我一點錢來加餸[3]，我於是也能買好一點的飯菜，算是各有好處。」

「那事發前，跟死者有結怨或發生什麼衝突嗎？」

「沒有。我們的關係很好，我甚至當她是親妹妹看待，從來沒有衝突。」

看！果然不出所料，只消幾道簡單的問題，我就問到犯駁[4]之處了。既然疑犯跟死者關係良好，事發前又沒有發生衝突，根本沒有殺人的動機，又怎可能是凶手？

對，動機！我的時間有限，不可能在短時間內問出所有詳情，我就從動機方面入手，盡可能了解我想知道的事情好了。

既然疑犯跟死者沒有結怨，那可能是因其他人而引起命案，我於是問：「死者的性格怎樣？生前和其他鄰居的關係如何？」

嚴國文又嘆了一口氣才說：「她和藹可親，待人有禮，而且很注重形象，出入時總是穿著筆挺的套裝；鄰居都很喜歡她，有些鄰居還不時送禮物給她呢。」

莫非我猜錯了什麼？大家都喜歡死者的話，那有誰會痛下毒手呢？不……我真笨，忘了既然對方自認是凶手，自然不會輕易告訴我真相。可是，我一直細心盯著對

2 櫥櫙䙡邸：粵語音同「蘇格拉底」。

3 加餸：在粵語中指加菜之意。

4 犯駁：粵語中指矛盾之意。

方的雙眼，除了自認是凶手那句話我有保留外，至今我察覺不到任何謊話……

我想到了！死者總是穿著套裝出入，很注重形象，她可能是什麼達官貴人，那即使沒有與人結怨，也可能被謀財而害命。

「死者最近給的飯餸錢是否減少了？」

「沒有啊，她也沒打算不讓我繼續做飯，畢竟比起之前每天去買外賣，現在卻省錢得多，她反而經常問我飯餸錢是否夠用呢。」

「那是否有鄰居覬覦她的財產？」

「不可能，她怎麼可能會有財產？哈哈！」疑犯似乎跟我談久了，竟藉反問來諷刺我。可是，這句話也不像是謊言。

或許是我太久沒動腦筋，我覺得自己越問越糊塗，距離眞相好像越來越遠，於是翻閱面前的檔案，留意到死者是死於氰化物中毒。我嘗試改由行凶手法戳破對方的謊言：「死者是怎樣被殺的？」

「毒殺，是我在她的晚餐內加入了氰化鉀。」

「爲什麼現場的食具只有她的指紋？」

「氰化鉀是劇毒，而且會經皮膚吸收，爲免下毒時誤觸而中毒，我當然要戴上手套。順帶一提，我還戴上口罩，避免粉末彈出而不愼吸入。」

「在家中戴著手套和口罩，死者沒有起疑嗎？」

「不會啊。她回來時我已經吃飽，正清理自己的碗筷，戴手套洗碗很平常吧？至於戴口罩就更簡單，只要裝病不想傳染她就可以了，所以她根本不知道飯菜已被下毒。」

「氰化鉀從何而來？」

「我有個朋友專營電鍍飾物，氰化鉀在電鍍過程中會用到，我在她的工作室偷偷拿走了一點。」

疑犯的回應跟調查報告所顯示的死因吻合。當然，這不一定代表什麼，凶手事先告知的話也能做到同一效果。但我的直覺同樣告訴我，這部分也是眞話。

這時我偷瞥了房內的掛鐘一眼，留意到我剩下的時間不多，卻仍未能找出破綻，更沒問到我想知道的事情。我決定放棄繼續浪費時間旁敲側擊，直接追問對方的動機：「爲什麼要殺害死者？」

沒料到這次我一擊即中，似乎刺中了對方的要害，嚴國文一反前態地猶豫起來，情緒變得有點起伏不定，用力地吸了好幾口氣，才下定決心道：「因爲我受夠了，我實在被生活逼得太苦。剛才說過我當茶水散工，我的其中一個工作地點是一間中資公司。外人可能很難想像，這份工作的要求之一竟然是『能在壓力下工作』。那些自以爲位高權重的高層，總是有著奇怪而執著的要求，有人要求用七十度的『姨媽水』沖茶，有人只喝第三、四泡茶；有人要求我進房時只能用不大不小的力度敲門，免得太大聲嚇倒他、太小聲又聽不到；有人要求我這些低級員工進房前要先噴香水來掩蓋汗味。各式各樣的要求，只要不小心記錯做錯，就可能會捱罵，甚至被解僱。上一任的茶水姨姨就是因爲其中一位經理突然心血來潮，說要一杯熱凍頂烏龍奶茶，她不大懂，多問了一句到底是要『熱』還是『凍』，就被解僱了。」

我搖了搖頭替對方難過，嚴國文就繼續訴苦：「可是，就算我能在壓力下保住飯碗，收入還是不夠，遠遠追不上通脹。我的房子下個月又要加租，這次是百分之十五，半年前才加了百分之十，一年內足足加了四分之一，你說我怎可能應付得了？再努力去做兼職也是徒勞無功。」

疑犯的這番話看來全是肺腑之言，我總算問到我想知道的事情了，儘管我仍不相信這就是疑犯殺人的原因，而且我實在不敢苟同：「即使工作壓力再大，生活再艱難，也不應藉著殺人來控訴這個社會啊！」

沒料到，嚴國文聽到我的話後感到受辱，突然發難：「你有病！雖然我實在受夠了那些不斷攀升的租金和物價，不想再爲了生存而這麼痛苦，但我才不會殺無辜的人洩憤，她是自願被殺的。」

「什麼？」我吃了一驚，死者是自願被殺？我不相信，這一定是謊言！

對方解釋：「她生前右下腹長期疼痛，不堪折磨，才有輕生的念頭。」

我聽到「右下腹痛」馬上聯想到原因：「那應該是俗稱盲腸炎的闌尾炎吧？」

「對。呃，你能理解就好了，我們跟其他鄰居說起闌尾炎，他們都以爲是工作或者樓花[6]『爛尾』，哈哈。」

這一點都不好笑！——我沒開口說出這句話，只白了嚴國文一眼。然而我仍想不通整件事的始末，不解地問：「闌尾炎不適時醫治的話，很容易引起併發症，如腹膜炎、敗血症等，嚴重的甚至會死亡。她爲什麼忍痛不去求醫呢？」

「她當然有求醫，但手術室長期爆滿，要排期等候做手術。醫生於是開了抗生素和止痛藥給她，暫時控制病情。但不知道是否因爲她的病情特別嚴重，止痛藥只在頭幾日有效，過幾日她即使服了藥也痛得死去活來。她向醫生反映過幾次，醫生亦曾爲她換藥或加藥，但同樣只能舒緩幾日的痛楚，不久又失效了。她其實已經很堅強，強忍了兩個月，其間還裝作沒事繼續工作，可是她晚上根本不可能睡得好，身體和精神早就到了極限。」對方說著之時，臉上展現著既憤怒又惋惜的複雜情緒，臉頰和眼睛都泛著微紅。

「她已經忍耐了兩個月，應該快等到做手術了吧？」

---

5 姨暈水：粵語音同「依雲水」，依雲礦泉水的戲稱。

6 樓花：在香港指房屋預售許可證。

「快等到？」對方冷哼了一聲，繼而揶揄我：「你眞是完全『離地』[7]啊！」

「那……」我愣了半晌，曾考慮是否要維護警員的威嚴而反擊，但想到我差不多深入事情的核心，加上時間緊迫，什麼威嚴又與我無關，遂直接問：「那還要等多久？」

「一年。」

「一、一年？」

「你不知道嗎？現在這種不會立刻致命的『半急症』，公立醫院都要排期一年以上，再次一級的『微急症』手術更要兩年以上。窮人沒錢去私營醫院，就得強撐下去，看看到底是先等到醫生還是死神來處理自己。」

「我怎知道要這麼久？」我忍不住「回敬」疑犯。「但死者也是住在豪宅，怎會沒錢……啊！」

說到這裡，我終於察覺到我一直誤會了一件事。嚴國文剛才說過自己居於十四室，死者住在十七室，但神域皇殿那一帶全是低密度的豪宅，每層只有A、B室兩戶，哪有十四、十七室？有十多室的豪宅，顯然就跟我當年住在同區的「豪宅」一樣。當年我住在八號室，八的諧音是「發」，我以爲抽到好籤，結果我沒有發達，只有發福、發夢、發神經……

我就這點追問，嚴國文亦不諱言，馬上道出實情：「我們住的當然是『劏房』啊！你覺得我月入不到兩萬元，會住得起眞正的豪宅嗎？這裡原本是千多呎的大單位豪宅，業主把它重新分割成十多個小房間分租給我們。雖然每個房間平均只有四十多呎實用面積，但已設有獨立馬桶和洗手盆，還裝有防盜眼和使用電子門卡進出，在劏房界中都可算是豪宅呢！但有得必有失，加租後這裡一個月要將近一萬元，只是我的散工都在港島區上班，現在的鐵路幾乎每天都有延誤，還會出軌和撞車，車費又年年加，交換車票的省錢方法也被不斷打擊而行不通了，我為了減省車費和怕遲到而丟失工作，才逼不得已繼續住在港島區。」疑犯說罷還以「你現在才知道嗎？」的嘲諷表情直瞪著我。

我匆匆把檔案翻到後面，果真發現案發現場竟然是由一千二百多呎的三房一廳豪宅，改建成共有十九間房的劏房。

「那死者出入家門時都穿上整齊的套裝，她也不是什麼達官貴人了？」我追問。

「她只不過是個推銷員，」嚴國文回應，「保險、基金、健康產品、智能家居系統等一一包銷。俗語有云『先敬羅衣後敬人』，她說一定要穿好一點，才會獲得客戶的認同；而且不能穿最便宜的套裝。雖然我們這些窮人分不出那是什麼貨色，但有錢人一眼就能看穿，穿數百元的便宜貨去見客只會浪費機會。正因為工作的關係，她經

7 離地：在香港形容不知人間疾苦。

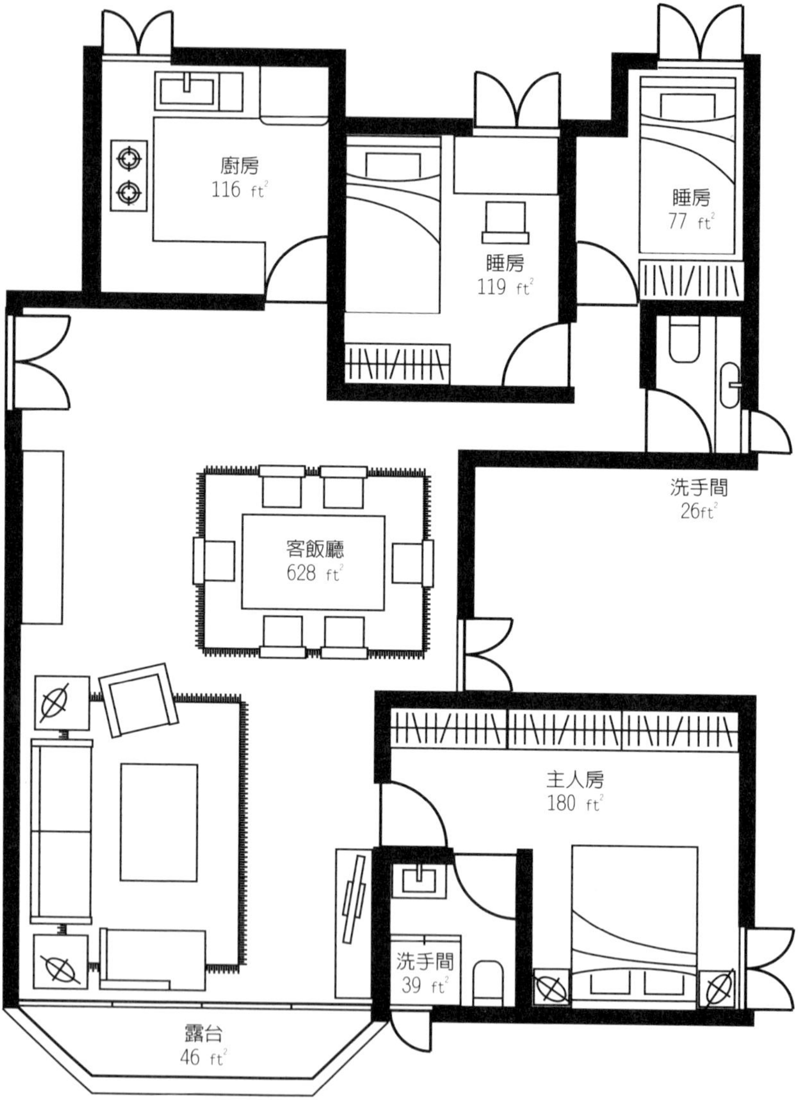

神域皇殿一樓A室平面圖（改建前）

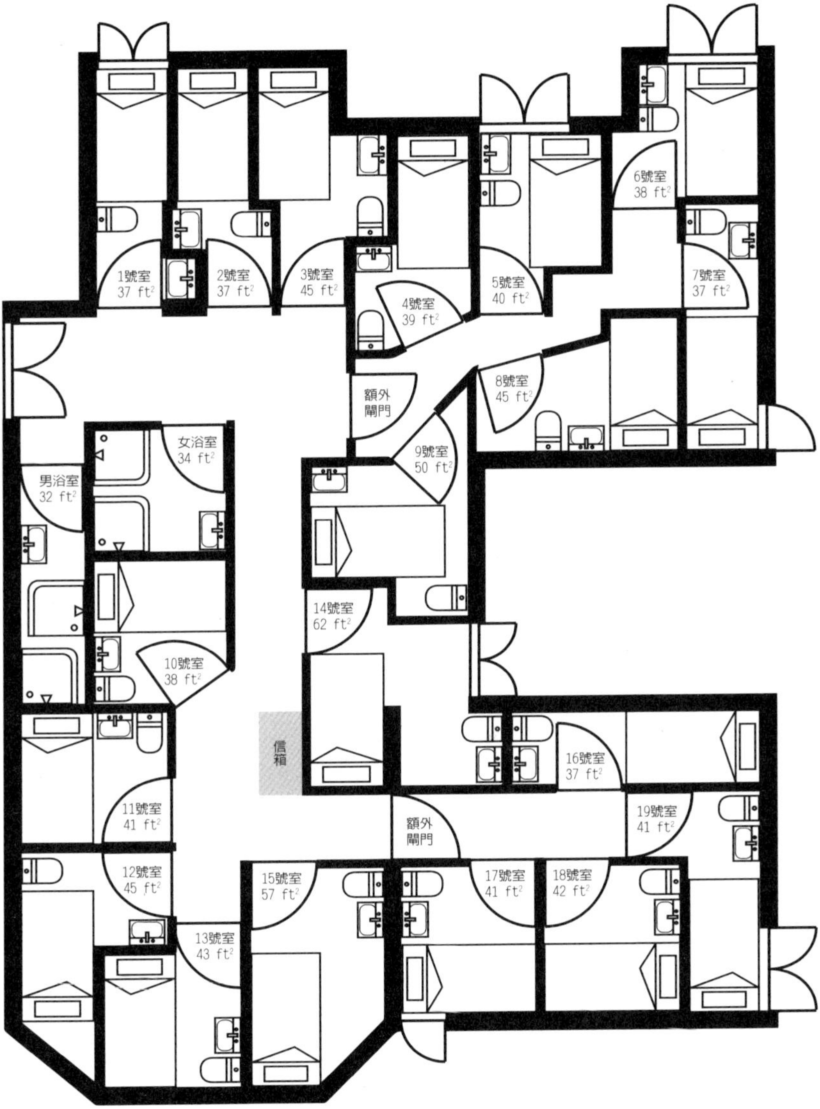

1號室 37 ft²
2號室 37 ft²
3號室 45 ft²
4號室 39 ft²
5號室 40 ft²
6號室 38 ft²
7號室 37 ft²
8號室 45 ft²
額外閘門
9號室 50 ft²
女浴室 34 ft²
男浴室 32 ft²
10號室 38 ft²
14號室 62 ft²
信箱
16號室 37 ft²
11號室 41 ft²
19號室 41 ft²
額外閘門
12號室 45 ft²
15號室 57 ft²
17號室 41 ft²
18號室 42 ft²
13號室 43 ft²

插畫／雅圖設計

神域皇殿一樓A室平面圖（改建後）

常食無定時，又要在午飯、黃昏時間趕往會見客戶，可能是飯後奔跑令食物的碎屑掉到盲腸裡而得病，眞是可憐。」

我不禁白了嚴國文一眼，輕聲呢喃：「這是沒有醫學根據的說法……」我剛才還因爲對方能說出「闌尾炎」一詞而以爲對方是有學識之人。不過，想深一層，我單憑這一點就判定對方是否有學識，其實跟那些看重外表的膚淺客戶又有什麼分別？我也不過是因爲以前經常去某二樓書店，那名資深而愛書的店主英姐跟我談過這個話題才懂。

審訊進行至今，我對疑犯和死者二人的背景和身分總算弄清楚了，但眼前的這幅砌圖[8]還是欠了很重要的一塊，而且直覺仍告訴我，對方不可能犯下謀殺罪。我只好繼續問：「但死者爲什麼會自願被殺？她要尋死的話，自殺不是簡單一點嗎？」

「不行啊！她在三個月前左右，有一段時間長期找不到保險客戶，爲了達到最低營業額來保住保險經紀的帳戶，她爲自己購買了一份人壽保險，受益人是她的姐姐。不知道是幸還是不幸，不久她就患上闌尾炎。然而那份保險在首年不賠自殺，但她已經忍受到了極限，又希望臨死前可以爲她的姐姐做點什麼，找我商討時，我就想到了這個互惠互利的殺人大計。」

綜觀早前得悉的資訊，我已多少猜到嚴國文的計畫是什麼，這比我想像中的還瘋狂。我用力握緊雙拳，勉力控制著自己的情緒，幾乎是逐個字逐個字吐出來問：「怎樣……互惠……互利？」

對方坐直身子，詳細地道出令人震驚的原因：「我殺了她，因謀殺罪而被判終身監禁入獄，餘生就不用再爲衣食住行的問題而煩惱；她被我謀殺而死，就可以不用再受病痛折磨，她的姐姐也能拿到保險金，一舉三得。我們雙方於是達成共識，她自願被我殺害，唯一的要求是我要不動聲色地下手，而且要讓她死得痛快，因爲她已經心力交瘁，不想再承受死亡和受襲的恐懼。爲了滿足這點，我就在她晚餐的餸菜中偷偷加入氰化鉀，致死劑量我早已詳細研究過，我當日做了味道較濃烈的咖喱，那是我早幾年住在重慶大廈時鄰居教我的，藉此掩蓋氰化鉀的苦味。計畫非常順利，她當日放工後一如既往到我的房間吃飯，不疑有詐大口大口地吃著，然後就中毒了。起初她中毒倒在地上時，一臉痛苦地望著我，但不一會她已猜到是怎麼一回事，反而向我微笑起來。或許相比平日永無止息的腹痛，那一剎中毒的苦痛根本算不上什麼，而且她知道自己很快就能得到解脫了……」

我直直地瞪著疑犯，久久說不出話來。沒料到，對方的自白還未完：「事實上，這宗凶案應該是一舉四得才對，因爲我還……我還……」對方猶豫了一會後，才吐出完整的句子：「我還……了她。」在最後那句話中，「還」和「了」之間有個動詞，

8 砌圖：粵語中指拼圖。

但我不知道是對方不好意思說，還是我不敢相信自己的耳朵，那個字傳到我的耳朵時變得含糊不清。

我的瞳孔早已完全擴張，直瞪著對方。我不斷用力地深呼吸，但已壓抑不住體內的怒火，高聲問：「什麼了她？」

那個動詞輕聲地傳到我的耳邊，我瞬即按捺不住，直呼對方的名字並痛斥：「嚴國文，這是褻瀆死者啊！神經病！瘋子！」

「不，我並不是存心侵犯她，因爲她也是自願的。」對方的情緒與我大相逕庭，仍一臉平靜地說：「我向她提出這個要求時，她並沒有拒絕，說反正人死了就什麼都不知道，只吩咐我小心和輕手一點，完事後不要留下任何痕跡，她不想姐姐知道她的遭遇而傷心。」

「爲什麼要提出這樣的要求啊？」

「我這種窮人，連生活都有困難，又怎會有餘錢找妓女？難得面前有個年輕貌美的少女，我想在我被永遠困在不見天日的牢獄前，盡情享受一下。」

「死變態！」我激動得不能自已，站起來用力拍向桌面。然而就是這一拍，手掌傳來的痛楚以及那響聲令我稍微清醒過來。

雖然我不想相信這就是事實，但嚴國文由始至終都表現得很眞誠，不像有說過謊，內容有血有肉，我也不得不面對現實。

看著眼前的嚴國文，想起那名年輕的死者，還有憶起自己過去五年來的生活，我的雙目不禁濕潤起來。這一切的不幸，其實都是因爲這個瘋狂的社會。

不過，即使社會有病，並不代表可以成爲我們肆無忌憚地做壞事的藉口。即使嚴國文有值得可憐之處，但這個瘋子不但殺了人，還褻瀆屍體，這是不爭的事實。

時間差不多到了。臨離開會見室前，我的心情仍相當複雜——我無法原諒眼前的瘋子，但對方也是被這個社會逼得走投無路——思前想後，我還是決定向嚴國文拋下一段忠告，能領悟多少就全看對方的造化：「如果只是爲了這種目的，才犯不著殺人；被判終身監禁的話，就無法再次回到社會了。」

我離開了會見室，一路上覺得自己很失敗、眼光眞差，爲什麼我會一直認爲會見室內的那個瘋子不是這宗謀殺案的眞凶呢？

我實在想像不到，現在的一般人竟變得如此喪心病狂，能夠平靜地道出罪無可恕的惡行。這個社會眞的有病，而且病得比五年前還要嚴重。

唉！我很後悔參與了這宗案件的審訊，審訊工作眞的不適合我。我不用花時間想太久，已做好決定，還是回去那個平和的舒適區好了。在那邊的工作和生活都很簡單，只要安心做個好食懶做的冗員，就不用受苦，也不會捱罵，還是這樣好了。

雖然事後回想起來，我總覺得那個人的自白仍有疑點，例如死者的屍體被發現在嚴國文的房間內，但嚴國文卻不是報案人；案發現場的死者衣衫不整，嚴國文不知爲何沒有遵守約定善待死者的屍體。這未必就是整宗案件的完整面貌，但……算了，反正這些事情本來就與我無關……

我又不是警察……

會見室只剩下嚴國文一人。

嚴國文感到莫名其妙，剛才那個人算是完成了審訊嗎？為什麼他好像很激動？一般警員查案都會如此投入和感情豐富的嗎？他在臨別前拋下的一句話又是什麼意思？

不過，嚴國文並未有時間思考太久，會見室的門就再次被人用力打開，一名身形高大瘦削、目光銳利的督察步進房間，坐在他對面。

任誰都知道警方喜歡就同一件事重複審問，以確認口供的眞僞，但剛才那個人才離開了不到數分鐘，嚴國文不禁感到疑惑，爲什麼這麼快又來下一個？

「警官，你又要審問我嗎？」嚴國文放輕聲音問。

「什麼又審問？我還未來過啊。」督察打趣地回應。嚴國文雖然覺得這名督察的外表比之前的那個人嚴肅，但對方說話的語氣倒是沒那個人起初那麼不近人情。

督察這時翻閱著文件，尚未打算開始正式提問，而嚴國文對連續審問一事仍感奇怪，就藉機反客爲主，拐個彎問：「剛才我看到一名全身穿著白衣，頭髮蓬鬆，看起來有點……情緒豐富的人走過，他是你的同事嗎？」嚴國文本想用「傻頭傻腦」來形容那個人，但怕得罪人而說成「情緒豐富」。

督察一臉狐疑，思索了片刻才想到答案：「哦，那個人不是警察，是精神病院的病人，但他應該在轉角後的那間會見室內，其他人不可能見到他啊……呃，我好像說得太多了，我們不如開始審訊吧。」

嚴國文幾乎不敢相信督察的答案，雙眼瞪得圓大。然而嚴國文想起剛才那個人曾脫口說出住過在附近的另一幢豪宅櫥櫺艤邸，也憶起那個人臨別前的一句話，將這些線索加起來，心中的一切迷霧都在頃刻間煙消雲散——原來剛才那個人並不是警察，只是精神病院的病人，難怪他的外表和部分問題如此奇怪。最重要的是，那個人之前也是住在劏房，很可能跟自己一樣，因不堪生活壓力而躲進精神病院。他會偷偷進來「審問」的最大可能，是想藉著對談來評估外面的世界變成怎樣，看看是否要從精神病院回到外面。

「如果只是爲了這種目的，才犯不著殺人；被判終身監禁的話，就無法再次回到社會了。」「精神病人」臨別前的這句話，忽爾在嚴國文的腦海中不斷盤旋，逐漸加速和擴大，形成了李氏力場都無法抵擋的強烈風暴，把其他原先的想法徹底摧毀。

督察看到嚴國文對自己的提議一直沒有反應，就乾脆開始審問：「叫什麼名字？住在哪？」

嚴國文沒有正面回答，只不斷重複：「警官！我沒有殺人！我不是凶手啊！」

下篇

督察曾明輝剛從會見室回到辦公室休息，喝了兩口早已放涼的咖啡，仰後微臥在辦公椅上，在腦海中稍微整理案情。他本以爲這是一宗常見的社會悲劇，沒料到事情比想像中曲折得多。

還好證據確鑿，眞相已經近在眼前，但有一點曾明輝還是怎樣想都想不通……

這時他剛巧瞄到新加入的女警黃小美經過，連忙回過神來，截停對方並吩咐：「麻煩妳替我拿這檔案去三號會見室，我去個洗手間就過去。」

「噢。」黃小美關切地問：「你不是剛完成了一場審訊嗎？不休息多一會，還要去審問疑犯嗎？」

「對。」曾明輝回應：「剛才那個女的否認是主謀，儘管那是我意料之內。接下來這個男的才是重點。」

黃小美取過檔案後，一臉好奇地盯著封面。這是她入職後首次接觸的凶殺案，雖然她不是直接參與其中，但不時聽聞曾明輝談及案情。事實上，曾明輝知道黃小美有大學學歷，估計她是考不上督察才當上警員，而且覺得她對工作有熱誠，所以盡量提攜她，希望對她將來再考督察時有幫助。

「妳可以開來看，但看完妳就要說說自己的看法啊。」曾明輝故意繞個圈子來測試黃小美的潛力。

黃小美馬上興味盎然地打開檔案。她自覺只是新人，即使說錯了也最多被取笑一下，無傷大雅。

她跳過檔案開首的部分，直接翻到驗屍報告。報告指出，死者體內除了驗出致死的氰化物劑量外，還有高濃度的草酸。黃小美不太熟悉化學，沒多加理會這一點。法醫亦發現死者的陰道有輕微撕裂。

「看來受害人曾被性侵。」黃小美一邊看一邊道出她的推理。「而且是死後的機會較大，因爲肌肉逐漸失去彈性和變得脆弱而增加撕裂的機會。」

曾明輝點了點頭，黃小美就繼續說：「陰道內還驗出某品牌安全套外專用的潤滑劑和不屬於死者的陰毛……啊！拿這些陰毛去跟我們的犯罪者ＤＮＡ資料庫比對一下，不就能找到凶手了嗎？」

「妳的探案手法正確，但很可惜，犯罪者ＤＮＡ資料庫內並沒有吻合的配對。」

「噢。」黃小美輕嘆了一聲，但沒有放棄，改爲翻到現場調查報告。據報告顯示，在發現死者的十四號室內，只有死者和居於該房的嚴國文的指紋；在死者居住的十七號室內，找到由公立醫院開出的抗生素和止痛藥，領取藥物的日期是兩星期前，然而經點算後，卻發現止痛藥只少了幾日的分量。

黃小美記得死者確診闌尾炎，正排期等候做手術，於是不解地問：「她爲什麼不吃止痛藥呢？難道不痛嗎？」

「不可能。闌尾炎在古時稱爲『天釣症』，意思是上天要釣走患者的性命，比喻疾病的凶險。雖然隨著現今手術和抗生素的發展，闌尾炎及時診治的話致命的危險性不高，但在根治前仍會令患者腹痛難當。」「那爲什麼死者一直服用抗生素，止痛藥卻只吃了幾天？」

「所以我才認爲這宗案件並不是那麼簡單，在毒殺背後顯然還隱藏著什麼陰謀。」

黃小美把資料一一看過，仍茫無頭緒。這宗案件看來對新人來說太難了，曾明輝遂打圓場說：「我差不多要過去了。眞相很快就會水落石出，我回來時再告訴妳吧。」

「你已經知道整件事的來龍去脈？」

「對，而且我已經找到那根陰毛是屬於誰人了。」曾明輝自信地說。

數分鐘後，曾明輝到達會見室。他用力推開會見室的門，發出了「砰」的一聲巨響。原本低著頭的疑犯馬上抬起頭，看了看這名身形高大瘦削、目光銳利的督察。

疑犯是一名三十多歲的男人，神情疲憊，視線飄浮不定，頭上留有俗稱陸軍裝的極短髮；身穿淺藍色、帶有汗漬的T恤，外面套上有點陳舊的深褐色風褸。曾明輝覺得這個人怎樣看都不會是生活過得順遂的那種人。

曾明輝坐到疑犯的對面，故意閒談了幾句來降低對方的戒心後，才開始審問：

「叫什麼名字？住在哪？」

疑犯這時不知爲何不正面回應，只激動地不斷重複：「警官！我沒有殺人！我不是凶手啊！」

曾明輝收起和善的表情，瞪著對方高聲道：「你有沒有殺人，我們自會調查。你只須好好回答我的問題！」

曾明輝施展過下馬威，疑犯才終於安靜下來。曾明輝決定放棄重問早前的問題，反正檔案內早就有這項資料，於是直接進入正題：「你跟死者張儀馨是什麼關係？」

「我們是劏房的鄰居。」

「事發前，你跟死者有結怨或發生衝突嗎？」

「沒有。我們的關係很好，我甚至一直當她是親妹妹看待。」

曾明輝一臉狐疑，把頭微微靠近，質疑對方道：「眞的嗎？」

「我沒有騙你！」疑犯高聲反駁過後，才發現自己稍微激動了，回復正常的聲量說：「她和藹可親，待人有禮，而且很注重形象，出入時總是穿著筆挺的套裝，鄰居都很喜歡她。」

曾明輝聽罷暗喜，續問：「是你發現了死者的屍體而報警吧？你是怎樣發現張儀馨的屍體？」

「我當日有點晚回家，回來時就看到她姿態怪異地躺在床上，就馬上報警。」

曾明輝翻開案發單位的平面圖，確認假如張儀馨躺在十四號室的床上而沒有關門，的確在走廊經過就會看到。（平面圖參見303頁）

不過，這樣的話，不單是疑犯，任何人經過都會看到。曾明輝想到這疑點後，幾乎已確認自己的推理正確無誤，但在拆穿對方前，他還有一點想不通，要繼續審問下去。

「你知道張儀馨爲什麼會在十四號室內嗎？」曾明輝追問。

「她每晚都會去該房間吃晚飯。當日我看到她躺在床上時，地上散落了一地飯餸，她應該是吃了有毒的飯餸後中毒吧。」

疑犯再次露出狐狸尾巴，曾明輝決定單刀直入，直呼對方的名字並問：「莫建文，你的意思是，十四號室的住客嚴國文毒害張儀馨？」

會見室內的莫建文沒有絲毫退縮，繼續道出心中所想：「我覺得是。當然，我不是法醫，你們還是要看法醫的驗屍報告呢。」

法醫當然會說死者是死於氰化物中毒。——曾明輝沒有說出心中所想。這是事實，但只是事情的表面。他不希望讓莫建文得逞，也不希望對方有所防範，故改爲怒斥疑犯：「警察做事不用你教！」

稍頓一下，曾明輝續問：「你跟嚴國文的關係怎樣？」

「我其實不認識嚴國文。」莫建文平淡地回應。

「那你是怎樣知道嚴國文的名字？」

「是屋內的信箱，上面除了房號外，還寫著租客的姓名，畢竟劏房的租客不時變動，這也是方便房東派信時能夠核對和退回已搬走住客的信件。」

「終於抓到了重點！」曾明輝高興得不自覺地吐出了心聲。莫建文不禁怔了一怔，勉強維持著不帶情感的眼神斜視著曾明輝。

曾明輝已經理清事情的來龍去脈，毒殺案背後的一切昭然若揭。他不打算浪費時間繼續隱瞞下去，馬上拆穿對方的詭計：「我終於明白你是怎樣和嚴國文通訊息，以及爲何犯下那種低級錯誤。」

「我不明白你在說什麼。」莫建文仍平靜地回應。

「你不用裝傻了。這宗毒殺案並不是嚴國文一人所爲，你也牽涉其中。你是用字條和屋內的信箱與嚴國文通訊，教唆嚴國文殺人和認罪。信箱放在你居住的十五號室門外，你可以輕易透過防盜眼看到嚴國文取走和放下字條。說起來，你們的劏房眞先進，房門都裝有防盜眼和使用電子門卡進出。」

「我沒有這樣做，你們根本沒有證據。」

「你說得對，我們找不到字條。你很聰明，一早指示嚴國文要銷毀所有通訊字條，亦要求嚴國文成功毒殺張儀馨後，將十四號室的門卡放進你的信箱，敲門通知你後就離開現場，由你來善後和報案，這樣你就可以再次檢查案發現場，把所有可能懷疑到你的證據消滅。可惜，你百密一疏，十四號室內還是留有關於你的證據。」

「沒有，我沒做過，你們不可能找到證據。」莫建文逐漸展現出不安的情緒，回應時也不禁提高了聲調。

「有！」曾明輝怒喝。「我們在死者的陰道內發現某品牌安全套外專用的潤滑劑，而且死者的陰道出現撕裂，很明顯是你性侵犯已死去的張儀馨時造成的。你把十四號室的環境證據消滅得很徹底，卻無法刷去死者體內的證據。」

「我不明白！」莫建文放聲大叫。「張儀馨在十四號室內被性侵，爲什麼你們不去找嚴國文，而要算到我的頭上？呃，對，是嚴國文做的！我想起了，我早兩天聽到他們的對話，張儀馨答應死後讓嚴國文隨意玩弄她的身體，那一定是嚴國文做的。」

「你到現在還想把罪名推給嚴國文？」

「我有錄音，可以證明嚴國文有性侵張儀馨的意圖。」

「你搞錯了，有沒有錄音都一樣。」曾明輝搖了搖頭，續說：「當法醫發現死者陰道撕裂和體內殘留有潤滑劑，我們就馬上肯定毒殺案背後最少還有另一人涉案，這正是你最失策之處。的確，劏房內的房間都用木板搭成，這些間板不大隔音，你可以聽到嚴國文和張儀馨的對話。可是，正因爲是盜聽，你跟嚴國文一直以來沒有正面接觸，最多只隔著房門用防盜眼看過嚴國文，所以根本留意不到嚴國文的性別。雖然嚴國文的名字和衣著比較男性化，平日說話亦故意壓低了聲線，甚至以前曾是cosplay界的名人，經常在電玩動漫節中出演男性角色，但她生理上是女人，又怎可能性侵死者？你跟她的姓名中同樣有『文』字，就誤以爲對方是男人，完全是掉進了思考誤區。」

「誒？」莫建文對嚴國文原來是女人一事顯得吃驚，但他馬上回過神來反駁：「但她……她可以用手指或其他用具進入死者的陰道。」

「嚴國文早已被日常生活開支逼進死角，即使她眞的用手指或其他用具進入死者體內，你覺得她會爲此花錢購買安全套嗎？」

「不，她……」

曾明輝打斷對方：「你不用再狡辯了。我剛才審問嚴國文時，她起初的確把一切罪行都扛在自己的肩上，可是她得悉死者曾被其他人性侵後，怒不可遏，已經供出事前與你通過訊息和夾[9]口供，也確認在殺死張儀馨後關上了門並把門卡放進了你的信箱。換句話說，事發後能進入十四號室的人就只有你，你也不是剛好經過房門而發現死者。而且，我們還在死者陰道內發現了不屬於死者的陰毛，經ＤＮＡ比對後，已確認那是屬於你的。」

「慢著！我沒犯過事，甚至從沒到公立醫院求診，你是從何找到我的ＤＮＡ？」

莫建文至今仍未放棄：「而且，即使我性侵過死者，她的死也跟我無關啊！」

9 夾：在粵語中爲「串通」之意。

曾明輝沒回答疑犯的第一個問題，只繼續道出他的推理：「你還好意思說死者的死跟你無關？張儀馨根本是被你逼死的！剛才我問你和死者是什麼關係，以及跟死者有沒有結怨或發生衝突，你的答案和嚴國文的幾乎一樣，因爲你們夾過口供，但她不小心比你說多了一句——『有些鄰居還不時送禮物給她（張儀馨）呢』。很明顯，嚴國文指的鄰居就是你。張儀馨出入都必定會經過你的房間，你經常看到她而迷戀上對方，於是向她送禮和示愛，可惜遭到拒絕。你得悉張儀馨患有闌尾炎，正排期做手術，其間須服用抗生素和止痛藥抑制病情。你求愛不遂，因愛成恨，打算教訓一下她，以爲她會示弱，就會向你求助和接受你，於是偷偷把她的止痛藥換成維他命C。維他命C雖然是水溶性，一般情況下會透過尿液排出體外，但長期服用過量而超過排出速度，維他命C就會積存起來，體內多餘的維他命C會轉換成草酸、草酸化合物，甚至腎結石。法醫在死者體內驗出不尋常的草酸濃度，證明了這一點。這也解釋了爲何死者每次從醫院領藥回來後，止痛藥都只在首幾日有效，因爲她拿了新藥回來不久你就會將它再次換走。」

莫建文始終深信自己的計畫天衣無縫，沒有就範之意：「不，我根本無法進入十七號室換藥。你剛才說過，劏房採用獨立的電子門卡出入，而且你看看平面圖，應該留意到在十六至十九號室外還有額外的電子閘門，只有利用十六至十九號室的門卡才能通過，就算我眞的拿了嚴國文的十四號室門卡也沒用，我又怎可能換走張儀馨的藥呢？」

「這就簡單了，你只要繞過兩度門去換藥，就無須處理門卡的問題。你所居住的十五號室的外圍，原本是單位的露台，業主雖然把單位改建成劏房，但難保日後會賣出單位；內部拆掉了的牆可以重建，但露台封死了就很難還原，於是業主只用圍板和防水布等臨時物料把露台圍封起來。另一邊廂，十七號室在改建前是主人房的洗手間，改建後仍保留了氣窗；劏房環境侷促，張儀馨經常打開該氣窗。再加上單位位於一樓，窗外有平台，於是你只須把你房間的圍板拆掉，走到一樓平台，就能透過十七號室的氣窗換走張儀馨的藥。」

「你錯了，那個氣窗很小，成年人根本無法通過。」

「你才不用通過那氣窗。劏房內空間有限，根本沒多餘位置存放藥物，爲免弄濕或弄髒藥物，張儀馨不會把藥物放在洗手盆或馬桶附近，剩下的就只有床頭的位置，那剛好是在氣窗的附近。你走到氣窗外，只要用簡單的工具就能把整袋藥物鉤走再換掉。你要求嚴國文事後通知你的另一個原因，就是你要把十七號室內的維他命C換回止痛藥。可是，你又犯了錯，竟直接將之前拿走了的止痛藥換回去，結果現場剩下的止痛藥數量遠多於抗生素，成爲了一大疑點。剛才我說你百密一疏，現在想起來其實不對，你是『百密三疏』——誤以爲嚴國文是男人、性侵死者後遺下陰毛，還有用維他命C換走止痛藥後留下一堆證據。你眞是笨到極啊！」曾明輝嘲諷疑犯。

至此，莫建文確認自己的計畫已完全敗露，再也無法壓抑情緒，在會見室內歇斯底里地亂吼過後，坦然承認一切。

「所以是莫建文換走了張儀馨的藥，令張儀馨痛不欲生，她才會有輕生的念頭。這樣說來，莫建文才是這宗案件的眞凶啊！不過，假如手術不用排期這麼久，莫建文也不會有機可乘……」黃小美在曾明輝審問完莫建文後，從上司曾明輝口中得知整件事情的前因後果，感慨地說。她亦不忘追問：「但嚴國文會怎樣呢？畢竟是她落毒殺害張儀馨。」

曾明輝回應：「她不會被控謀殺，只是犯下了協助他人自殺罪，可能也要坐牢，但絕不會是終身監禁。順帶一提，嚴國文承認曾戴著手套撫摸死者的軀體，但她一直視張儀馨如親妹妹，強烈的罪惡感阻止了她做進一步的無禮行爲。死者在案發現場衣衫不整，全是莫建文的『傑作』。」

黃小美側了側頭，爲案件中的另一個人煩惱：「可是，現在眞相被揭開，任誰都知道張儀馨實質上是自殺，她的姐姐不就拿不到保險金嗎？」

「唔……」曾明輝沉思了片刻，仍沒有明確的答案：「但她是被莫建文換了藥才萌生自毀的念頭，到底這是否眞的算是自殺，可能要留待法庭裁定了。據我所知，近年已有研究認爲有自殺傾向的人已經算是患上精神病，因爲動物的本能是求生，而不是求死；會令人類失去動物本能，顯然是受環境或人為迫使，或要成就某些超越生死的重大目的。」

「那麼香港到處都是精神病人啊？」

「可能吧，香港的生活壓力眞的很大呢。」曾明輝看看掛鐘，發現不知不覺間已過了辦公時間。他今日解決了一宗案件，心情愉快，於是豪氣地對黃小美說：「收工了，我請妳去偵探冰室吃晚飯吧。」

「噢？是因爲我們解決了一宗案件，就能用什麼公務員員工福利基金去吃飯慶祝嗎？」黃小美無知地問。

「才不是！那個基金每人每年只有數十元，不知道已有多少年沒加過，現在連吃個下午茶都不夠，每年的聖誕派對都是靠敲高層的竹槓才辦得成，又怎可能拿來吃晚飯慶祝？是我請客啦，順道去聽聽故事。在那家店內，不時有推理作家聚集，跟大家分享風格、類型各異的故事。」

「哦。你請客我就不客氣了，畢竟我正租住的『水管屋』[10]最近也加租了……」

對曾明輝和黃小美來說，這宗案件總算告一段落。不過，曾明輝沒有告訴黃小美，他是從何得知那根陰毛是屬於莫建文的——

莫建文的ＤＮＡ資料是來自政府祕密建立的「全民生物特徵資料庫」。全港市民跟任何政府部門接觸時所留下的指紋、ＤＮＡ、說話的習慣和語調、筆跡、病歷、其他身體特徵等，都會一一記錄進去。

莫建文以為自己沒犯過事，又不曾前往公立醫院求診，就沒機會留下DNA——他的DNA是在領取最新的「高智能身分證」時被套取的。在申領高智能身分證的過程中，政府刻意拖慢過程，讓市民久候，然後藉機派飲品，表面上是安撫市民，實質是收集唾液；拍攝證件照片時又設立了獨立自拍間，美其名讓市民慢慢自行拍照，挑選最自然、最美的一刻當證件照，實際上卻是收集市民在整理儀容時新鮮掉落的毛髮。雖然不一定成功，但政府靠高智能身分證就收集了約四成市民的DNA，再加上公立醫院、牙科診所的資料，近八成市民的DNA已在政府的掌握之中。

高智能身分證內亦藏有定位晶片，加上政府近年大力推廣的全港免費Wifi服務和擴大「天眼」[11]的監控範圍，政府對市民的一舉一動幾乎瞭如指掌。實際上，曾明輝已確認案發時莫建文正身處神域皇殿內，天眼亦拍攝到他走到十七號室的氣窗外，曾明輝才能如此肯定自己的推理正確。

曾明輝對這些措施非常滿意，認為對偵查案件和維持治安功不可沒。不過，他知道有些市民對此很反感，認為剝奪了市民的私隱和自由，更說一個城市失去了自由就會沒落和消失，所以曾明輝打算在得悉黃小美的政治取向前不告訴她。而且那些證據可以不用的話，警方就盡量不用，畢竟被市民知道了，肯定又會引發不滿。現在莫建文承認一切，事情就好辦得多了。

翌日，曾明輝把這宗案件的報告寫好，並呈交上去。當刻他相信，事情的眞相很快就會水落石出，死者能夠沉冤得雪，凶手也會得到應有的懲罰。

「事情的眞相才不會水落石出，局長你放心好了。」

同一晚，某警司拿著曾明輝呈交的報告，跟某局長祕密通電話。在警司的私人辦公室內，就只有他的聲音如鬼魅般在寂靜的空間內飄忽地迴盪著。

「樓宇發生命案就會變成凶宅，估價一定會大跌。我一知道那劏……那豪宅是屬於你的，就馬上擋下了調查報告。」警司說。

話筒內傳來局長的聲音，警司接著回應：「不，你要習慣一下，不要再用死者稱呼那人啊！她只是暈倒送院，再在治療期間失蹤了。」

「放心，我會一併修改醫院的記錄，不會留下證據。」

「那兩個凶手？留他們在香港我怕會有麻煩，不如我安排一下，看看能否用高鐵

10 水管屋：香港政府推出的新型態社會住宅，此屋以外殼建材「水管」而得名。

11 天眼：指中國公安部在全國各地街道上方布置的監控攝影機組成的一整套監控體系。

送走他們吧？反正只要把他們送過那條分隔中港口岸區的黃線[12]，之後發生什麼事都與我們無關了……」

〈豪宅〉完

12 黃線：指的是西九龍高鐵中分隔中港兩地區的分隔線。

作者訪談

01 對這次《偵探冰室》的合作，各位老師有何感想？

浩基：好玩、新奇、有趣，三個願望一次滿足。

譚劍：以香港為主題的推理合集說不定本書是開埠以來第一本，希望十年後仍然有其他作者寫他們那個年代的推理故事。

文善：這本書就像推理tasting menu，各類型都有，喜歡哪類型的可以再挖那個作者的其他作品。

黑貓：這次合作，大家各自寫關於香港的推理小說；結果眞是包羅萬有，從九十年代到近未來，從地底到地面兩棟大廈。但隱約都好像看到有不少社會民生議題在小說裡，果然社會派不是偶然……

望日：現在回想起來，仍覺得這次合作是個奇蹟。期待未來會有其他的合作或續集！

冒業：Why am I here?（笑）感謝各位給我機會同場演出。

02 在《偵探冰室》的合作過程中，有沒有發生什麼趣事？

譚劍：在基哥的《13．67》第二個故事〈囚徒道義〉裡，黑道開的娛樂公司名叫「星夜」，這次我們……

望日：偷偷地說，在成立「星夜出版」之前，其實曾想過其他名字，如「星夜創作」、「星夜文化」等，但最後決定集中在出版；說不定有一天「星夜」真的會染指娛樂事業，請期待我們載歌載舞的一日來臨（但其實我最想開書店，不知為何我對屬於「hard mode」或「must die mode」[1]的東西特別感興趣……）

文善：原來大家對「字數」的詮釋很不同。不是除了我以外其他人都是理科生嗎？

冒業：明明事前沒商量，七篇的謎面謎底居然沒撞車，堪稱奇蹟。

03 為何以「重慶大廈」、「李氏力場」、「動漫節」、「港鐵」作為故事題材？

譚劍：我在截稿日期前一個月仍構思不到一個滿意的故事，以為會交不出稿來，沒想到有晚夢見自己成為警察，並追捕一個南亞裔少年犯。我不知道是上帝或媽祖託夢，但總算找到題材。

文善：「因為覺得很有趣啊」，香港步伐太快，很多議題轉瞬即逝。唯獨李氏力場威力不減，睇嚟誠哥有排未有得啩[2]。

黑貓：其實我想寫超能力推理，但牽涉超能力又要保持公平性可能需要較長篇幅，折衷方法使用動漫遊戲作背景，感覺異次元的世界什麼事情都可以容許。

冒業：這個問題多多又不得不倚賴的「循環系統」，不能沒人寫，也想藉此探討香港鐵路推理可以怎樣寫。

04 老師們覺得本書的哪一個故事，最有可能在香港眞實發生？

浩基：〈重慶大廈的非洲雄獅〉，我強烈懷疑譚劍兄眞正身分是軍情六處的情報員，這篇其實是non-fiction。

文善：〈李氏力場麻雀移動事件〉，就機率來說，八號風球&打麻雀這個組合應

1 Must Die Mode：電玩用語，比「困難模式」更高的難度，來源爲《惡魔獵人》系列。

2 睇嚟誠哥有排未有得唞：看來李嘉誠還沒可以休息。在香港流行用語中，李嘉誠被稱爲「誠哥」。而當某件事或某個人成爲社會焦點，常被民眾掛在口邊，就會說相關人士「不能休息」。由於李氏力場仍是很有名的流行現象，所以雖然李嘉誠已經退休，但因爲李氏力場仍常被提起而「還未能休息」。

該最容易出現吧。

黑貓：〈重慶大廈的非洲雄獅〉，畢竟香港是孫中山早期革命活動的基地，胡志明也在香港組織越共籌畫革命，香港自開埠以來也是個革命基地。

望日：除了〈二樓書店〉和〈豪宅〉外，其他都有可能發生吧？因爲現實中〈二樓書店〉的故事，謎團不會是這樣（!?）；〈豪宅〉的話，鄰居應該一早就投訴了（除非整座大廈都在做同一種事，但這樣的話很容易引起政府注意而被「釘契」[3]）。

冒業：全部都有可能。我最不希望自己的〈來自地下〉成眞（笑），最希望〈太陽黑子少年少女〉成眞，多麼美好的邂逅與重逢。

05

如果有機會再次合作，老師們還有什麼議題想用作小說題材？

浩基：話說我好想寫九十年代機舖。在體感遊戲[4]盛行的年代，我曾見過一個西方中年男子玩狙擊槍玩到出神入化，百發百中。我至今仍認爲他不是職業殺手便是祕密特工。

譚劍：九龍寨城[5]。那個三不管地帶我沒去過，但我很喜歡《省港旗兵》（一九八四），這部電影當年是父親帶我去戲院看。他說在寨城裡看過脫衣舞。

文善：有什麼在香港不會在短期內消失的事物？總覺得當我們寫完時那個東西在香港已消失了……也許爲了保留更要寫下來。

黑貓：抽籤續寫其他作者的故事。

望日：幼兒外語班。在眾人商討本書的寫作題目時，我原本選了這個（甚至有說過可能是幼兒潮州話班），但後來覺得謎團太小而放棄了（最重要是不知道要如何「寫」潮州話）。

冒業：〈凍鴛鴦毒殺事件〉不錯，希望不會有人從此不敢再飲凍鴛鴦。

---

3 釘契：產權負擔。意指土地所有人外的人對於此地所擁有的任何權利或利益。常見造成產權負擔的原因包括違反大廈公契及業主個人財務問題。

4 體感遊戲（Motion Sensing Game）：一種透過肢體動作變化來操作的新型電子遊戲。

5 九龍寨城：又稱九龍城寨，香港一已拆卸的定居地，《攻殼機動隊》及《銀翼殺手》的建築概念都在此取材。

06 有沒有為資料搜集去過重慶大廈／住過〇〇（因劇透而消音）？

譚劍：我開筆前只讀過麥高登教授的書，也讀了不少重慶居民和義工的訪問。要寫了一半左右，我才抽到時間親身去重慶大廈和相鄰的幾座大廈的商場實地考察，構思逃亡路線，也在一間印度餐廳吃下午茶，少不免和印度裔老闆娘聊了一陣。當她對我說「你哋香港人」[6]時，我告訴她「妳都係香港人」。我希望有機會和本書其他作者一齊去幫襯。

望日：我的房間堆滿了書和遊戲，可活動的空間其實跟〇〇無異（不要打頭）。順帶一提，我曾在社交平台貼出〈豪宅〉的平面圖，竟有不只一人建議把房門改為拉閘或趟門[7]來進一步縮窄房間，原來無良業主真是無處不在。

07 對這本書有什麼期望？希望透過這本書完成什麼目標嗎？

浩基：希望再版。

文善：浩基，I totally agree with you. 再版是任何一個作家的期望；希望多些香港讀者可以因本書而喜歡推理小說。

譚劍：希望賣出外國版權和電影版權（好大想頭）。

黑貓：或者會有較少接觸推理小說的讀者，會對推理小說有些刻板印象。但這次故事和風格都五花八門，應該能找到自己喜歡的。

08 老師們覺得香港推理故事有何特色？香港作家又有什麼優勢？

浩基：日本推理也是發展多年才擺脫歐美風格，我們現在談「特色」未免太早。至於優勢……我可以改談劣勢嗎？（sosad）

黑貓：香港推理還在起步階段，就像孩子的填色比賽，可以很奔放自由，偶爾會有神童。

望日：孩子的填色比賽大都是家長代筆，最近的精靈……（拖走）

冒業：香港推理故事的特色就是仍未有稱得上是「特色」的東西，也因此歷史包袱近乎零。這既是劣勢也是優勢，香港推理有賴大家繼續努力摸索，這也

6 「你們香港人。」

7 趟門：在香港指推拉門、滑動門。

是我對本書的期望（好，一次過答了這條和上一條問題XD）。

文善：冒業，I totally agree with you.

09

香港的環境是否特別適合作爲推理小說的背景？

浩基：當然，因爲香港人壓力爆煲，再荒誕的罪行大家都覺得有可能發生。

譚劍：請參考《雙城記》第一段[8]。

文善：Yes and no. 如其他作者說，香港的環境眞的什麼故事也能發生。但是也因爲這樣，大家都覺得故事必需要有一定社會性，最純粹的解謎反而沒有市場，少了很多樂趣。

冒業：當然適合，推理故事與都市化息息相關，如香港沒有推理故事根本講不過去。

10

最後，老師們有什麼想跟讀者說說或分享的嗎？

浩基：分享連結：http://taiwanmystery.org

譚劍：喜歡這本書的話，請介紹給朋友。

文善：正如寫殺人的作者不是殺人犯，其實我不大懂打牌。

黑貓：感謝購書。

望日：香港作家是瀕危物種，請大家多多愛惜。喜歡本書或當中任何故事的話，不妨支持一下相關作者的其他作品，以消費改變文化生態。

冒業：本書的情節純屬虛構，除打牌作弊（！）以外切勿模仿。記得Google一下各個作者，把其他作品買回家。

〈作者訪談〉完

8 "it was the best of times, it was the worst of times."「這是最好的時代，也是最壞的時代。」

國家圖書館出版品預行編目資料
偵探冰室／ 譚劍 等 著.
——初版.——台北市：蓋亞文化，2020.02
面；公分.

ISBN 978-986-319-465-1（平裝）

857.81 108023176

故事集 012

偵探冰室

作　　者 陳浩基、譚劍、文善、黑貓C、望日、冒業
封面插畫 Dawn Kwok
裝幀設計 莊謹銘
責任編輯 盧韻亘
主　　編 黃致雲
總 編 輯 沈育如
發 行 人 陳常智
出 版 社 蓋亞文化有限公司
地址：台北市103承德路二段75巷35號1樓
電話：02-2558-5438　傳眞：02-2558-5439
電子信箱：gaea@gaeabooks.com.tw
投稿信箱：editor@gaeabooks.com.tw
郵撥帳號 19769541　戶名：蓋亞文化有限公司
法律顧問 宇達經貿法律事務所
總 經 銷 聯合發行股份有限公司
地址：新北市新店區寶橋路二三五巷六弄六號二樓
電話：02-2917-8022　傳眞：02-2915-6275
初版二刷 2022年6月
定　　價 新台幣 350 元
Published and printed in Taiwan

ISBN 978-986-319-465-1